KB130128

행성

행성

1

베르나르 베르베르 장편소설
전미연 옮김

이 책은 실로 꿰매어 제본하는 정통적인 사철 방식으로 만들어졌습니다.
사철 방식으로 제본된 책은 오랫동안 보관해도 손상되지 않습니다.

나의 어머니 셀린에게.
그리고 남들은 절대 이해 못 할 멋진 러브 스토리를
고양이와 함께 만들어 가는 세상 모든 사람들에게.

온 우주가 오로지 당신을 기쁘게 하기 위해 작동한다. 이 단순한 진리를 깨닫는 순간 당신은 행복해질 것이다.

— 고양이 바스테트

고양이 역사가가 따로 없는 한 고양이가 등장하는 이야기는 그 주인을 자처하는 인간들을 빛내기 위한 것일 수밖에 없다.

— 고양이 피타고라스

인간이 고양이와 함께 살면 평균 수명이 10퍼센트 늘어난다. 고양이가 인간과 함께 살면 생식기를 무사히 지킬 가능성이 90퍼센트 줄어든다.

— 고양이 에스메랄다

제1막

신세계

1
종착지

나 참, 기가 차서 야옹 소리가 안 나오네, 이 꼴을 보려고 그 고생을 하며 대서양을 건너왔단 말인지!

믿을 수 없는 광경이 눈앞에 펼쳐지고 있다.

꼬리 끝이 파르르 떨리더니 소름이 등줄기를 훑고 정수리까지 전해진다.

두 눈의 동공이 확대된다.

두 귀가 바짝 선다.

털이 곤두선다.

나도 모르게 턱을 앙다물었는지 빠드득 어금니 갈리는 소리가 들린다.

다들 알고 있겠지만, 나는 웬만한 일에는 놀라지 않고 웬만한 상대한테는 주눅 들지 않는다. 그런데 솔직히 지금은 경악을 금치 못하겠다.

수염 끝이 미세하게 떨린다.

나는 신경질적으로 발톱을 꺼냈다 넣었다 한다.

대형 범선인 〈마지막 희망〉호를 타고 35일 동안 죽을 고생을 하며 대서양을 건너온 우리 앞에 모습을 드러내는 거대 도시 뉴욕.

지금 우리의 아메리칸드림은 처참하게 무너지고 있다. 수북이 담겨 있던 사료가 먹으려고 입을 갖다 대는 순간 그릇 밖으로 와르르 쏟아져 내리듯이.

드디어 쥐들이 없는 안전한 요새를 찾았다고 믿었는데 막상 와보니 우리가 떠나온 파리보다도 많은 쥐들이 우글거리고 있다. 고양이적 직관으로 백 배는 훨씬 넘겠는걸.

예상이 보기 좋게 빗나가 버렸다!

오른쪽을 봐도 왼쪽을 봐도 망할 놈의 갈색 쥐투성이다.

휘파람 소리 같은 날카로운 쥐 울음이 멀리서도 들린다.

그리고 놈들 특유의 냄새.

맨해튼을 가득 채운 쥐 오줌 냄새가 바람결에 여기까지 실려 온다.

우리는 할 말을 잃고 멀뚱멀뚱 서로를 쳐다본다.

여기서 〈우리〉라고 하면 나 바스테트와 〈나를 따르는 자들〉, 즉 나를 따라 대서양을 횡단하는 모험을 감행한 인간들과 동물들을 가리키는 것으로 (내 관심도순으로 나열하면) 다음과 같다.

내 사랑의 파트너인 샴고양이 피타고라스. 나를 인간 지식에 입문하게 해준 고마운 존재. 〈평화주의자〉라고 자신을 포장하지만 실은 겁쟁이에 불과함.

내 아들 안젤로. 침착하지 못하고 오만방자한 데다가 폭력적인 어린 녀석. 자립성이 희박함.

검은 털에 샛노란 눈을 가진 암고양이 에스메랄다. 꼴도 보기 싫은 경쟁 상대. 내 짐작이지만, 아니 확신하건대 피타고라스와 그렇고 그런 짓을 했을 게 분명함.

인간들 중 첫 번째로는 내 집사인 나탈리. 나한테 헌신적이지만 우유부단한 성격임. 다음은 내 집사의 수컷인 로망 웰즈 교수. 내 정수리에 제3의 눈을 이식하는 수술을 해줘 자신이 집대성한 백과사전에 접속할 수 있게 만들어 준 고마운 존재. 인간치고는 지능이 꽤 높은 축에 속함.

그리고 다양한 종을 대표하는 여러 동행들. 우선 앵무새 샹폴리옹. 잘난 척이 심하고 수다스러운 게 단점이지만 여러 언어를 구사하는 만능 통역사. 내가 다른 동물

종과 소통할 수 있게 해주는 유용한 존재. 그다음은 보더 콜리 나폴레옹. 양치기 개로 살았던 이력 때문에 길잡이 역할을 잘함. 개답지 않게 섬세하고 세련된 성격의 소유자. 충직함에서는 감히 따라올 동물이 없음. 그리고 이전에 재판에서 우리 측 변호를 맡아 주었던 고마운 돼지 바댕테르. 인간과 동물을 통틀어 동행들 중 가장 영민해 보이는데 정작 본인은 그 사실을 모르는 것 같음. 앞으로 이 천재 돼지가 자신의 진가를 깨닫고 스스로 한계를 뛰어넘을 수 있게 옆에서 도울 생각임.

이 밖에도 내가 〈집사들의 집사들〉이라는 별명으로 분류하는 익명의 존재들이 더 있다.

마지막 희망호에는 이렇게 고양이 144마리에 인간 12명, 돼지 65마리, 개 52마리, 앵무새 1마리까지 총 274명의 승객이 타고 있다.

모두가 내 반응을 기다리며 나를 빤히 쳐다본다.

「조금 더 다가가 보죠.」

미국 쥐들에게 겁먹을 내가 아니라는 인상을 주는 동시에, 내가 이미 복안을 가지고 있다고 믿게 하기 위해 일부러 목소리에 결연함을 싣는다.

엄마는 이렇게 말했다. 〈힘이 세다고 우두머리가 되는 게 아니라 새로운 상황에 의연하게 대처하는 인상을 줄

수 있어야 우두머리가 되는 거야.〉

내가 지닌 특유의 자신감과 침착함에 일행이 안심하는 눈치다.

나와 나를 따르는 자들이 탄 낡은 목조 삼범선(三帆船)이 아메리카 대륙의 해안을 향해 접근한다.

활짝 펼쳐진 돛들이 바람을 받아 한껏 부풀어 오른다. 배가 서서히 해안 쪽으로 움직이기 시작하자 육지 냄새가 코에 확 끼친다. 쥐 냄새도.

상상도 하기 싫은 광경이 펼쳐진다. 사방에 온통 쥐들뿐이다.

어쩐다. 일단 아무 말이나 내뱉어 시간을 벌어 보자.

「쥐들이 있는 거야 당연하지. 예상 못 한 건 아니잖아.」

나는 태연한 척하며 말끝을 단다.

「하지만 걱정하지 마, 나한테 계획이 다 있으니까.」

상대방의 걱정을 덜어 주는 데는 이런 말만 한 게 없지.

「어디 한번 들어 보자.」 에스메랄다가 비아냥거리며 말을 받는다.

애가 또 속을 뒤집어 놓네. 안 그래도 얄미워 죽겠는데 요즘 들어 툭하면 나한테 반기를 든단 말이야. 보모랍시고 안젤로의 마음을 빼앗고, 냄새를 풍기면서 피타고라스를 유혹한 것으로도 모자라 이제 나를 밀어내고 조연이 아닌 주연이 되시겠다? 이러다가 조만간 쿠데타를 일으키겠네.

「배를 멈춰 세워요. 저쪽에서 무슨 일이 벌어지는지 자세히 봐야겠어요.」

돛들이 일제히 접히고 닻은 물속으로 던져진다. 앵커 롤러가 닻과 연결된 긴 쇠줄을 토해 내며 짜랑짜랑 요란한 소리를 낸다.

우리는 뱃머리 가장자리에 나가 건너편을 바라본다.

해안 풍경이 더 선명하게 보인다.

쥐 수백, 수천, 아니 수만 마리가 운집해 있다. 거대한 갈색 카펫이 파도처럼 일렁거린다. 쥐들이 내는 높고 날카로운 소리가 마치 찌르레기 떼의 기분 나쁜 울음소리처럼 귀에 와 닿는다.

「뉴욕이 쥐들에게 점령당했어.」 에스메랄다가 한숨을 내쉬며 말한다.

또 하나 마나 한 쓸데없는 소리. 눈에 뻔히 보이는 설 굳이 말로 해야 하나.

나는 빠르게 머리를 굴린다.

어떡할까?

도망칠까?

맞서 싸울까?

일행의 불안을 감지하고 나는 일부러 큰 소리로 말한다.

「총회를 소집할 테니 모두 선장실로 모여요.」

상황이 힘들수록 더 단호한 어투를 사용해야 주변을 제압할 수 있어.

몇 분 뒤, 나무에 왁스를 칠한 널찍한 선실에 나의 백성들이 모두 모였다.

고양이. 인간. 돼지. 개. 앵무새.

나는 분위기가 차분해지길 기다린다.

「대체 뭔데, 네 계획이라는 게?」 에스메랄다가 조바심을 친다.

나는 에스메랄다의 말을 못 들은 척 무시하고 좌중을 향해 얘기한다.

「먼저 여러분 생각을 들어 보고 싶어요. 틀림없이 다들 건설적인 생각을 가지고 있을 테니까.」

아직 딱히 떠오르는 아이디어가 없어 이렇게라도 시간을 벌 요량이지만, 그런 말은 물론 덧붙이지 않는다.

「우리가 프랑스로 돌아가는 게 최선이라고 난 생각해요.」 에스메랄다가 포문을 연다. 「듣기 좋은 말은 아니겠지만 할게요. 유럽보다 아메리카에 쥐가 훨씬 더 많은 게 확실해요. 세상에, 이런 줄도 모르고 강력한 쥐약을 개발한 도시를 찾아 여기까지 왔으니. 미국 인간들이 우리한테 거짓말을 했거나 쥐약의 효과가 이제 사라졌거나 둘 중 하나겠죠. 이런 상황에서 우리가 할 수 있는 건 대서양을 다시 건너 집으로 돌아가는 것뿐이에요.」

내가 즉각 그녀에게 기억을 환기해 준다.

「프랑스에는 무시무시한 티무르가 이끄는 거대 쥐 군단이 있어.」

「우리가 대적해서 승리한 경험이 있잖아. 다시 전쟁을 해도 얼마든지 이길 수 있어. 어쨌든 놈들은 우리가 실체를 아는 적이야. 하지만 여기 있는 아메리카의 쥐들에 대해서는 아는 게 아무것도 없어. 그러니 현실적으로 티무르 군단과 싸우는 게 차라리 낫다는 거야.」 에스메랄다가 내 앞에서 핏대를 세운다.

감히 나랑 맞먹겠다는 거야?

나는 침착함을 잃지 않으려고 애쓴다.

「티무르와 다시 한판 붙겠다고?」

「그 방법이 최선은 아닐지 몰라도 차악은 된다고 생각해.」 에스메랄다가 조금도 물러서지 않는다.

「기억 안 나, 에스메랄다? 우린 놈을 간신히 이겼어. 이번에 또 싸운다면 결코 승리를 장담할 수 없어. 누구 좀 더 현실적인 제안 없나요?」

안젤로가 앞발을 번쩍 들어 올린다.

「선제공격이요. 이러니저러니 해도 놈들은 〈한낱〉 쥐에 불과해요. 쳐들어가서 몽땅 죽이면 끝이라고 생각합니다.」

나는 어미로서 안타까운 심정으로 아들을 쳐다보다가 대답할 가치를 느끼지 못해 고개를 돌려 버린다.

어쩌면 저렇게 편협하고 원시적인 시각을 가졌을까.

녀석은 폭력으로 권력을 쥘 수 있다고 확신하는 것 같다.

앞으로 교육에 신경을 더 써야지, 안 되겠어. 늦었다고 생각할 때가 가장 빠른 때라고 했지.

나는 한숨을 쉬고 다시 묻는다.

「다른 아이디어 더 없나요?」

「지금처럼 배에 계속 머무르는 게 좋겠어요. 배를 우리의 안전한 은신처로 삼는 거죠.」 피타고라스가 말한다.

「식량은 어떻게 구하고?」

「최근에 그랬던 것처럼 낚시로 해결하면 돼.」

「난 물고기라면 이제 신물이 나.」

내가 고개를 가로젓자 웅성웅성 동의하는 소리가 들린다.

나는 단호하게 말한다.

「이 배에서 영원히 머물 순 없어.」

나탈리가 손가락이 다섯 개 달린 너무도 예쁜 손을 들어 발언권을 청한다. 내 정수리에 장착된 커뮤니케이션 인터페이스 덕분에 집사의 말은 실시간으로 통역되어 내게 전해진다.

이 인터페이스는 로망 웰즈 교수가 개발한 복잡한 장치로, 정수리의 USB 단자에 자그마한 검은색 동글을 끼우면 집사의 마이크 달린 이어폰과 블루투스 연결이 가능하다. 이렇게 원격 무선 연결이 이루어진 상태에서 작은 칩에 내장된 번역 소프트웨어가 작동해 인간의 말을 내가 이해할 수 있는 야옹 소리로 변환해 주고, 반대로 내 야옹 소리를 인간이 알아들을 수 있는 문장으로 바꿔 주기도 하는 것이다.

「일단 여길 떠나 아메리카 대륙에서 다른 장소를 물색하는 게 좋겠어. 안전하게 상륙 가능한 곳에 내린 다음 도보로 이동할 수 있는 조용한 성착지를 찾아보는 거야. 로키산맥이나 모하비 사막도 좋고, 악어들이 서식하지만 미시시피강 하구도 나쁜 선택은 아니야. 어릴 때 가봐서 아는데, 미시시피강 하구라면 일단 쥐 군단이 오려고 하지 않을 거야. 온다 해도 살 수 없을 테고.」

나는 여전히 남아 있는 위험 요소를 상기시킨다.

「쥐들은 결국 우리가 있는 곳을 찾아내 공격해 올 거예요.」

「이 해안에서 가까운 섬으로 가는 건 어떨까?」로망 웰즈가 의견을 개진한다. 「당연히 섬에는 내륙만큼 쥐가 많지 않을 거야. 쥐들과 거리를 두기도 육지에서보다 쉬울 테고.」

다들 나처럼 물고기로 끼니를 때우는 데 질렸는지 로망 웰즈의 제안에 반응을 보이지 않는다.

「협상을 시도해 보면 어떨까요.」앵무새 샹폴리옹이 운을 뗀다. 「내가 외교술을 발휘해, 우리를 받아 주는 게 이익이 될 거라고 토착 동물들과 이야기해 볼게요.」

앵무새가 설득력을 높이기 위해 하얀 우관(羽冠)을 넓게 펼친다.

「네가 한 가지 간과한 게 있어.」내가 말을 자르며 끼어든다. 「유전적 기질이겠지만, 쥐들은 자신들과 다르면 무조건 죽이고 보는 고약한 습성이 있어. 말끝마다 반박하는 것 같아 미안하지만, 샹폴리옹, 난 태어나서 지금까지 다른 생명한테 너그러운 쥐를 단 한 마리도 본 적이 없어. 놈들은 동족에게도 가혹한 동물이야. 늙고 병들고 약한 쥐는 어김없이 죽여 버리지. 심지어는 자식이라도 허약하다고 판단되면 죽일 수 있는 잔인한 종이야.」

「그건 착한 프랑스 쥐를 못 만나 봐서 하는 소리예요. 그리고 미국 쥐가 프랑스 쥐보다 더 착할지 누가 알겠어요?」 앵무새가 고집을 꺾지 않는다.

착한 쥐?! 전혀 어울리지 않는 두 단어의 조합이야.

「그럴 가능성은 없어.」

「너무 속단하지 마요.」 샹폴리옹이 말을 이어 간다. 「생각해 봐요. 미국 쥐들은 우리한테 악감정을 가질 이유가 없어요. 티무르야 바스테트 목에 걸린 〈상대적이며 절대적인 지식의 백과사전 확장판Encyclopédie du Savoir Relatif et Absolu Étendue〉, 그러니까 ESRAE가 탐이 나서 우리를 쫓아다니며 공격했죠. 시테섬과 루앙 전투의 원한에 대한 복수를 하고야 말겠다는 분명한 목표도 있고. 하지만 여기 있는 미국 쥐들은 우리가 누구인지도 모르는걸요.」

나는 쓸 만한 아이디어가 없는 것에 실망해 한숨을 내뱉는다. 본격적인 토론에 들어가자 총회 참석자들이 각자의 의견을 내거나 동료의 제안에 동조하면서 열띤 논쟁을 벌인다.

에스메랄다는 애초의 입장을 버리고 나탈리에게 동조한다. 단, 자기는 추위는 딱 질색이라면서 산악 지대보다 사막을 선호한다고 덧붙인다.

피타고라스는 로망 편에 선다. 시테섬에서 했던 것처럼 섬을 요새화해 쥐들의 공격을 막아 내자고 한다.

그러자 에스메랄다가 섬은 자칫 빠져나올 수 없는 감옥이 될 가능성도 있다는 점을 상기시킨다.

동족들이 그리운 모양인지 돼지 바댕테르와 개 나폴레옹 역시 프랑스로 돌아가고 싶어 한다.

몇 가지 굵직한 제안을 놓고 난상 토론이 벌어진다. 어느 순간부터는 반대를 위한 반대가 이어지기 시작한다.

늘 그렇듯 비생산적인 논의가 계속되는 꼴을 나는 답답한 심정으로 지켜본다.

「그래, 네 입장은 뭔데, 바스테트? 토론 시작부터 지금까지 아직 한 마디도 안 했잖아. 아까 계획이 있다고 했지? 베일에 싸인 네 그 대단한 계획을 한번 들어 보자.」

나는 심호흡을 하면서 모두가 입을 다물고 차분해지길 기다린다.

「내 계획은 말이야…….」

갑자기 좌중의 시선이 부담스럽게 느껴진다.

「미안하지만 이런 식으론 못 하겠어요. 나를 바라보는 여러분의 눈빛에 의심이 가득한데 무슨 말을 하겠어요. 나한테 최소한의 지지조차 보내지 않는 여러분을 내가 도울 이유가 없어요. 날 믿어 줘야 무슨 말이라도 할 수 있지 않겠어요? 지금 이 상태로는 여러분과 내 아이디어를 공유하고 싶지 않아요.」

휴, 이걸로 일단 위기는 모면했어. 솔직히 이런 나쁜 꾀를 쓰는 나 자신이 가끔은 놀랍게 느껴진다.

「알았어, 무슨 뜻인지 알겠어. 네 재능을 의심한 건 우리가 사과할게. 그러니 이제 얘기 좀 들어 보자.」

「이미 늦었어.」

「부탁이야, 바스테트.」

「어차피 바스테트는 아무 계획이 없어.」 에스메랄다가 실실 웃으며 단정적으로 말한다.

나는 얼른 반박하고 나선다.

「있어, 당연히 계획이 있어.」

「없어, 넌 계획이 없어.」

「있다니까.」

빌어먹을, 지금처럼 중차대한 순간에 유치한 싸움이나 벌이다니 무슨 한심한 짓이야!

그럼에도 불구하고 나는 분위기 전환을 위해 어린아이 같은 놀이를 계속한다. 지금은 동료들을 짓누르는 공포의 에너지가 다른 에너지로 바뀌도록 하는 게 급선무니까.

「없다니까.」

「있다고 했지.」

「자, 그만하고 이제 얘기를 들어 보자.」보다 못해 피타고라스가 다시 나선다.

좌중의 시선이 화살처럼 날아와 내게 꽂힌다. 더 이상은 빠져나갈 구석이 없다.

「내 계획은, 다름 아닌 소통이야.」

「좀 더 자세히 얘기해 봐.」

「그러니까 일단 여기서 해안을 따라 쭉 가다가 쥐들이 없는 곳을 발견하면 배를 정박하는 거야. 그러고 나서 다양한 토착 동물들과 전방위 소통을 시도해서 대규모 연합군을 결성하는 거지. 고양이, 개, 돼지…….」

「……앵무새도.」샹폴리옹이 촉새같이 입을 놀린다.

「그럼, 당연히 앵무새도 있으면 넣어야지. 그리고 샹폴리옹, 너는 앞으로 현지 동물들과의 소통을 위한 통역사 역할을 맡게 될 거야.」

「계속해, 바스테트, 그 〈기적의 계획〉을 우리한테 더 상세히 설명해 봐.」의외로 에스메랄다가 재촉한다.

「그렇게 일단 대군을 결성하고 나면 말이야, 뉴욕이 가진 지정학적 특성을 백분 활용할 생각이야. 여긴 포위 작전을 펼치기 쉬운 곳이거든. 우리가 파리 시테섬에 정착했을 때 티무르가 썼던 방법과 똑같은 방법을 쓰려고

해. 맨해튼 쥐들이 우리 연합군에 포위돼 식량이 떨어지고 아사 상태에 이르면 항복 말고는 다른 도리가 없을 거야. 굶주리고 지친 적을 공격하면 쉽게 이길 수 있어. 한마디로 발 안 대고 코 풀기지.」

확신에 찬 어조에 좌중이 압도되는 눈치다.

중요한 건 해결책이 존재한다는 인상을 상대에게 주는 것이다. 해결책의 내용이 좋은가 나쁜가는 전혀 중요하지 않다.

여유를 과시하기 위해 나는 일부러 뒷다리를 치켜들고 구석구석 몸을 핥는다.

내가 청중이라도 감탄했을 멋진 주장이야. 듣고만 있어도 희망이 샘솟지 않았을까.

어쨌든 내 덕분에 우리 공동체는 절망의 늪에서 빠져나왔어. 내 진가를 알게 된 저들이 나를 달리 보는 게 느껴져.

그런데 에스메랄다가 찬물을 끼얹는다. 「네가 뭔데 우리 우두머리 노릇을 하려는 거야?」

「뭐라고? 그거 나한테 한 말이야?」

「그래. 내가 보기에 넌 과대망상증이야. 물론 성과를 내면 으스댈 수도 있지. 하지만 말이야, 딱한 바스테트, 미안하지만 넌 수다스럽게 야옹거릴 줄만 알지 별로 건설적인 제안을 하는 법이 없어. 이건 객관적 사실이야.

잘 생각해 봐, 우리가 지금처럼 위험한 상황에 처하게 된 건 실수로 판명된 네 선택들 때문이란 말이야.」

「아니, 난 〈조금 부족한〉 성과를 올리긴 해도 실수 같은 건 안 해. 말은 바로 해야지. 그리고 말이야, 위기 앞에서는 누구 하나에게 책임을 지우기보다 모두가 머리를 맞대고 해결책을 찾아야 해.」

「결국은 네가 남들과 다르지 않은 평범한 고양이면서 우리한테 우두머리 행세를 한다는 걸 인정하는 거구나, 그렇지?」

속이 뒤집혀서 도저히 못 참겠어. 나는 그녀에게 다가가며 위아래로 째려본다. 에스메랄다가 내 시선을 피하지 않고 맞받아친다.

어디서 감히!

나는 귀를 세우고 꼬리를 위로 치켜든다. 상대도 꼬리를 세워 좌우로 살랑살랑 흔들어 대며 덤빌 테면 덤벼 보라는 식이다. 물러서지 않으면 한 방 먹이겠다는 뜻으로 내가 털을 한껏 부풀리니까 그녀 역시 털을 부풀리고 등을 동그랗게 만다.

우리는 이빨을 드러낸 채 씩씩거리며 서로를 노려본다.

이번엔 몸싸움을 피할 수 없겠어.

내가 앞발톱을 꺼내면서 상대를 향해 뛰어오르려는 순간 갑판에 비상 사이렌이 울려 퍼진다.

한 인간의 비명 같은 고함이 통역되어 들린다.

「쥐들이 배 후미에서 공격해 온다! 수십 마리가 닻줄을 타고 벌써 갑판에 올라왔어!」

나는 상황을 파악하기 위해 즉시 선장실 지붕으로 뛰어오른다. 갑판 뒤쪽이 이미 쥐 떼에 점령당했다. 아래쪽을 내려다보니 쥐 수백 마리가 선발대와 합류하기 위해 배를 향해 헤엄쳐 오고 있다.

나는 눈앞의 광경으로부터 재빨리 다음의 사실들을 추론해 낸다.

1. 미국 쥐들도 우리를 발견했다.

2. 미국 쥐들은 우리의 존재를 두려워하지 않는다.

3. 미국 쥐들은 바다 수영이 가능하다.

4. 미국 쥐들은 밀려오는 파도를 거슬러 장거리를 헤엄칠 만큼 몸이 다부지다.

현지 농불늘과의 조우가 생삭보나 빨리 이루어졌는걸.

태연한 척 애쓰고는 있지만 솔직히 다리가 후들거릴 지경이다.

2

스투페테 겐테스

로마의 원형 경기장 입구에는 다음과 같은 문구가 새겨져 있었다고 한다. 〈스투페테 겐테스Stupete gentes〉, 번역하면 〈사람들이여, 놀랄 준비를 하시라〉라는 뜻이다.

좋은 엔터테인먼트가 갖춰야 하는 기본적인 예의를 상기시키는 문구이다.

에드몽 웰즈,
『상대적이며 절대적인 지식의 백과사전』 제14권

3

교전

〈전투에서 패하지 않는 가장 좋은 방법은 전투에 참가하지 않는 것이란다.〉 엄마 말은 과연 명언이야.

난 전투에 참가하지 않겠어.

하지만 나한테 비겁하다고 손가락질하는 건 용납하지 않겠어. 내가 참전하지 않는 건 오로지 우리 공동체를 위한 선택이니까. 우리 공동체를 위한다는 게 뭐겠어? 바로 나, 이 바스테트의 안위를 지키는 거 아니겠어?

괜히 불필요한 위험을 자초했다가 내가 죽기라도 하면, 만에 하나 ESRAE 목걸이를 잃어버리기라도 하면 어떻게 되겠어? 그걸로 세상은 종말을 맞는 거야.

어디 이유가 그뿐인가? 솔직히 여기까지 헤엄쳐 오느라 기진맥진한 적들을 상대로 배 위에서 전투를 벌이는 건 나답지 않다. 승패가 이미 결정 난 전투에 참가해 발에 피를 묻히는 건 영웅적인 행동이 아니다.

암, 그런 졸렬한 짓을 할 순 없지.

더군다나 나 같은 우두머리가 졸개들을 상대하는 건 시간 낭비이기도 하고.

어쨌든 전황은 살펴야겠다는 생각에 나는 급히 중앙 돛대에 기어 올라가 갑판을 내려다본다.

고양이-인간 연합군은 물기 한 방울 묻지 않은 쌩쌩한 몸으로 쥐들을 상대하고 있다.

나폴레옹은 개들의 선봉에 서서 적과 싸우고 있다.

바댕테르는 돼지들을, 에스메랄다는 고양이들을 지휘하느라 여념이 없다.

살생을 기분 전환용 놀이로 여기는 아들놈은 당연히 최전선에서 앞발을 휘두르고 있다.

주변에 새들이 없어 지휘관 노릇을 할 수 없는 샹폴리옹은 참전이 아니라 구경을 위해 뱃전으로 날아드는 붉은부리갈매기 떼를 향해 까악까악 소리를 낸다.

「신사 숙녀 여러분, 진정들 하세요. 뭔가 오해가 있는 것 같은데 우리 서로 타협점을 찾아봅시다.」

고양이-인간 연합군에 돼지와 개까지 가세해 견고한 밀집 대형을 만든다.

앞니 대 송곳니, 발톱 대 발톱이 격돌하며 치열한 접전이 벌어진다. 인간들은 손에 잡히는 대로 막대기와 칼을 들고 휘두르다 여의치 않으면 맨주먹으로 쥐들을 상대한다.

적의 전력은 내 예상을 뛰어넘는다.

게다가 미국 쥐들은 두려움이라고는 모르는 것 같다. 이제 곧 그 무모함의 대가를 치르게 되겠지만.

양측의 공방이 갈수록 치열해진다.

나는 부하들의 사기를 북돋우기 위해 망루 꼭대기에서 소리를 지른다.

「밀리지 말고 버텨! 한 놈도 살려 주지 마!」

이렇게 소리를 지르는 건 나로서는 대단히 힘든 일은 아니다. 그래도 내 지시에 힘입었는지 아군이 일단 적의 선발대를 제지하는 데 성공한다. 하지만 기쁨도 잠시, 적의 응원군이 도착하면서 전세가 바뀐다.

나는 벼락같이 소리를 지른다.

「놈들을 모조리 죽여!」

수석 우위를 보이는 적군에 유리하게 상황이 전개되기 시작한다. 대체 얼마나 많은 놈이 여기까지 헤엄쳐 건너온 거야? 개전 초반에는 1백여 마리 남짓한 소규모 병력이었는데 지금 보니 거대 군단이 일정한 간격을 두고 끝없이 밀려오고 있다.

저들을 어떻게 저지한다?

〈반응과 대응을 혼동하지 말아라. 얼간이들은 상대가 도발해 오는 즉시 아무 생각 없이 맞받아치기부터 하지만 똑똑한 사람들은 시간을 갖고 위험을 분석한 다음 효과적인 대응 방식을 찾는단다.〉 엄마가 한 말은 바쁠수록 돌아가라는 뜻이겠지.

잘 생각해 보자, 지금 가장 중요한 문제가 뭐지?

질문을 던지는 순간 바로 해답이 떠오른다.

제길, 이 생각이 왜 이제야 나는 거야?

나는 망루 꼭대기에서 악을 쓰듯 야옹거린다.

「닻을 다시 올려!」

그런데 밑에서 아무 반응이 없다. 적은 아군에 큰 타격을 입히지 못한 채 공격을 계속하고 있다.

최전선에 배치된 쥐들이 죽으면 바다를 헤엄쳐 건너온 쥐들이 죽은 쥐들을 대신한다. 전사한 동료들 못지않게 호전적인 증원군은 눈 하나 깜짝하지 않고 동족의 시체를 밟고 지나가 싸우다가 역시나 죽음을 맞는다.

적들이 우리를 지치게 하려고 서해(鼠海) 전술을 쓰고 있어…….

워낙 중과부적이다 보니 적을 모두 당해 낼 재간이 없다. 이미 갑판은 쥐들로 뒤덮였다.

야아옹! 나는 한 번 더 호통친다.

「젠장, 닻을 다시 올리란 말이야!」

이번에도 누구 하나 명령을 이행하지 않는다.

비록 물에 젖고 기진맥진한 상태이지만 적들은 수적인 우세를 이용해 아군을 압도한다. 제일 큰 중앙 돛대 밑에 있던 쥐들이 나를 발견하고 벌써 돛대를 기어오르고 있다.

에잇, 더 이상 불구경하듯 바라볼 수 없게 됐어. 내키진 않지만 발에 피를 묻히는 수밖에.

나는 망루 가장자리에 서서 앞발과 뒷발을 번갈아 날려 다가오는 적들을 아래로 떨어뜨린다. 그런데 어느새 뒤에서 몰래 접근해 온 쥐 한 마리가 나를 꽉 문다.

아야!

잽싸게 몸을 돌려 놈을 가차 없이 물어 버린다. 입 안에 밍근히 퍼지는 비릿한 피의 맛에 흥분을 느끼면서, 돛대 끄트머리까지 헐떡거리며 기어 올라온 쥐들을 간단히 제압한다.

세 놈이 오른쪽 옆구리에서 기습적으로 동시에 공격해 온다. 나는 순간 당황해 망루 난간에서 뒷걸음질을 치다 몸의 중심을 잃고 돛대에서 떨어진다.

어떻게든 공중에 머무르려고 허리를 흔들어 보고 네

다리를 앞뒤로 쫙 펼쳐도 보지만 내 몸은 빠른 속도로 추락한다.

바다가 나를 향해 무섭게 달려든다.

밑에서 헤엄치던 튼실한 쥐를 깔아뭉개며 떨어지는 바람에 다행히 충격은 완화되었다. 물론 내 밑에 깔린 쥐야 뚝 소리와 함께 척추가 부러지는 고통을 겪었을 것이다.

이놈이 밑에 있었기에 망정이지 하마터면 큰일 날 뻔했어!

하지만 순식간에 나는 배를 향해 헤엄쳐 가던 쥐 수백 마리에 에워싸인 채 바다에 떠 있는 신세가 되고 말았다.

바닷물은 또 얼마나 차가운지. 이빨이 딱딱 부딪힌다.

지금 이 글을 읽고 있는 너희는 알지? 내가 물이라면 질색하는 거? 난 털이 젖는 상상만 해도 소름이 끼쳐. 수영은 할 줄 알지만 절대 즐기진 않아. 그런 내가 쥐 떼에 둘러싸여 수영을 해야 했으니 어땠겠어?

쥐 한 마리가 우악스럽게 내 뒷다리를 잡아 나를 수면 아래로 끌어 내린다. 몸이 잠기고, 끔찍한 액체가 입 안으로 흘러 들어온다. 퉤퉤. 난생처음 입수했던 강물과는 전혀 다른 맛이야. 지독히도 짜네.

온몸을 버둥거리자 물이 튀면서 하얀 거품이 인다. 놈

들의 전투력이 육지에서만큼은 못해야 할 텐데, 제발 그 래야 내가 살 수 있을 텐데.

당하고 있을 수만은 없어 나는 사방으로 발길질을 내 지르기 시작한다. 하지만 저들의 앞니가 내 어깨와 등에 박히는 게 느껴진다.

내가 죽인 쥐들과 내 상처에서 흘러나오는 피가 바닷 물을 붉게 물들인다.

너희한테는 절대 나 같은 일이 생기지 않길 바라. 차갑 고 짠 바닷물 속에서 너희보다 수영을 백배 잘하는 쥐 수 백 마리에 에워싸여 버둥거리는 게 얼마나 끔찍한지 알아?

적들에게 공포를 불어넣으려고 포효하듯 야옹거려 봤 지만 소용이 없었어.

너희한테 야옹 소리에 대해 특별히 가르쳐 줄 필요는 없겠지만 이거 하나는 강조해 두고 싶어. 야옹 소리의 핵 심은 바로 억양에 있다는 거. 자신감이 부족한 야옹 소리 는 금방 상대에게 간파되고 말아. 맥없이 야옹거리는 소 리는 도리어 상대가 너희를 만만하게 보는 역효과를 일 으킬 뿐이지.

나는 패배주의자가 아니지만 솔직히 답이 없는 상황 이다. 좋아, 이판사판, 고양이의 명예를 걸고 결사 항전하는 거야. 한 놈이 뒷다리를 세게 문다. 또 한 놈은 앞니로 내 꼬리를 물고 흔들어 댄다. 칼날 같은 발톱으로 등을 할퀴어 대는 놈도 있다. 여럿이 한꺼번에 달려드니 어찌해 볼 도리가 없다. 이런, 한 놈이 더 나타나 관절 달린 발가락 네 개짜리 앞발로 내 머리통을 잡아 물속에 처박는다.

시뻘건 물속에서 겨우 눈을 떠보니 날카로운 발톱이 달린 분홍색 발 수십 개가 주변에서 물을 차고 있다.

상처가 따끔거리며 아파 온다.

지금 내 심정을 무슨 말로…… 어떻게…… 표현할 수 있을까? 생경함에서 오는 불편? 공포? 아냐, 아닌데. 아, 바로 이거야. 절대 고독.

내 처지라면 너흰 어떻게 했을까? 난 소리를 한 번 야옹, 하고 크게 지르고 싶었어. 그런데 물속에선 그것조차 불가능하더라. 그 최소한의 행위조차 허용되지 않았어. 숨은 막혀 오는데 적들의 발톱 공격은 멈추질 않았어.

결국 지금, 여기서, 이렇게 끝나고 마는 건가? 바다 한가운데서 미국 쥐들에게 포위된 채 마지막을 맞는 것인가?

스스로 여왕임을 자부했던 나, 바스테트의 시체가 변변한 장례도 없이 세상에서 사라지는 상상을 하는 순간 슬픔이 밀려온다. 물고기들이 내 육신을 향해 달려들겠지. 그들이 뜯어 먹다 남긴 살점 몇 점은 알지도 못하는 나라의 먼바다 위를 떠다니다 썩어 없어지겠지.

아니면 쥐들이 나를 산 채로 먹어 치우는 최악의 상황이 일어날지도 몰라.

나는 존재의 마지막이 될지도 모르는 순간을 놓치지 않기 위해, 세상을 내 각막에 새겨 놓기 위해 눈을 크게 뜬다.

이 순간, 뜻밖의 일이 벌어진다. 시커먼 형체 하나가 풍덩 소리와 함께 물거품을 일으키며 내 앞에 떨어지자 나를 포위하고 있던 설치류들이 순식간에 흩어진다.

검은 덩어리의 정체는 바로 내가 잘 아는 그 고양이.

너 여기서 뭐 하는 거야?

아, 너도 나처럼 배에서 떨어진 모양이구나.

에스메랄다가 능숙한 솜씨로 헤엄을 치면서 다시 나를 공격하기 위해 달려드는 쥐들을 간단히 쫓아 버린다.

나는 그제야 물 밖으로 머리를 빼서 공기를 한 모금 들이마신다.

여전히 내 주변에 남아 헤엄을 치며 공격 기회를 노리던 쥐들이 갑작스러운 고양이의 출현에 당혹해하는 모습을 보인다.

에스메랄다가 귀 끝을 옴찍거려 따라오라는 신호를 보낸다.

그녀를 뒤쫓아 배 옆구리로 헤엄쳐 가자 플라스틱 양동이 하나가 바닷물에 떠 있다.

양동이에 묶인 밧줄을 따라 시선을 위로 움직이니 상갑판 난간에서 나탈리가 몸을 숙여 밧줄을 잡고 있는 게 보인다.

착한 내 집사. 가끔은 인간 집사들한테도 도움을 기대할 수 있겠어.

나는 즉시 양동이에 올라타 위로 끌어 올려지기를 기다린다. 그런데 어쩐 일인지 집사가 줄을 당길 생각이 없어 보인다. 쥐들이 다시 몰려오는데 뭘 하는 거야. 나는 위를 올려다보고 소리를 지른다. 야옹!

「얼른 날 끌어 올려요!」

무슨 이유로 꾸물거리는지 알 수가 없네.

혹시 추락 후 수중전을 벌이는 동안 내 제3의 눈에 있는 번역기가 고장이 났나?

「날 끌어 올리라고! 이건 명령이야, 나탈리!」

나한테는 눈길도 주지 않는 그녀의 시선이 향하는 곳을 보고 나서야 나는 깨닫는다.

에스메랄다도 양동이에 태우려고 기다리는구나.

솔직히 집사가 저 고양이 하나 때문에 큰 위험을 감수한다는 게 마뜩하진 않지만, 인간들이 원래 감정에 치우친다는 걸 아니까 그냥 넘어가 주기로 한다.

드디어 에스메랄다가 양동이에 올라탄다. 입에 물고 있는 저건 뭐지?

내 ESRAE 목걸이잖아!

이런, 목걸이가 빠진 줄도 몰랐다. 물속에서 발버둥 치며 쥐들을 상대할 때 벗겨진 모양이다. 이 귀한 걸 잃어버렸으면 어떻게 됐을지 상상만 해도 끔찍하다.

아마도 난 인류가 수천 년간 축적한 지식을 사라지게 만들었다는 죄책감에 시달렸을 거야.

방수 덮개가 덮여 있었기에 망정이지, 안 그랬다면 어땠을까. 짠 바닷물이 스며들어 USB가 망가지고 말았을 거야. 휴.

이런 상황까지 예상하고 충격에 강한 USB 케이스를 만든 로망의 선견지명 덕분이야. 고마워요, 로망.

나와 에스메랄다는 느니어 뱃전으로 끌어 올려진다. 아슬아슬한 타이밍이었다.

샴고양이가 파란 눈을 반짝이며 우리를 맞이한다.

「괜찮아, 바스테트? 다친 데는 없어?」 피타고라스가 걱정이 가득한 얼굴로 묻는다.

나는 입 안에 남아 있는 기분 나쁜 맛을 지우려고 침부터 뱉는다.

그러고 나서는 몸을 푸들거려 물기를 털고 털에 묻은 피를 재빨리 혀로 핥아 낸 다음 전황을 살핀다.

적의 병력이 계속 보충되는 탓에 선상 전투는 끝날 기미가 보이지 않는다. 쥐 수백 마리가 떼를 지어 갑판 위를 몰려다니며 아군을 공격하고 있다.

자세한 얘긴 나중에 하고 일단 놈들을 처치해야 해. 나는 앞발을 휘두르며 적군을 상대하기 시작한다.

예상보다 힘겨운 전투가 이어지고 있다.

객관적으로 미국 쥐들은 덩치와 힘, 호전성 면에서 프랑스 쥐들을 훨씬 능가한다.

갑판 곳곳에서 고양이와 인간, 돼지, 개 할 것 없이 아군이 적에게 포위돼 곤경에 처해 있다.

멀리 돼지 바댕테르의 모습이 보인다. 재판에서 우리를 변호해 주었던 고마운 돼지가 쥐 떼에 깔려 발버둥 치고 있지만 안타깝게도 나는 그를 도울 길이 없다. 한참을 버둥대던 그가 킹킹 신음하더니 바닥에 고개를 처박으며 쓰러진다. 그러고 나서는 움직임이 없다. 죽은 것이다.

아듀, 바댕테르. 널 많이 좋아했어. 넌 정말 멋진 돼지였어.

함께 대서양을 횡단한 동료들이 하나둘 쓰러진다.

내가 위험을 너무 과소평가했던 건 아닐까.

유일하게 쥐들의 발톱 공격에서 안전한 샹폴리옹이 공중에서 전장을 내려다보며 독수리 울음소리를 낸다. 하지만 정작 쥐들은 아랑곳하지 않는다.

이 꼴을 당하자고 그 먼 길을 왔단 말인가…….

하지만 이것은 앞으로 펼쳐질 모험의 시작에 불과할지 모른다는 생각이 머리를 스친다.

인간들 역시 쥐들을 상대하며 고역을 치르다 내가 보는 앞에서 여럿 목숨을 잃는다.

다행히 나탈리와 로망은 아직 살아서 불붙인 나무토막을 휘두르며 쥐들을 쫓고 있다.

나는 목청이 터져라 한 번 더 야옹거린다.

「닻을 올려! 닻을 올리라니까!」

드디어 내 말이 들렸는지 로망과 나탈리가 앵커 롤러를 향해 다급히 뛰어간다.

나달리가 횃불을 휘휘 돌리며 쥐들을 쫓는 사이 로망이 장치를 작동시킨다. 그런데 안에 뭐가 끼었는지 장치가 움직이지 않는다.

내가 가서 도와줘야지, 안 되겠어.

나는 모두에게 들리게 우렁찬 목소리로 명령을 내린

다. 야아옹!

「다들 앵커 롤러 쪽으로!」

피타고라스와 안젤로, 에스메랄다가 제일 먼저 소리를 듣고 달려와 나와 함께 인간들을 엄호하러 간다.

나는 거의 다 타들어 간 나무토막을 휘두르고 있는 집사의 발치에서 앞발을 날리며 쥐들의 접근을 제지한다.

문제를 찾아낸 로망이 원통 롤러의 홈을 가리킨다. 홈속에 들어가 있던 쥐들이 롤러가 돌아가는 바람에 으깨지고 짓이겨져 회전을 막고 있는 것이다.

로망이 주머니에서 칼을 꺼내 롤러 표면에 눌어붙은 불그스름한 덩어리들을 떼어 낸다. 잠시 후 다시 핸들을 움직이자 롤러가 서서히 돌며 닻줄이 회전축을 중심으로 감기기 시작한다.

내가 고장 난 앵커 롤러에 몰두한 사이 쥐 한 마리가 달려들어 어깨를 세게 문다. 또 한 마리는 내 배에 매달려 이빨을 박아 넣는다.

순식간에 나는 쥐 세 마리의 집중 공격을 받는다.

이 모습을 멀리서 발견한 보더콜리 나폴레옹이 벼락같이 뛰어온다.

이렇게 용감한 개가 세상에 또 있을까.

그가 나를 괴롭히는 쥐들을 입에 물고 흔들어 댄다. 내가 안도의 한숨을 내쉬는 사이 이번엔 그가 위험에 처한다.

쥐 한 마리가 그의 뒷다리 허벅지로 뛰어올라 앞니를 박아 넣는다. 이빨이 살을 깊이 파고들었는지 나폴레옹이 낑낑대며 몸부림친다. 설상가상. 고통에 찬 개의 신음을 들은 쥐들이 우르르 달려들어 협공을 펼친다.

이미 내가 손을 쓸 수 없는 상황이 되고 말았다. 나폴레옹에게 파리 떼처럼 붙어 있는 쥐들 속으로 뛰어드는 것은 죽음을 자초하는 일이나 다름없다.

아듀, 나폴레옹.

마침내 닻이 올라오자 바다에서 헤엄치는 쥐들이 더는 갑판 위로 오지 못한다.

때마침 바람이 불어 잔잔하던 바다에 높은 파도가 일기 시작한다. 이제 쥐들이 파도를 거슬러 배를 향해 헤엄쳐 오는 건 불가능에 가깝다.

여전히 갑판에 남아 있는 쥐들이 죽기 살기로 우리에게 달려든다.

이렇게 독하고 끈질긴 쥐들은 난생처음이야.

적들의 숫자가 급격히 줄어든다.

기진맥진한 소수의 쥐는 더 이상 우리의 상대가 되지 않지만 놈들이 해악을 끼치지 못하게 숨통을 확실히 끊어 놓는다.

순식간에 갑판이 고요해진다. 해안으로 밀려갔다 되돌아오는 파도 소리만 귀에 들릴 뿐이다.

「우리가 이겼다!」 샹폴리옹이 고양이어에 이어 인간 언어로 크게 소리친다.

이기긴 이겼지만 대가가 너무 크다.

뚱뚱한 미국 쥐들은 물론이고 아군 측 인간과 고양이, 개, 돼지의 사체 수백 구가 갑판을 뒤덮고 있다.

언뜻 보아 목숨을 건진 건 나와 나탈리, 로망 그리고 피타고라스와 안젤로, 에스메랄다, 샹폴리옹뿐이다.

마지막 희망호에 승선했던 274명이 불과…… 일곱으로 줄어들다니.

갑자기 수많은 동료가 목숨을 잃었다는 사실이 당혹스럽다 못해 비현실적으로 느껴진다.

눈 뜨고는 볼 수 없는 참혹한 모습으로 나폴레옹이 바닥에 쓰러져 있다. 바맹테르의 몸은 형체가 사라지고, 불그스름한 살점들이 너덜너덜 매달려 있는 거대한 덩어리로 변해 있다.

긴 항해를 거치면서 이제 서로를 조금씩 알아 가던 나의 동료들. 나는 그들에게서 눈을 떼지 못한다. 신대륙의 개척자가 될 줄 알았던 그들이 생명이 빠져나간…… 살덩이로 내 눈앞에 있다니. 파리들이 벌써 주변을 윙윙거린다.

〈무엇에도 누구에게도 애착을 갖지 말렴. 그 대상들은 결국에는 다 너를 떠나게 되어 있어.〉 엄마 말대로 그 무엇에도 마음을 주지 않을 수 있다면 얼마나 좋을까.

「**우리가 이겼다!**」 샹폴리옹이 다시 울음소리를 낸다. 눈앞의 참상에 좌절하지 말라는 뜻일까.

하지만 내 가슴에는 앵무새의 환호가 와닿지 않는다.

지금 나는 두려움이라는 말로는 부족한 모종의 감정에 사로잡혀 있다.

이 감정 혹은 예감의 정체는 뭘까?

첫 단추가 잘못 끼워졌으니 앞으로 우리에게 더욱 모진 시련이 닥쳐올지 모른다는 불길한 예감.

낙관론자인 엄마는 〈바닥으로 떨어지면 차고 올라올 일만 남았으니 걱정하지 말거라〉라고 했지만, 나는 왠지 바닥이 꺼지며 더 깊이 추락할 것 같은 불길한 예감에 사로잡힌다. 움찔, 몸서리가 쳐진다.

우리가 이겼다는 샹폴리옹의 말에 나는 수긍할 수 없다.

살아남았다는 사실이 승리의 동의어라면 또 모르겠지만.

되돌아보니 아메리카 대륙에 닻을 내리려던 우리의 시도는 완전히…… 실패로 끝났다. 실패라는 걸 인정하지 않을 수가 없다.

로망과 나탈리가 혹시 목숨이 붙어 있는 사람이 없는지 한 명 한 명 몸을 들춰 가며 살펴본다. 하지만 이미 시체들이거나, 죽음이 임박한 사람들뿐이다.

나는 단호하게 명령을 내린다.

「어서 해안에서 멀리 벗어나요.」

나탈리가 키를 잡자 로망이 돛을 펼친다.

나는 상처를 꼼꼼히 혀로 핥아 소독한다. 두꺼운 털이 방어막 역할을 해준 덕에 다행히 깊은 상처는 보이지 않는다.

어쩐 일인지 로망이 배를 출발시키지 못하고 쩔쩔맨다.

「어딘가 문제가 생긴 것 같아.」

그가 고개를 갸우뚱거리며 선창으로 내려가더니 한참 만에 올라온다.

「쥐들이 키에서 밑판으로 이어지는 수직 축을 갉아 놨어.」

항해하는 동안 배에 대해 적잖이 배운 덕에 로망이 조타 장치에 문제가 생겼다고 말하고 있다는 것을 나는 금세 이해하고 되묻는다.

「고칠 수 있을까요?」

「한나절 이상은 걸릴 거야.」

「그사이 쥐들이 다시 공격해 오면 어떡하지?」 역시 에스메랄다 아니랄까 봐 또 입방정.

내가 즉시 말을 자르며 단호하게 말한다.

「지금까지 했던 대로 쥐들을 물리칠 수 있으니까 걱정하지 마. 그동안 배가 살짝 표류할 수도 있겠지만 큰 문제는 아니야.」

「쥐 사체는 어떻게 해요?」 안젤로가 끼어든다. 「먹어도 돼요? 물고기 말고 좀 다른 걸 먹고 싶은데…….」

갑판 끝에서 나탈리와 로망이 쥐 사체들은 바다로 던지고 우리 동료들은 따로 선장실 지붕에 모아 놓는 모습이 보인다. 미동이 없는 동료들을 마주하는 순간 가슴이 저릿하다.

아듀, 내 친구들.

보더콜리 나폴레옹에게서 눈을 떼지 못하는 나를 보고 피타고라스가 다가온다. 심란한 마음을 읽은 눈치다.

「슬퍼?」

나는 가늘게 한숨을 내뱉고 나서 심정을 고백한다.

「나폴레옹은 나를 살리려다 죽었어. 내가 받은 사랑만

50

큼 되돌려 주지 못하는 것 같아 고통스러울 때가 있어.」

「아직 에스메랄다한테 고마움을 전할 기회는 있어. 그
녀 역시 네 목숨을 구해 줬고, 아직 살아 있으니까.」

나는 인간들을 거들어 바다로 사체를 던지고 있는 검
은 암고양이를 바라보면서 고개를 가로젓는다.

「아니, 그건 전혀 다른 문제야.」

「네가 망루에서 떨어지는 걸 보고 에스메랄다가 주저
없이 난간을 넘어 바다로 뛰어들었어. 너를 구하려고 말
이야.」

「그랬어? 난 또 우연의 일치인가 했지. 나랑 동시에 배
에서 추락한 줄 알았어.」

나는 얄미운 에스메랄다에게 내키지 않는 감사의 말
을 해야 하는 상황이 싫어 대충 얼버무린다.

그녀가 우리 쪽으로 걸어온다.

젠장, 꼭 이럴 때는 귀신같이 엿듣고 오네. 기분 나빠.

「위험에 처한 너를 도운 건 나로선 당연한 일이야.」에
스메랄다가 야옹거린다. 「너라도 아마 그랬을 거야.」

글쎄, 난 그렇다고 자신 있게 말 못 해. 하지만 지금은
이 문제에 대해 왈가왈부할 때가 아니지.

「그런 얘기는 다음에 하면 안 될까?」나와 에스메랄다
사이에서 가시 돋친 분위기를 감지한 피타고라스가 끼어

든다.

나탈리와 로망이 쥐들에 이어 고양이, 개, 돼지, 마지막으로 인간의 사체를 하나씩 배 밖으로 던지고 있다.

나는 컨디션이 좋지 않아 청소 작업에 참여하는 대신 죽은 쥐 머리를 하나 떼어 내서 통째로 씹어 먹는다. 생각에 집중하려면 에너지가 필요하니까.

〈적이 누구인지 이해하고 싶으면 적의 뇌를 먹어 보거라〉라고 했던 엄마의 말을 떠올리며 천천히 꼭꼭 씹어 먹는다.

갑판 청소가 끝나고 배가 항해 가능한 상태가 되자 나탈리가 우리와 특별히 가까웠던 인간들과 동물들을 따로 쪽배에 실어 놓았다면서 소박하게 장례를 치러 주자고 제안한다. 작은 배에 인간 열 명과 바댕테르, 나폴레옹 그리고 우리와 각별했던 고양이 몇 마리가 줄을 지어 누워 있는 게 보인다.

쪽배를 바다로 내릴 준비가 끝나자 집사가 짧은 추도사를 한다.

「당신들은 멋진 삶을 살았어요. 우리 일곱을 살리기 위해 먼저 먼 길을 떠난 당신들을 영원히 잊지 못할 거예요.」

나는 마음속으로 덧붙인다.

〈당신들과 함께 찾으러 떠났던 행복을 남은 우리가 이곳에서 반드시 찾을게요. 그래야 당신들의 죽음이 헛되지 않을 테니까요. 약속할게요.〉

로망 웰즈가 망자들의 이름을 차례로 부르더니 음악을 튼다. 모차르트 레퀴엠의 숭고한 선율이 스피커를 통해 울려 퍼진다.

나탈리가 숙연한 표정으로 사체들 위에 휘발유를 한 통 붓고 나서 신호를 보내자 로망이 크레인을 조작해 쪽배를 바다로 내린다. 운구용 쪽배가 우리가 탄 배에서 충분히 멀어졌다는 판단이 들자 나탈리가 신호탄 총의 방아쇠를 당겨 불꽃을 쏜다. 순식간에 배에 불이 붙어 타기 시작한다. 나는 이게 인간들이 〈화장〉이라 부르는 절차임을 안다. 죽은 동족의 시체를 직접 먹어 없애거나 벌레에게 먹이로 주어 생태계의 순환 사이클로 돌아가게 하지 않고 이렇게 파괴하는 동물은 인간이 유일할 것이다. 낭비라고 생각하지만 나는 속마음을 굳이 말로 뱉지는 않는다.

인간들 때문에 변해서인지 아니면 모차르트 레퀴엠의 처연한 선율 때문인지 복잡하고 묘한 감정이 가슴 밑바닥에서 올라온다. 죽지 않고 살아 있다는 안도감과 사라진 존재들에 대한 안타까움이 한데 뒤섞인 알 수 없는 감정이다.

아메리카 도착 첫날에 이렇게 많은 희생자가 나왔다는 사실이 여전히 실감 나지 않는다.

나는 오늘 치른 희생의 규모를 다시 한번 머릿속으로 정리해 본다. 고양이 140마리, 인간 10명, 돼지 65마리, 개 52마리……. 고작 수십 분간 벌어진 단 한 번의 전투에서 이런 대규모 희생이 나오다니…….

시작이 좋지 않아.

불안감이 가슴을 답답하게 옥죄어 온다.

바다에 서서히 어둠이 내리자 검은 파도 위에 크고 노란 불덩이가 하나 떠 있는 것처럼 보인다. 동료들이 우리의 꿈과 함께 연기가 되어 마지막 안식처일지 모르는 이 땅을 떠나고 있다.

고통은 역시나 남겨진 자들의 몫이지.

모차르트의 레퀴엠, 불타오르는 쪽배, 별이 박힌 밤하늘 그리고 망자들과의 추억이 나를 감상에 젖게 한다. 그간의 우여곡절이 수마등처럼 머리를 스쳐 지나간다. 갑자기 머리가 터져 버릴 것 같다.

4

머리는 반드시 필요한가?

동물은 머리가 없어도 살 수 있을까?

수탉 마이크의 기상천외한 이야기는 이것이 가능하다고 말해 주는 것 같다.

1945년, 미국 콜로라도주에 살던 농부 로이드 올슨은 장모에게 저녁 식사를 대접하기 위해 자신이 기르던 수탉을 잡기로 했다.

농부는 도끼로 닭의 머리를 내리쳤다. 그런데 머리가 잘린 닭이 벌떡 일어나더니 아무렇지 않게 걸어다니는 게 아닌가. 더욱 놀라운 것은 닭이 평소 모이를 쪼거나 털을 고를 때 하듯이 잘린 목을 이쪽저쪽으로 움직여 대는 것이었다.

기겁을 한 올슨은 닭을 식탁에 올리지 않고 살려 주기로 했다. 그는 이때부터 물과 으깬 옥수수를 번갈아 스포

이트에 채워 마이크에게 먹였다. 음식물 때문에 기도가 막히면 주사기 바늘로 찌꺼기를 긁어내 주었다. 그는 사람들이 자신의 얘기를 믿기는커녕 오히려 자신을 이상한 사람으로 취급하자 유타 대학교를 찾아가 닭을 과학자들에게 보여 주었다. 과학자들이 인정해 주자 수탉 마이크의 일화는 『타임』지에 소개될 정도로 화제를 일으켰다. 그러자 로이드 올슨은 마이크를 데리고 전국 순회에 나선다. 사람들이 관람료 25센트를 내고 목이 잘려도 살아 있는 닭을 구경하기 위해 몰려들었다.

머리 없는 닭의 인기가 절정에 달했을 때는 올슨에게 농사보다 훨씬 많은 수입을 가져다주었다.

그러던 중 1947년 3월, 주인과 함께 피닉스의 한 모텔에 머물던 마이크가 질식하는 사고가 일어난다. 주인이 주사기를 챙겨 오지 않아 음식물 찌꺼기가 기도를 막은 탓이었다.

머리 없이 18개월을 산 마이크는 결국 죽음을 맞았다. 이후 올슨은 무수한 닭을 희생시켜 가며 기적을 재현하려 애썼지만 모두 실패했다. 이 세상에 마이크 같은 닭은 단 한 마리뿐이었음을 확인해 주는 결과였다.

『상대적이며 절대적인 지식의 백과사전』 제14권

5

애도의 시간

동료들은 죽고 나는 이렇게 살아 있다.

선장실의 투명한 유리창에 내 모습이 비친다. 초록색 눈, 윤기가 흐르는 하얗고 검은 털이 길게 덮인 몸 그리고 코에 앙증맞게 찍힌 하트 모양의 검은 점.

저게 나야.

바스테트 여왕 폐하.

지금 나는 여기서 무엇을 하고 있는 거지?

나는 어떻게 여기까지 오게 되었나?

지금부터 잠깐 내 얘기를 들려줄게. 이미 알고 있다면 건너뛰어도 좋아.

예전에 나는 어제가 오늘 같고 오늘이 내일 같은 무료한 일상을 사는 평범한 집고양이였어. 매일 같은 사료가 같은 그릇에 담겨 있었지. 나는 집사인 나탈리가 귀가하길 기다리며 수없이 눈을 떴다 감았다 하면서 긴 낮잠을 잤어.

그 시절 내가 스스로 세운 최초의 목표는 주변 생명체와의 소통이었어. 인간이든 금붕어든 쥐든 비둘기든 살아 있는 모든 존재와 소통을 시도했지.

서로의 정신이 연결되기만 하면 종을 뛰어넘는 소통이 가능하다고 믿었지만 결과는 미약했어.

결국 그 고귀한 계획을 포기하고, 무료함을 달래기 위해 차선책으로 택한 게 발코니에서 거리를 구경하는 거였어.

뭘 구경했냐고?

뒷다리로만 걸어다니는 인간들. 좁은 도로에 서로 닿을 듯이 주차된 차들. 구구거리는 비둘기들. 인도에 똥을 눈 다음 덮지도 않고 지나가는 무례한 개들. 나를 약 올리는 파리 떼들.

구경거리라는 말이 무색하게 시시한 광경들이지.

비가 내리고, 하늘에서 눈송이가 떨어지고, 바람이 불어 도로의 낙엽들이 공중으로 날아오르는 걸 하염없이 바라볼 때도 있었어.

해가 기울어 어둑어둑한 초저녁이 되면 집사 나탈리가 집에 돌아와 나를 잠시 쓰다듬어 준 다음 밥그릇에 사료를 부어 주고 물그릇을 채워 줬지. 그러면 나는 밥을 먹고 물을 마신 후 몸단장을 하고 오늘과 다르지 않을 내일을 위해 휴식을 취했어.

그때 내게 미래라는 말은 무미건조한 행위들의 반복일 뿐이었어.

그러던 어느 날, 뜻밖의 사건이 바로 내 눈앞에서 벌어졌지.

검은 옷을 입고 턱수염을 기른 사내 하나가 우리 집 옆 건물에 있는 인간 아이들을 향해 소총을 발사하는 장면을 목격한 거야. 사내는 뜻을 알 수 없는 한 문장을 반복해 외쳤어.

그는 신이 나서 아이들을 죽이는 것 같아 보였어.

나로서는 도저히 〈이해 불가능〉한 행동이었지. 그 사건을 계기로 나는 인간이라는 존재에 궁금증을 갖게 됐어.

인간이라는 동물은 대체 어떤 동물인가?

그즈음 옆집에 새로 이사 온 샴고양이 한 마리를 알게 됐어. 피타고라스라는 이름을 가진 그 고양이는 정수리에 네모난 구멍이 뚫려 있었지. 그는 그 구멍이 USB 단자이고, 자신에게는 제3의 눈이라고 자랑스럽게 말했지. 그걸 통해 자신의 뇌를 컴퓨터에 연결하면 머릿속으로 웹 서핑이 가능하고 인간이 가진 모든 지식에 접속할 수 있다고 했어.

그 박식한 고양이가 검은 옷의 사내에 대해 알려 줬어. 그 사내는 일면식도 없는 아이들을 죽이러 유치원으로 들이닥친 광신주의자라고. 자신이 믿는 상상 속 신을 기쁘게 하려고 그런 짓을 저지른 거라고.

나는 피타고라스가 말하는 신이니 광신주의니 하는 이상야릇한 개념을 도무지 이해할 수가 없었어.

그 사건을 시발점으로 인간 세계는 수렁에 빠졌어. 내전이 발발했고 아슬아슬하게나마 지탱되던 사회 질서가 순식간에 무너졌지. 광신주의자들은 세력을 확장하면서 갈수록 폭력성을 드러냈어. 인간 사회가 정상적인 작동을 멈추자 거리에 쓰레기가 쌓이기 시작했지. 방치된 쓰레기 더미에 바퀴벌레와 해충이 들끓었어. 비둘기만큼 개체 수가 많아진 까마귀가 도시의 하늘을 점령했어.

그때까지만 해도 지하 하수구나 지하철 터널에서 살던 쥐들이 하나둘 지상으로 올라왔지. 쥐들은 더 이상 인간을 무서워하지 않았어. 심지어는 우리 고양이들까지 만만하게 봤어. 쥐들이 무서운 속도로 번식하며 새로운 페스트를 퍼뜨렸지만 이미 와해된 인간 사회는 감염병에 대처할 능력이 없었어. 백신 개발 능력을 가진 과학자들

대다수가 광신주의자들의 손에 죽임을 당했기 때문이야.

오랜 세월 인류가 쌓아 올린 문명이 한순간에 와해됐지.

문명이 외부 충격에 얼마나 취약한지 그때 깨달았어.

피타고라스와 나는 사태의 엄중함을 인식하고 우리가 나서지 않으면 곧 최악의 상황, 다시 말해 쥐들이 인간의 뒤를 이어 세계를 지배하는 끔찍한 일이 벌어지리라고 판단했어.

그것은 우리 고양이들의 이해관계와도 직결되는 문제였지.

당장 행동에 나서야 했어.

난 그때나 지금이나, 우리 각자가 할 수 있다는 믿음만 가지면 세계 역사를 바꿀 수 있다고 확신해.

물론 지금 내 얘길 읽고 있는 너희들도 얼마든지 할 수 있어. 자신감을 가지고 도전하면 돼.

나태함을 버려.

두려움도 버려.

그리고 외부의 영향에서, 심지어 내 영향에서도 벗어나 자유롭게 스스로 생각하고 판단해.

아니, 농담이 아니야. 너희는 자기 자신을 보잘것없는 존재로 여길지 몰라도 나는 너희 각자에게 숨겨진 재능과 재주가 있고 그것은 언젠가 발현될 수밖에 없다고 믿어.

어쨌든 그때 난 그렇게 믿었고, 지금도 여전히 믿고 있어. 내가 세계 역사를 바꿀 수 있다고.

내가 너희와 다른 건 딱 한 가지뿐이야. 용기. 너희가 용기를 내지 못하고 앞뒤 재는 사이 나는 지금 같은 대모험에 그냥 몸을 던져 버리지. 무모하게 보일지 몰라도 말이야.

다른 종과의 소통이 내 첫 번째 목표였다면 일련의 사건을 겪으면서 두 번째 목표가 추가됐어. 쥐들의 세계 정복을 저지하는 것.

나는 피타고라스에게 행동에 나설 필요성을 설파했어.

그러고 나서 여러 동물 종을 모아 항서(抗鼠) 연합군을 꾸렸지. 고양이와 인간은 물론이고 개와 돼지, 앵무새까지 포함한 이 대규모 동맹군은 세상을 쥐로부터 구하겠다는 공통된 목표하에 결사 항전했어.

우리는 수적으로 절대 우위에 있는 쥐들에 맞서 치열한 전투를 거듭했어.

아까운 목숨을 수없이 잃어야 했지.

적들에게 밀리면서 계속 도망칠 수밖에 없었어.

하지만 다 나쁜 일만 있었던 건 아니야. 로망 웰즈라는 인간 과학자가 내 정수리에도 제3의 눈을 장착해 줬어. 덕분에 나도 피타고라스처럼 인간은 물론이고 컴퓨터와도 소통이 가능해졌어.

나는 저항 세력을 이끌며 쥐들에게 대항했어.

좋은 일이 한 가지 더 있었어. 내가 인간의 모든 지식을 〈상대적이며 절대적인 지식의 백과사전 확장판〉, ESRAE라는 이름으로 저장해 놓은 USB의 주인이 됐거든. 내 목걸이에 달린 이 USB 덕분에 나는 세상을 더 많이 이해할 수 있게 됐어.

그런데 쥐들의 왕인 극악무도한 티무르가 내 목에 걸린 이 보물에 눈독을 들이게 됐어. 한때 실험용 쥐였던 티무르도 제3의 눈을 가지고 있어 인간들의 지식에 접근할 수 있었지.

우리는 티무르의 추격을 피해 계속 도망치다 결국 바다로 나왔어. 우리에게 남은 도피처는 바다뿐이었으니까. 그래서 마지막 희망호라는 대형 범선을 타고 대서양을 건너 아메리카까지 오게 됐지. 미국 인간들이 초강력 쥐약을 개발했다는 소식을 듣고 먼 길을 왔는데…… 막상 와보니까 예상과 딴판이네. 우리가 입수한 정보가 애초에 가짜였거나 시효가 지난 정보였던 모양이야. 그래서 이렇게 혹독한 대가를 치르는 중이야. 이 일로 크게 낙담한 건 사실이지만 그렇다고 내 목표가 바뀌진 않아.

이 세상 모든 존재가 나를 여왕으로 받들게 될 날이 오리라 믿어. 그들이 나와 이름이 같았던 이집트의 여신 바스테트처럼 나를 숭앙하는 날이 반드시 오리라 믿어.

나는 지상의 모든 동물 종이 나를 숭배하면서 조화롭고 평화로운 세상에서 살아가게 만들 자신이 있어.

과대망상 아니냐고? 뭐, 듣기에 따라 그렇게 들릴 수도 있겠지. 하지만 우리 엄마는 입버릇처럼 말했어. 〈목표는 되도록 크게 세우는 게 좋단다. 그래야 그 목표의 절반에만 도달해도 어지간히 이룰 수 있지.〉

6

우리 각자의 신화

모든 존재는 스스로 만든 신화에서 벗어나지 못한다.

우리 각자는 끊임없이 자기 자신에게 그 신화를 주입하고 결국은 그것만이 세상에서 단 하나뿐인 유일한 현실이라고 믿게 된다. 사실 그것은 주관적이며 어차피 현실을 다소 왜곡해서 생기는 하나의 관점에 불과한데도 말이다.

『상대적이며 절대적인 지식의 백과사전』제14권

7

어둠 속 섬광

짙은 구름이 보름달을 서서히 덮기 시작한다.

나는 마치 홀린 듯이, 밤을 밝히며 쪽배 위 시체들을 삼키고 있는 불덩이에서 눈을 떼지 못한다.

미풍에 방향이 꺾인 하얀 연기가 우리 쪽으로 날아온다. 불에 타는 육신들이 발산하는 냄새가 머릿속을 혼란스럽게 한다.

어쩌면 나는 내 친구들을 호흡하고 있는 중인지도 몰라.

어른거리는 불빛과 부연 연무 사이로 일행의 얼굴이 눈에 들어온다. 초록색 눈에 오렌지색 털옷을 두른 아들 안젤로, 검은 털에 샛노란 눈동자 두 개가 박힌 암고양이 에스메랄다 그리고 새파란 눈에 은빛 털이 멋진 내 수컷, 샴고양이 피타고라스.

내 수컷답게 역시 잘생겼어.

파도 소리와 바람 소리, 불이 타닥거리는 소리와 뒤섞여 가느다란 흐느낌이 들려온다.

나탈리가 울고 있다. 그녀가 멍한 얼굴로 바다를 응시하고 있다. 눈물방울이 그녀의 뺨을 타고 흘러내린다. 나는 얼른 집사에게 뛰어올라 할짝할짝 눈물을 핥아 준다. 요 짭짤한 맛이 은근히 좋단 말이야. 나는 금세 다시 바닥으로 뛰어내려 그녀를 쳐다본다. 앞서 간단하게 설명하긴 했지만, 집사에 대해서는 좀 더 이야기해 둘 필요가 있을 것 같다.

나탈리는 정말 괜찮은 인간이다. 함께 모험을 하면서 난 점점 집사의 진가를 알아 가고 있다.

외모부터 말하자면 나탈리는 지극히 평범한 인간 암컷이다. 하얀 피부에 갈색 머리, 검은 귀밑머리가 나 있다. 평소 운동화를 즐겨 신고 하얀색 면 셔츠를 자주 입는다. 지금도 딱 그런 차림이다. 길게 기른 머리는 뒤로 넘겨 빨간 고무줄로 묶었다.

그녀는 체구가 아담하고 살냄새와 땀 냄새가 아주 독특하다. 가끔은 겁에 질린 생쥐의 체취가 느껴지기도 하는데, 지금 바로 그 냄새가 난다.

「집사, 이렇게 맥 놓고 있으면 어떡해요. 우린 아직 살아 있잖아요. 이보다 중요한 게 어디 있어요? 살아 있는 한 못 할 게 없어요.」[1]

집사가 손등으로 눈물을 훔치더니 억지웃음을 웃어 보인다.

「집사, 스스로 쓸모 있는 존재라는 느낌을 가져 보고 싶지 않아요?」

그녀가 어리둥절한 표정으로 나를 바라본다.

「손가락을 구부려 내 목 밑을 아래에서 위로 살살 긁어 주지 않을래요?」

집사가 적당히 자란 손톱으로 털을 헤치면서 상처는 덧내지 않되 피부 속까지 시원한 느낌이 들게 목을 긁어 준다. 나는 금방 기분이 좋아져 갸르릉 소리를 내면서 계속하라는 신호를 보낸다. 나는 문득 그녀가 살아온 삶의 궤적을 떠올린다.

나탈리는 한때 토마라는 인간 수컷과 커플이었다. 잔인한 토마는 (빵집에 새끼 고양이 입양 광고를 냈지만 아무도 연락이 없어 어쩔 수 없었다는 말도 안 되는 핑계를 대면서!) 내 새끼들을 없애 버렸다. 안젤로 하나만 살려

1　우리는 말을 높이고 낮추는 것이 주로 나이나 지위에 좌우되지만 프랑스에서는 심적인 거리와 관련이 있다. 즉 서로 허물없는 사이라고 여길 때 말을 놓는데, 바스테트는 나탈리에게 말을 놓지 않는다. 이하 별도의 표시가 없는 주는 모두 옮긴이주이다.

둔 이유는 어이없게도 오렌지색 털이 소파 색깔과 잘 어울린다는 것이었다. 이후 나탈리는 과거의 실수를 만회하려고 애썼다. 내 영향을 받아 자신의 운명을 스스로 개척하는 주도적이고 용기 있는 암컷으로 변해 갔다. 그야말로 환골탈태였다. 이후 그녀는 지금 사귀고 있는 젊고 열정적인 과학자 로망 웰즈를 만났다. 물론 그와의 인연도 중간에서 다리를 놓은 내 덕분이다.

로망 웰즈. 덥수룩한 갈색 머리에 두꺼운 안경을 쓴 이 과학자는 인간 지식을 보존하는 일에 모든 것을 건 사람이다. 평소 그에게서는 나무 냄새가 난다. 이따금 버섯 냄새가 날 때는 그가 공포에 사로잡혀 있다는 뜻이다.

「좀 더 위쪽.」 눈치가 부족하니 일일이 일러 주는 수밖에. 「아니, 아니, 더 오른쪽으로. 조금 더 밑에. 거기, 아이 시원해. 조금 더. 더 세게. 손바닥 말고 손톱으로. 더 세게, 박박.」

솔직히 나는 나탈리의 인생 목표가 뭔지 정확히 모르겠다. 그녀 얘기를 들어 보면 운명의 상대를 만나 짝을 이룬 다음 그 관계에서 위대한 사랑을 찾는 게 그녀가 원하는 행복이라는데……. 대서양을 건너는 동안 나는 인간 권력의 역사뿐만 아니라 감정의 역사도 공부했다. 숱한 자료를 읽었지만 인간들이 말하는 소위 〈위대한 사랑)은 아직 개념이 잡히지 않는다.

하지만 복잡하고 이상한 감정으로 이루어진 인간식 사랑을 꼭 한번 경험해 보라는 집사의 꾐에 그만 넘어가고 말았다. 그 결과 나는 중심 수컷인 피타고라스를 소유하려 하고 질투심을 느끼는 한심한 암컷이 되고 말았다. 이런 감정이 그와 나의 관계에 조금도 도움이 되지 않는다는 걸 알지만 어쩔 수가 없다. 다시 한번 강조하지만, 이건 소모적인 감정일 뿐이다.

「집사, 좀 더 아래쪽.」

나탈리가 더 박박 긁어 준다.

「난 두려워.」 그녀가 느닷없이 내뱉는다.

나는 아무렇지 않게 거짓말을 한다.

「난 두렵지 않아요.」

「이 상황을 잘 헤쳐 나갈 수 있을지 자신이 없어.」

「잘될 거예요. 그렇게 될 수밖에 없어요. 난 그…… 뭐라더라……? 그래, 〈운명론자〉거든요.」

나는 화제를 돌리려고 다른 얘기를 꺼낸다.

「집사가 보기에 내가 〈인간들이 이룬 성취에 도달〉하려면 앞으로 어떤 노력이 더 필요할까요? 사랑, 유머, 예술, 이 세 가지 큰 개념은 이제 어느 정도 내 것으로 만들었고 그 과정에서 스스로 진화했다고 생각해요.」

「문자를 추가해야 해.」 집사가 잠시 고심하다 내뱉는다. 「읽기와 쓰기 그리고 책의 문화를 만들어야지. 그것이야말로 이 세상에서 유일하게 견고한 지식이니까. 글을 써야 해. 그래야 네 생각을 책에다 고정할 수 있어. 책이라는 대상을 정복하지 않으면 시간과 공간을 정복할 수 없어. 우리의 생각은 책을 매개로 경계를 뛰어넘어 무한히 확산될 수 있어. 우리의 생각에 불멸성을 부여해 줄 수 있는 건 오로지 책뿐이야.」

내 생각이, 불멸성을 가질 수 있다고?

죽을 고비를 넘기고 나니 흔적을 남기고 싶은 욕구가 더 간절해진다.

「집사가 내 전기를 써줘요. 내가 고양이어로 불러 줄 테니까 받아 적어요. 내 육신의 껍데기가 사라지고 난 뒤에도 그렇게 내 정신은 살아남았으면 좋겠어요.」

「미안하지만 바스테트, 그 얘긴 이미 끝났어. 그건 안 돼.」

「왜 안 된다는 거죠, 집사?」

「독보적인 존재가 되고 싶다고 했지? 너 스스로 여왕이라고 자부하지? 그러면 글을 읽을 줄 알아야지. 글을 배워야지, 바스테트! 네가 직접 쓰는 것과 남에게 받아 적게 하는 건 천지 차이야. 네 생각을 변형 없이 정확히 표현하려면 직접 글로 쓰지 않으면 안 돼.」

「내가 알기론 율리우스 카이사르도 필경사들에게『갈리아 전기』를 받아 적게 했어요.」

이런 역사적 사실까지 내 입에서 술술 나오자 집사가 깜짝 놀라는 눈치다. 이게 다 내 목에 걸린 백과사전을 오랜 시간 숙독한 덕이라는 걸 집사도 알겠지.

「네 생각이 정 그렇다면 다른 제안을 하나 해볼게. 네가 좋아할 수도 있을 것 같아. 가령 말이야, 리더로서의 네 정당성을 확립해 줄 수 있는 것에 대해 한번 생각해 봐. 일종의 〈우주 생성론〉이랄까.」

「그게 뭐죠?」

「우주 생성론은 이 세계가 왜 지금의 이 모습으로 존재하게 되었는지 아는 데 기본이 되는 텍스트라고 할 수 있어. 세계의 기원과 존재 이유를 궁금해하는 모든 이들에게 해답의 기준을 제시해 주는 거야. 그것도 네가 바라보는 관점으로 말이야.」

「일기보다 그게 더 나을까요?」

「그건 일종의 고양이 성경이 될 거야.」

나는 순간 아련한 공상에 젖는다.

「그걸 통해 지금은 잊힌 먼 과거의 일을 설명해 주는 거야. 다시 말해 고양이들의 신화를 만드는 거지. 그다음은 물론 먼 미래를 예측해야지. 그 수준에 도달하는 순간 너는 지금 네가 되려는 여왕을 뛰어넘는 존재가 될 수 있어. 바로 예언가야. 너는 아브라함과 모세, 예수 그리스도 같은 이들과 대등한 자격으로 지금의 네가 존재하는 경위를 말할 수 있게 될 거야.」

예언가라고 했지? 구미가 당기네. 나탈리는 인간 〈주제에〉 가끔 이렇게 고양이 머릿속에서나 나올 법한 정교한 생각을 한다니까.

「확실해요? 정말 예언가가 여왕보다 나아요?」

「여왕의 행위는 근본적으로 통치하는 거야. 명령을 내리고 전쟁을 지휘하는, 어찌 보면 단기적인 행위지. 반대로 예언가는 죽어서도 자신의 생각을 퍼뜨릴 수 있어. 사후에도 그의 생각이 수많은 왕과 여왕에게 영향을 미치기 때문이야. 오로지 그가 가진 생각의 힘으로 말이야.」

나탈리가 계속 말을 쏟아 낸다.

「예언가의 일은 과거에 의미를 부여하고 그것으로부터 미래의 방향을 추론해 내는 거야. 예언가가 된다는 것은 스스로 미래에 대한 독창적인 비전을 갖는다는 의미지. 나는 네가 충분히 능력이 있다고 믿어, 바스테트.」

누가 나한테 이 정도로 가슴 뭉클해지는 칭찬을 해주기는 처음이야. 갑자기 집사가 마구 좋아지네. 그래, 앞으로 집사를 좀 더 사랑해 주자. 이런 조언까지 해줄 수 있으니 단순한 집사가 아니라 삶의 동반자로 대우해 줘도 되겠어. 우리 사이에 대등한 관계도 가능할지 진지하게 고민해 봐야지.

그녀가 덧붙인다.

「에스메랄다가 그런 널 구해 줬으니 얼마나 다행이니. 고맙다는 인사는 했어?」

또 그 얘기야? 아니, 왜 다들 그 고양이한테 고개를 숙이라고 난리지? 한마디에 지금까지 딴 점수를 다 잃네. 타이밍도 참 절묘하지. 칭찬해 주고 싶은 마음이 싹 달아나 버려.

내가 신경질적으로 야옹거리는 말들이 그녀에게 통역되어 전해진다.

「집사가 상황을 잘 모르는 것 같아 내가 사실대로 얘기해 줄게요. 아까 쥐들이 계속 닻줄을 타고 갑판으로 올라오는데 아무도 닻을 올리지 않아서 내가 다급한 마음에 바닷물로 뛰어든 거예요. 그렇게 다이빙을 하면 쥐들이 겁을 먹을까 싶어서. 알다시피 내가 얼마 전부터 수영을 하잖아요. 그래서 바닷물에서 헤엄을 치면서 배에 기어오르려는 적들을 저지했어요. 그렇게 내가 단독으로 수행한 작전은 완벽히 성공했어요. 그사이 에스메랄다는 부주의로 바다에 추락한 거고.」

「아, 그랬어?」 나탈리가 의미를 알 수 없는 웃음을 입가에 머금는다.「내가 아는 얘기와는 전혀 다르네.」

「늦게라도 진실이 회복되어 다행이에요. 앞으로 누가 딴소리를 하면 가만두지 않겠어요.」

이 말을 내뱉는 순간 (ESRAE를 통해 알게 된) 역사상 모든 거짓말쟁이 독재자들의 영혼이 내 뇌 속으로 스며드는 느낌이 든다. 백 년 전쟁의 승리에서 잔 다르크의 역할을 축소한 샤를 7세, 프랑스 혁명에서 당통의 역할을 부정한 로베스피에르, 러시아 혁명에서 트로츠키의 역할을 평가 절하한 스탈린.

배신자가 되지 않으면 통치 행위가 불가능함을 나는 깨달아 간다. 현재 일어나는 일들을 토대로 과거에 대한 관점을 시시각각 바꿔야 지도자로서 모든 것을 예견하고 통제한다는 인상을 대중에게 줄 수 있다는 사실 또한.

어쨌든 나탈리 말에 일리가 있긴 있다. 예언가가 되기 위해선 〈내〉 고양이 성경을 내가 직접 써야 한다.

나는 집사에게 이만하면 됐다는 신호를 보내고 몸을 일으킨다. 피타고라스 쪽으로 향하기 전에 그녀의 귀에 대고 속삭인다.

「동료들의 죽음이 나한테는 더 강한 생존 욕구를 불러

일으켜요.」

　나는 허리 아래를 일렁일렁, 꼬리는 살짝 치켜들어 흔들어 대면서 내 수컷에게 다가간다. 눈을 깜빡이고 나서 인간들이 하는 식으로 그의 코에 내 코를 살짝 갖다 대고 비빈다.

　「이리 와, 뽀뽀하자!」 나는 호통을 치듯 말한다.

　그래, 이런 게 바로 고양이 페미니즘이지. 수컷이 다가오기를 기다리지 않고 자신의 욕망을 과감히 표현할 줄 아는 것.

　인간들은 〈정숙함〉이라는 말도 안 되는 단어까지 만들어서 암컷들의 조심성을 강조한다지.

　정숙이라는 개념은 인간 수컷들이 자기들은 마음대로 다 하면서 암컷들은 자유롭게 감정 표현을 하지 못하게 만들려고 판 함정일 거야.

　나는 그의 입에 내 입을 갖다 대고 (역겹다고 느껴지지만 인간들이 하는 짓인 걸 보면 피타고라스가 좋아할 테니까) 진한 키스를 한다. 그러고 나서 마치 그를 밀어 넘어뜨릴 듯이 옆구리를 바짝 붙인 상태에서 내 꼬리를 그의 꼬리에 감아 하트 모양을 만들어 한 가닥으로 땋는다.

　고양이 성경은 잠깐 나중에 생각하고, 일단 〈인간식 사랑의 감정〉을 계속 탐구해 나가기로 하자. 엉뚱해도 기분 좋은 생각에 골몰하다 보면 폭력으로 점철됐던 하루를 잊을 수 있을지 몰라. 내게 필요한 건 바로 그런 정신의 휴식이야.

피타고라스와 한 몸이 되려는 순간, 이상한 느낌이 내 집중력을 흐트러뜨린다.

멀리 해안의 한 고층 빌딩 꼭대기에서 반짝하는 빛이 보인다. 불빛이 세 번 반짝거리기를 반복한다.

무시하려고 해도 모종의 신호처럼 느껴지는 섬광에 자꾸 신경이 간다. 내가 몸을 빼며 소리친다.

「저길 봐!」

나는 발을 들어 한 건물 꼭대기를 가리킨다.

우리는 급히 뱃머리 쪽으로 달려간다. 조타 장치가 고장 난 데다 닻도 내려져 있지 않아 배는 파도에 휩쓸리며 표류하고 있다.

자세히 보니 꼭대기의 불빛만 있는 게 아니라 창문 곳곳에 불이 켜져 있다. 온 신경이 불타는 쪽배에 쏠려 있어 정작 맨해튼에서 벌어지는 일에는 무관심했던 것이다.

「저 건물 안에 사람들이 있어!」 로망이 망원경을 꺼내 들고 건물을 살피면서 말한다. 「창문 뒤에 어른거리는 그림자들이 여기서도 보여.」

「쥐 떼에 점령당한 도시에서 인간들이 어떻게 살아남 았을까?」에스메랄다가 믿기지 않는 듯 고개를 갸웃거 린다.

「높은 곳으로 올라갔으니까 살았지!」내가 직관적으 로 대답한다. 「고층 빌딩이 인간들을 쥐들의 공격으로부 터 보호해 주고 있는 거야!」

「어서 배에서 내려 저 사람들을 만나러 가요.」생각이 라는 걸 할 줄 모르는 아들이 당장 배에서 뛰어내릴 기세 로 말한다.

「일단 저들과 대화부터 해보고 나서.」에스메랄다가 더 현실적인 대응책을 내놓는다.

「내가 가볼게요.」앵무새 샹폴리옹이 우관을 곧추세우 며 끼어든다. 「다들 짐작하겠지만 난 인간 언어 중에서 영어도 할 줄 알아요.」

「저런 건물의 창문은 보통 이중창으로, 열리지 않게 설계돼 있어. 방음도 완벽하지. 안됐지만 샹폴리옹, 네가 저기까지 날아가더라도 밖에서 부리로 창문을 쪼는 것 말고는 할 수 있는 게 없을 거야. 안에 있는 사람들과 접 촉할 가능성이 아주 희박하다고 보면 돼.」로망 웰즈가 부정적인 견해를 내놓는다.

「어쨌든 한번 가볼게요. 불빛을 쏘려고 건물 꼭대기에

올라와 있는 사람들이 분명히 있을 거예요! 꼭대기에 테라스가 있을지도 모르죠.」

앵무새가 말을 마치기 무섭게 길고 하얀 털을 쫙 펼치면서 하늘로 날아오른다.

「샹폴리옹 말이 맞아요, 일단 부딪쳐 보는 거예요. 우리 저쪽으로 헤엄쳐 건너가요!」안젤로가 또 끼어든다.

누가 내 아들 아니랄까 봐, 늘 힘든 상황을 더 힘들게 만드는 방법만 골라서 꺼내 들지…….

「그건 안 돼. 일단 저쪽의 섬광 신호에 응답하면서 지켜보는 게 좋겠어.」로망의 합리적인 제안에 좌중이 고개를 끄덕인다.

나탈리가 신호탄을 꺼내더니 뉴욕 고층 빌딩의 전면을 향해 불꽃을 쏘아 올려 조난 신호를 보낸다.

이번에는 로망 웰즈가 손전등을 들고 일정한 간격으로 세 번 불을 켰다 껐다 하면서 응답 신호를 보낸다. 그러고 나서는 짧게 세 번, 길게 세 번, 다시 짧게 세 번 섬광 신호를 보낸 다음 손전등을 끈다.

잠시 후 젊은 과학자가 또다시 짧게 세 번, 길게 세 번, 다시 짧게 세 번 똑같은 신호를 반복해 보내자 빌딩 꼭대기에서 불빛을 처음에는 길게, 다음에는 짧게 켰다 껐다 하면서 응답을 보내온다.

「저건 모스 부호야.」 나탈리가 설명해 준다. 「예전에 불빛과 소리를 이용해 장거리 통신을 할 때 썼던 기술이지. 이런 식으로 배열되는 신호는 S, O, S 세 글자를 뜻해.」

나는 인간들이 먼 거리에서도 소통하기 위해 이런 신호를 고안해 냈다는 사실에 또 한 번 놀란다. 흠, 저걸 〈모스 부호〉라고 부른단 말이지.

나중에 ESRAE에서 이 신호의 기원과 작동에 대해 자세히 찾아봐야겠어.

건너편 빌딩 꼭대기에서 이번에는 불빛의 배열을 달리해 응답 신호가 날아온다.

「저건 뭐죠? 당신들의 모스 언어로 지금 뭐라고 대답을 보내는 거예요?」

「네 글자를 보내왔어. C, O, M, E. 영어로 〈이쪽으로 와요〉라는 뜻이지.」

로망이 즉시 응답 신호를 보낸다.

「어? 그래서 로망은 뭐라고 대답하고 있는 거죠?」

「저 위까지 갈 방법을 알려 달라고 하는 거야.」

맨해튼의 빌딩과 마지막 희망호 간에 한참 불빛 대화가 오가더니 갑자기 뚝 끊긴다. 내가 불안한 마음에 묻는다.

「저쪽에서 더 이상 통신을 원하지 않아요?」

「저쪽으로 갈 방법을 가르쳐 준다니까 조금 기다려 보자.」

우리는 조바심을 치며 건너편 빌딩에 시선을 고정한다.

어느새 바람기가 강해지더니 구름이 흩어지고 보름달 이 다시 얼굴을 내민다.

사위가 환해진다.

이때 하늘에 네잎클로버 모양의 노란 형광색 물체가 나타나더니 웅웅거리며 공중에서 맴을 돈다.

「드론이야! 저 사람들이 드론을 가지고 있나 봐!」

나탈리가 손을 들어 하늘을 가리킨다. 드론이 로프 두 개를 늘어뜨리고 있는 게 보인다.

저쪽에서 다시 모스 부호로 행동 방법을 알려 주자 로 망이 내용을 해독해 우리에게 전해 준다.

「단단히 고정할 수 있는 곳을 찾아 저 로프 두 개를 묶 으라네. 그러면 빌딩 꼭대기로 우리를 끌어 올려 주 겠대.」

나는 대서양을 건너기 전 루앙에서 했던 경험을 떠올 리며 말한다.

「집라인처럼 움직이겠네요?」

「그렇지. 다른 점이 있다면 이번엔 로프가 아래로 미 끄러져 내려가는 용도가 아니라 위로 끌려 올라가는 용도로 사용된다는 거야.」

집사가 로프 끝을 상갑판 난간에 고정하며 설명해 준다.

그사이 로망은 앵커 롤러를 작동시킨다. 배가 안정을 유지할 수 있도록 닻을 내리려는 것이다.

드디어 도르래에 매달린 플라스틱 의자 하나가 갑판 위에 놓였다.

「난 이 방법이 썩 내키지 않아. 알잖아, 내가 고소 공포 증이 있는 거.」

피타고라스가 몸을 바들바들 떤다.

나는 알아듣게 타이른다.

「이번이 처음도 아니잖아.」

「저번에는 지금만큼 높이 올라가지 않았어.」

「열기구를 타고 저 빌딩보다 더 높이 올라간 적도 있 는데 뭘 그래.」

「그건 그렇지만, 그땐 기구 바닥에 납작 엎드려 눈을 가릴 수라도 있었지. 지금은 몸을 숨길 데도 없고 눈을 가릴 수도 없잖아.」

하여튼 사사건건 이유가 있고 핑계가 있다니까.

「나랑 이 배의 돛대에도 올라갔잖아. 그땐 괜찮았 잖아.」

「돛대야 견고하고 갑판에 단단히 고정돼 있으니까 괜찮지. 원하면 다시 내려올 수도 있고. 하지만 이건 어디다 몸을 둘 수도 없고 밑으로 다시 내려올 수도 없는 상태로 허공에 떠 있는 꼴이야.」

이 겁보를 어쩌면 좋아.

「쥐들이 쳐들어온다!」 에스메랄다가 소리친다.

적들이 우리가 주고받는 불빛 신호를 포착한 게 분명하다. 쥐들이 떼를 지어 배를 향해 헤엄쳐 오고 있다. 집 라인을 안정화하기 위해 닻을 내려놨으니 적들이 갑판 위로 올라오는 건 시간문제다.

「미안하지만, 다른 선택의 여지가 없어.」 나는 피타고라스에게 단호하게 말한다.

집사는 벌써 의자에 자리를 잡고 앉아 있다. 내가 그녀의 무릎 위로 뛰어오르자 안젤로도 따라 올라온다. 뛰어오르려고 뒷다리에 힘을 주는 에스메랄다를 내려다보고 내가 하악질을 한다.

「안 돼, 넌 타지 마!」

「왜 안 돼?」

「이 자린 피타고라스 거야. 넌 기다렸다가 로망이랑 같이 타.」

나는 공포에 떨고 있는 내 수컷 쪽으로 몸을 돌리며 말한다.

「피타고라스, 네가 타, 어서 올라와.」

「바스테트, 왠지 내키지 않아, 예감이 안 좋아.」

「둘 중에 어떤 걸 선택할래? 현실의 쥐들 아니면 상상
의 고소 공포증?」

크고 파란 눈을 멀뚱거리던 샴고양이가 마지못해 집
사의 무릎으로 뛰어오른다.

「아래쪽을 내려다보지만 않으면 돼.」

대화가 더 이어지기도 전에 줄이 팽팽해지더니 위로
끌어 올려지기 시작한다.

우리는 이제 갑판을 떠나 바다 위에 떠 있다. 높은 곳
에서 내려다보니 마지막 희망호를 향해 바다를 헤엄쳐
오는 쥐 떼가 더욱 위협적으로 느껴진다.

다행히 파도는 그들의 편이 아니어서 적들이 해안으
로 떠밀려 간다. 하지만 놈들은 포기하지 않는다. 파도를
거슬러 쉬지 않고 네 다리를 내뻗는다.

그사이 우리는 하늘 높이 올라간다.

피타고라스가 내 옆에서 앞발로 두 눈을 가리고 있다.
그 똑똑하고 잘난 내 수컷이 온몸의 털을 곤두세운 채 떨
고 있다.

도르래가 끼익끼익 소리를 내며 돈다. 맨해튼 빌딩들

이 점점 가까워진다.

뉴욕은 내가 접수한다! 아메리카는 이 바스테트가 접수한다!

우리가 탄 의자가 하늘을 뚫을 듯이 높이 올라간다. 나도 정신이 아찔해질 정도다. 이렇게 높은 고층 빌딩들은 파리에서 한 번도 본 적이 없다.

이 높이에서 추락하면 네 다리를 뻗어 아무리 유연하게 착지한다 해도 무사하지 못할 거야.

고소 공포증이 없는 나는 아무렇지 않지만 피타고라스는 옆에서 사시나무 떨듯 떨고 있다.

달빛이 뉴욕을 고요히 내리비추고 있다.

이 높이에서 내려다보니 도시 풍경이 이상하다 못해 초현실적으로 느껴진다. 전면이 유리로 된 거대 빌딩들이 달빛을 하얗게 반사하며 하늘과 맞닿을 듯이 서 있다.

갑자기 바람이 거세져 의자가 요동치기 시작하더니 우리를 위로 끌어당겨 주던 로프의 움직임이 멈춘다. 우리는 별안간 로프 하나에 의지한 채 아슬아슬하게 허공에 떠 있는 처지가 된다.

돌풍까지 일어 의자가 마구 흔들리자 피타고라스는 공황 상태에 빠진다.

피타고라스처럼 똑똑하고 지적인 고양이가 이렇게 겁

이 많을 수 있다니 도저히 이해가 안 돼.

「아이고야!」 허공에 매달려 있는 게 불안한지 나탈리
도 소리를 지른다.

안젤로가 앞발에 힘을 줘 나를 꽉 붙잡는다. 나는 플라
스틱 의자를 부여잡고 있는 나탈리를 놓치지 않으려고
안간힘을 쓴다. 겁쟁이 피타고라스는 발톱이 살을 파고
들 정도로 나를 세게 붙잡는다.

「꽉 잡으렴, 안젤로, 오래 걸리진 않을 거야.」

여전히 위로도 아래로도 로프가 움직이지 않는 상태
에서 나탈리가 하늘을 쳐다보며 연신 소리친다.

「어이, 저기요! 거기 위에, 내 말 들려요?」

빌딩에서는 아무 응답이 오지 않는다. 밑을 내려다보
니 이미 범선은 우리 시야에서 벗어나 있다. 지금쯤 쥐들
이 갑판을 휘젓고 다닐 게 분명하다.

갑자기 바람이 한바탕 휘몰이를 하자 나탈리가 순간
적으로 몸의 중심을 잃고 의자에서 미끄러진다. 그녀가
동물적인 반사 신경을 발휘해 오른손으로 의자를 움켜잡
는다. 다행히 의자는 로프에 단단히 걸려 있다. 나탈리가
왼손을 마저 뻗어 필사적으로 의자를 부여잡는다. 나는
두 앞발로 나탈리의 옷을 붙잡고 매달리고, 안젤로는 내
오른쪽 뒷다리, 피타고라스는 내 왼쪽 뒷다리를 붙잡고

매달린다.

우리는 위태로운 곡예를 펼치듯 바다 위 하늘에 떠 있다.

「떨어질 것 같아.」 피타고라스가 힐끗 아래를 내려다보더니 공포에 질려 말한다.

「내 꼬리를 붙잡아.」

우리는 서로의 꼬리를 매듭처럼 칭칭 감는다.

안젤로는 여전히 공포에 떨긴 해도 몸부림을 치다 한결 편안한 자세를 찾은 것 같다.

또다시 돌풍이 몰아쳐 우리 넷이 만든 그네를 세차게 흔들어 대기 시작한다.

물기를 머금은 두껍고 거대한 구름 하나가 우리를 휩싸 덮는다. 차라리 잘됐어. 안 보이면 덜 무서울 테니까.

안젤로의 뾰족한 발톱이 내 살을 파고들기 시작한다.

내 뒷다리에 매달린 두 고양이가 점점 무겁게 느껴진다. 이러다가 조만간 내가 버티지 못하고 발을 놓을지도 몰라. 그러면 우리는 한꺼번에 허공으로 떨어지게 되겠지.

나도 모르게 안젤로가 매달려 있는 오른쪽 뒷다리에 힘을 조금 더 주고, 피타고라스가 매달려 있는 왼쪽 뒷다리에 힘을 조금 덜 준다.

어느 순간 나를 붙잡고 있는 피타고라스의 발에서 힘이 빠지는 게 느껴진다.

야옹! 그가 괴성을 지르며 추락한다.

피타고라스!

그가 떨어졌어!

내 뇌에서 이 정보를 쉽게 받아들이지 못한다.

아니, 그럴 리가 없어.

피타고라스가…… 죽다니…….

피타고라스, 〈나의〉 피타고라스가 추락했어!

내가 그 대신 아들을 선택해서 벌어진 일이야.

내 탓이야…… 대체 내가 무슨 짓을 한 거지?

양쪽 뒷다리에 가해지던 하중이 줄어들었음을 실감하고 있을 때 안젤로가 또 분별없는 소리를 지껄인다.

「후유, 엄마, 우린 이제 살았어요.」

내 선택이 과연 옳았을까?

8

선택의 어려움

어떤 식으로 선택을 할 것인가?

이탈리아의 사상가이자 역사가인 마키아벨리는 『군주론』에서 주사위를 던져 국정에 관한 중요한 의사 결정을 내렸던 한 왕의 이야기를 들려준다. 마키아벨리는 비슷한 시기에 비슷한 규모의 국가를 통치했으나 그 방식이 전혀 달라, 오로지 이성과 논리에 의존해 결정을 내렸던 또 다른 군주의 예를 들면서 둘을 비교한다. 서로 다른 두 통치 방식의 결과가 엇비슷하게 나왔다는 것이다. 그리고 이를 통해 숙고가 반드시 좋은 선택으로 이어지는 것은 아니며, 고민 없이 판단을 내린다고 해서 반드시 실패하는 것은 아니라는 결론을 내린다.

『상대적이며 절대적인 지식의 백과사전』 제14권

9

그가 없는 세상

피타고라스가 죽었어!

안젤로가 내 등으로 기어오르고, 나는 안젤로를 등에 업은 채 집사에게 기어오른다. 집사가 어찌어찌 팔꿈치를 의자에 올려놓더니 힘을 주어 몸을 의자 위로 끌어 올리는 데 성공한다.

마침 다시 줄이 위로 당겨져 빌딩 꼭대기를 향해 올라가기 시작한다.

의자가 구름을 뚫고 올라가는 동안 내 시선은 어쩔 수 없이 발아래 허공을 향한다.

피타고라스가 죽었어.

이 생각을 도저히 받아들일 수가 없다.

나는 지금 꿈을 꾸는 거야. 잠시 후면 이 꿈에서 깰 거야.

숨을 깊이 들이마신다.

어서 정신을 차려야 해.

겨우 마음을 진정시키고 나서 그에게 작별 인사를 대신해 내 생각을 전한다.

피타고라스, 무지한 고양이에 불과했던 나를 의식 있는 고양이로 탈바꿈시켜 준 게 너였다는 사실을 절대 잊지 않을게.

제3의 눈보다도 먼저, 너는 내 의식의 문을 열어 주었어.

너한테 사랑한다는 말을 하긴 했었지. 하지만 돌이켜 보니 내 사랑이 부족했던 것 같아.

이런 일이 생길 줄 알았더라면 나는 너한테 아마도…… 아마도…… 글쎄…… 뭘 어떻게 해줬을까?

할 말이 떠오르지 않는다.

젠장, 나한테 매달리지 말고 나탈리한테 매달리지 그랬어! 그랬더라면…….

그랬더라면……?

그랬더라면 내가 한 선택 때문에 지금처럼 죄책감에 시달리지 않아도 되잖아.

네가 내 입장이라면 어떻게 했을까? 너처럼 영리한 고양이는 어떻게 했을까?

너도 마찬가지였을 거야.

그래, 후회하고 자책한다고 달라지는 건 없으니까 그만하자.

갑자기 눈물이 한 방울 솟는 게 느껴진다. 눈가가 화끈거리는 느낌마저 든다.

드디어 도르래 장치가 한참 만에 우리를 빌딩 꼭대기에 내려놓는다.

콘크리트 바닥에 돔 모양으로 둥그런 초록색 지붕이 덮여 있다.

금발의 인간 암컷 하나가 걸어와 의자에서 내리는 나탈리를 맞이한다.

둘은 우스꽝스러운 인간식 관습인 악수를 나눈다. 그렇게 하면 피부에 서로의 땀이 살짝 묻는다. (팔을 쳐들고 겨드랑이를 맞비비는 게 페로몬 교환에 더 효과적이라는 걸 모르네, 쯧쯧.)

그들이 인간 언어로 얘기를 주고받는다.

그사이 도르래에 매달린 의자는 나머지 생존자들을 태우기 위해 다시 아래로 내려간다.

지금쯤은 닻줄을 타고 올라온 쥐들이 갑판을 점령했을 텐데 너무 늦은 건 아닌지 모르겠네. 만약에 피타고라스에 로망과 에스메랄다까지 잃게 된다면 견딜 수가 없을 거야.

아니 뭐, 에스메랄다야…….

나는 눈물을 보이기 싫어 도망치듯 지붕 한쪽 구석에 가서 숨는다. 몸을 웅크린 채 앞발로 흘러내리는 눈물을 닦아 내기 시작한다.

피…… 타…… 고…… 라…… 스…….

안젤로 외에는 다른 어느 누구에게도 내가 우는 모습을 들키고 싶지 않다. 약한 모습을 보이고 싶지 않다.

피…… 타…… 고…… 라…… 스…….

그깟 수컷 하나 때문에 내가 왜 이러는 거지. 〈하나가 떠나면 열이 새로 생긴다〉라는 인간들 우스갯소리도 있는데 말이야.

젠장, 눈에서 솟아나는 이 액체를 멈출 길이 없네.

내가! 이 여왕 폐하께서, 이 예언가께서 눈물을 흘리다니! 이런 나약한 모습을 보이다니.

인간들이 이런 마음의 상태를 〈애도〉라는 이름으로 부른다는 걸 나는 안다.

아직 나한테는 추상적인 개념이지만 지금 내가 느끼는 이 새로운 감정의 상태를 한 단어로 지칭해 윤곽을 잡고 나니 기분이 조금이나마 나아지는 듯하다.

나는 지붕 한쪽에 몸을 숨기고 억눌렀던 슬픔을 터뜨

린다.

피타고라스와의 추억이 토막토막 떠오른다. 옆집에
이사 온 그를 먼발치에서 처음 봤던 순간. 거울에 비친
내 모습을 그의 암컷이라 착각해 놀림을 받았던 일. 쥐들
에게 대항해 나란히 싸웠던 전장에서의 경험. 파리 시뉴
섬에 있는 작은 자유의 여신상 꼭대기에서 사랑을 나눴
던 밤. USB 케이블로 서로의 뇌를 연결해 정신의 합일을
이뤘던 순간. 그리고 도르래에 매달려 내려온 의자에 올
라타라고 채근하는 내게 불길한 예감이 든다고 하며 불
안해하던 그의 얼굴……

이런 생각은 그만하고 얼른 마음을 추슬러야 해.

나는 겨우 마음을 진정시키고 나서 지붕 가운데로 걸
어 나가 주변을 둘러본다.

집라인을 올리고 내리는 데 사용되는 크레인 한 대가
제일 먼저 눈에 띈다. 지지대를 받쳐 놓은 태양광 집열기
와 풍력 발전 장치, 관목과 다양한 식물로 아담하게 꾸며
놓은 공중 정원도 보인다. 집채만 한 물탱크가 하나 설치
돼 있고, 아래로 내려가는 통로로 짐작되는 문이 달린 구
조물도 하나 서 있다.

흠, 여기가 아메리카란 말이지.

나보다 먼저 도착했던 인간 개척자 크리스토퍼 콜럼

버스도 속으로 이런 말을 했겠지.

이 땅에서 이제 나는 더 이상 여왕이 아니라 일개 이방묘(異邦猫)에 불과할 뿐이야.

솔직히 내가 머릿속에 상상하고 찾아온 아메리카의 모습은 이게 아닌데.

크리스토퍼 콜럼버스도 이렇게 생각했으려나.

손잡이를 돌려 도르래 장치를 움직이고 있는 인간 둘을 포함해 열댓 명의 인간이 어둠 사이로 희미하게 보인다.

얼굴에 와 닿는 시선이 느껴져 고개를 돌리자 고양이 한 마리가 나를 뚫어지게 쳐다보고 있다. 연한 갈색 털에 호랑이처럼 검은 줄무늬가 그어져 있고 가슴팍은 흰 털로 덮인 덩치 큰 고양이다.

토종묘구나.

나는 다가가려다 말고 흠칫 놀란다. 상대의 모습 중 사소한 하나가 내 걸음을 멈춰 세웠기 때문이다.

거구의 고양이 입가에 하얀 깃털이 삐져나와 있고 피가 한 방울 묻어 있는 게 아닌가.

샹폴리옹!

차마 내가 하지 못하는 질문을 안젤로가 대신 해준다.

「혹시 털이 새하얀 왕관앵무 보지 못했어요?」

「수다스러운 새 말이냐? 물론 봤지.」

이 뚱보 고양이의 품종이 생각났다. 예전에 ESRAE에서 사진을 본 적이 있는 아메리칸쇼트헤어가 분명해.

나는 예감이 좋지 않아 눈썹을 찡그린다.

「어디 있는지 알아요?」

「그럼.」

「어디 있는데요?」

「내 배 속에.」

조금도 이죽거리는 말투가 아니다.

나는 아연실색해 아무 말도 하지 못한다.

사자 한니발, 샤르트뢰고양이 볼프강, 스핑크스고양이, 인간 샤먼 파트리샤, 돼지 바댕테르, 보더콜리 나폴레옹 그리고 내 수컷 피타고라스에 이어 앵무새 샹폴리옹까지 나를 떠나다니. 그것도 적이 아닌 잠재적 동지에게 죽임을 당하다니.

「그와 아는 사이였니?」 아메리칸쇼트헤어가 안젤로에게 묻는다.

「친구였어요.」

「이런, 미안하게 됐구나. 너무 오랜만에 눈앞에서 음식을 보니 격식이고 뭐고 차릴 겨를이 없더구나. 보통 비둘기들은 위험을 감수하며 이 높이까지 날아오르지 않아.

내가 여기 있는 걸 뻔히 알면서 어떻게 그러겠니. 그런데 그 새는 아무것도 모르는 것 같아 보이더구나. 게다가 알아들을 수도 없는 말을 어찌나 쉴 새 없이 떠들어 대던지. 무슨 중요한 용건이라도 있었던 거니? 도저히 소통이 안 돼 내가 요긴하게 다른 용도로 썼단다.」

나는 득달같이 뚱보에게 달려들어 앞발 펀치를 휘두른다. 기습을 당해 어리벙벙한 아메리칸쇼트헤어의 귀를 물어뜯고 등에 송곳니를 박아 넣는다. 덩치가 워낙 우람해서인지 녀석은 아파하는 기색조차 없다. 대충 방어하는 시늉만 할 뿐 고통스럽게 야옹거리지도 호전적으로 울부짖지도 않던 녀석이 갑자기 끄윽 트림을 올린다. 그 가스 속에 죽은 내 친구 앵무새의 냄새가 섞여 있다고 느끼는 순간 나는 울분을 참지 못한다.

금발 여자가 달려와 우리를 급히 떼어 놓는다.

나탈리가 뒤에서 내 목덜미를 잡아 들어 올린다. 나는 앞발 펀치를 날릴 수도 심지어 몸을 버둥거릴 수도 없는 채로 집사에게 잡혀 이빨을 드러내며 씩씩거린다. 분을 삭이지 못해 몸을 떨다 무기력한 한숨을 길게 내쉰다.

친구들을 이렇게 계속 떠나보내야만 하는 상황을 견딜 수가 없다.

멀리서 웅성웅성하는 소리에 섞여 에스메랄다와 로망

의 목소리가 들린다.

나는 몸을 한 번 푸들거려 위엄을 갖추고 나서, 샹폴리옹 살해범을 뒤로하고 친구들을 향해 뛰어간다.

몸이 온통 물린 자국투성이인 그들에게 내가 안쓰러운 표정으로 묻는다.

「배에서 무슨 일이 있었던 거야?」

「의자가 다시 내려오기를 기다리면서 적들과 잠시 전투를 벌여야 했어.」콧잔등에서 아직 피가 흐르는 에스메랄다가 대답한다. 「하지만 보다시피 괜찮아. 이렇게 살아 있잖아.」

로망 역시 얼굴에 쥐 앞니 자국이 있고 옷은 찢겨서 너덜너덜하다.

「안전한 곳에 도착하니 한시름 놓여. 아차 하면 못 올 수도 있었어.」에스메랄다가 샛노란 눈을 반짝이며 두리번두리번 뭔가를 찾는다.

「피타고라스는 어디 있어?」

아, 그 말은 하지 말아야지, 이 바보야.

나는 몸을 홱 돌려 달아나듯 지붕 반대편을 향해 걸음을 옮긴다. 여전히 보름달을 받아 환히 빛나고 있는 고층 빌딩들이 눈에 들어온다. 나는 몸을 살짝 기울이며, 추락하는 순간 그가 느꼈을 감정을 상상해 보려 애쓴다.

지금 뛰어내리면 다 끝날까?

아니야. 나는 얼른 몸을 일으켜 세운다.

그 생각은 그만하자.

멀리 시선을 주자 한쪽에는 드넓은 대양이, 다른 쪽에는 위압적인 고충 빌딩들이 보인다.

나는 아메리카가 싫다.

10

아메리카와 유럽이 주고받은 것들

크리스토퍼 콜럼버스가 다녀간 이후 아메리카에서 유럽 대륙으로 건너간 것들의 목록은 다음과 같다.

감자: 볼리비아, 페루, 칠레 등지에서 〈파타타스〉라는 이름으로 재배되던 감자는 바다를 건너가 유럽의 식량난을 해결하는 데 기여했다.

옥수수: 예전의 옥수수는 지금 우리한테 익숙한 색깔이 아니라 파란색, 빨간색, 흰색, 검은색이었다. 북아메리카 원주민들은 주식인 옥수수를 주로 전분 형태로 사용했나.

토마토: 유럽에서는 독성이 있는 식품으로 여겨져 의학적 용도로만 사용되던 토마토가 음식으로 본격 소비되기 시작한 것은 1780년경부터이다.

바닐라: 중앙아메리카에서 칡넝쿨처럼 자라던 열대

난초과 식물의 열매이다.

파인애플: 파인애플은 과들루프섬에서 최초로 발견되었다.

카카오: 마야인과 아즈텍인은 카카오를 넣어 쌉싸름한 초콜릿을 만들어 마셨는데, 최음제로 쓰기도 하고 전사들이 강장제로 마시기도 했다. 카카오 콩은 화폐로 쓰이기도 했다.

땅콩: 콜럼버스의 발견 이전에 조성된 원주민들의 무덤에서 땅콩 새싹과 씨앗이 발견되었다.

호박, 애호박, 단호박 등: 이 같은 박과 식물들은 대부분 멕시코에서 처음 재배되었다.

칠면조: 원래 〈인도 암탉〉이라고 불렸던 칠면조는 기원전 1000년경부터 마야인들이 가축화하기 시작했다.

강낭콩: 에콰도르, 볼리비아, 페루가 강낭콩의 최초 원산지였다.

피망: 피망은 쿠바와 멕시코에서 유럽으로 건너간 식물이다.

이외에도 해바라기, 파파야, 돼지감자, 기나피, 백년초, 아보카도 그리고 당연히 담배도 아메리카 대륙에서 유럽으로 건너간 것들이다.

물론 해로운 것들도 같이 건너갔다. 성병의 하나인 매

독이 그 대표적인 예인데, 이 병이 유럽 대륙을 휩쓰는 바람에 수백만 명이 감염됐다. (사망자도 적지 않았다.) 모차르트, 베토벤, 모파상, 보들레르, 랭보, 플로베르, 페이도, 고갱, 툴루즈 로트레크, 슈베르트, 파가니니, 슈만, 알 카포네, 레닌, 무솔리니, 스탈린이 이 병에 걸렸다고 알려져 있다.

1492년 이후 유럽에서 아메리카 대륙으로 건너간 것들은 다음과 같다. 총기, 사람이 타는 용도로 쓰는 말, 일신교인 기독교, 홍역, 디프테리아, 인플루엔자, 티푸스, 백일해, 천연두 같은 감염병들. (특히 천연두는 아메리카 대륙에 치명적 영향을 끼쳤다.) 유럽에서 생겨나 대서양을 건너 아메리카에 퍼진 천연두 때문에 아메리카 원주민의 4분의 3이 목숨을 잃은 것으로 추정된다.

『상대적이며 절대적인 지식의 백과사전』 제14권

11

맨해튼 빌딩 꼭대기

발그스름한 아침 해가 동녘 하늘에 솟아오른다. 창 너머로 햇살이 고층 빌딩들의 전면에 부딪혀 반사되는 모습이 보인다.

아니었어, 역시나 악몽이 아니었어. 지금 내가 와 있는 곳은 아메리카이고 피타고라스는 죽었어……

나는 끔찍한 이미지들을 떨쳐 내기 위해 몸을 세게 턴다.

옆에 집사가 아직 잠들어 있다. 나는 웅크린 채 그녀에게 기대어 있고, 그녀는 자신의 수컷인 로망에게 몸을 꼭 붙이고 있다. 안젤로는 젖이라도 빨 것처럼 내 품에 파고들어 쌔근쌔근 자고 있다.

나는 조심스럽게 몸을 빼 아침을 여는 의식인 기지개를 켠다. 앞다리를 쭉 뻗고 엉덩이는 뒤로 빼 치켜들면서 몸을 길게 늘인다. 그러고 나서는 구석구석 핥아 몸단장을 한다.

이제 그 생각은 그만하자.

삶이 다시 제자리를 찾아야 해. 내 에너지를 언제까지나 애도에 쏟아부을 수는 없어. 산 자들을 돌보는 것도 내 일이야.

「어이, 거기, 좋은 아침이야!」

어리둥절해진 나는 소리 나는 곳으로 몸을 돌린다. 대체 누가 나한테 이렇게 무람없이, 반말로 말을 걸지?

젠장, 샹폴리옹을 잡아먹은 그 상스러운 아메리칸쇼트헤어 녀석이다.

나는 들은 체 만 체 왼쪽 뒷다리를 추어올려 항문을 드러내고 몸단장을 계속한다. 이 정도 눈치를 주면 상대가 알아채길 바라면서.

「피차 어제 일은 잊자. 집라인을 타고 올라오느라 신경이 곤두섰을 거야. 이해해. 좀 더 조심하지 못한 내가 잘못이야.」

네가 내 친구를 잡아먹은 게 제일 큰 잘못이지.

그가 방을 나서는 나를 졸졸 따라오며 말을 붙인다.

「앵무새를 잡아먹은 일로 네가 날 원망한다고 에스메랄다한테 들었어.」

가관이네. 둘이 벌써 친구가 됐나 봐.

나는 가까이에 계단이 있는 걸 보고 발걸음을 옮기기 시작한다.

아메리칸쇼트헤어가 바짝 붙어 따라오면서 쉬지 않고 쫑알거린다.

「기회가 없어서 미처 말을 못 했는데, 용서를 구하는 마음으로 너한테 선물을 하나 하고 싶어. 네가 앵무새를 그토록 좋아한다니까 말인데, 저기 있잖아, 내가 몇 토막 꿍쳐 둔 게 있거든…….」

당장 이놈의 목을 조를까?

「기꺼이 너한테 줄게. 여긴 환대라는 게 뭔지 아는 사람들이 모여 있는 곳이지.」

아예 목을 잘라 버릴까?

내가 참자. 신대륙에 도착하자마자 토종 동물들을 대표해 우리를 마중 나온 놈을 죽일 순 없지.

「내 말에 기분 상했어? 어쩐지 그래 보이네. 내가 눈치가 너무 없다고 친구들한테 가끔 구박을 받기는 해.」

극기 훈련이라 생각하고 참자. 이미 발에 피를 묻힐 만큼 묻혔으니 못 들은 척 넘기자.

「아, 앵무새가 구미에 맞지 않는 모양이구나. 각자 입맛이 다른 법이니까. 혹시 〈다른 음식〉이 먹고 싶다면 위층에 있는 식당으로 가봐. 미리 한 가지 알려 줄 게 있는데, 현재로서는 우리 고양이들과 인간들의 단백질 공급원이 쥐 한 가지밖에 없어. 인간들은 구워서 먹고 우린 날것으로 그냥 먹어! 인간들은 채소를 곁들여 먹던데 난 채소는 영 입맛에 안 맞아. 요즘 고양이들 중에도 채식주의자가 생겼다는 얘기가 돌지만 헛소문일 거야. 설마 채식주의자는 아니지?」

제발 살생을 피할 수 있게 해주소서.

「그건 그렇고, 네 친구 앵무새, 맛이 괜찮더라.」

계단을 통해 위층으로 올라가자 놈의 말대로 구내식당처럼 보이는 공간이 펼쳐져 있다. 부지런한 인간들이 꼬치에 끼워 구운 쥐로 아침 식사를 하고 있다. 하나같이 뚱뚱한 고양이들은 옆에서 날쥐를 먹고 있다.

아메리칸쇼트헤어가 싱싱한 쥐를 한 마리 들고 와 내 앞에 봉헌물처럼 내려놓는다.

이런 선물로 내 환심을 살 수 있다고 생각하면 착각이다.

「말했나 모르겠는데, 내 이름은 부코스키야. 너는?」

부코스키? 왠지 낯익은 이름인데.

아, 그래, 맞아. 백과사전에서 본 적이 있었지. 알코올중독에 빠진 유명 미국 시인의 이름이야.

나는 쥐가 별맛이 없다는 인상을 주려고 무진 애를 쓴다. 하지만 감정이 롤러코스터를 탄 다음 날이라 그런지 배가 무척 고파 넓적다리를 우적우적 씹어 먹는다.

창자가 달라붙을 만큼 속이 빈 상태에서 쥐 고기 한 점을 입에 넣을 때의 그 기분, 너희도 잘 알지? 짭짤하면서도 살짝 시금털털한 맛을 느끼는 순간 고기가 목구멍을 타고 내려가잖아. 쫄깃한 식감이 좋아 동그스름한 귀부터 먹고 심줄이 많은 넓적다리는 나중에 먹는 고양이들이 많다던데, 너흰 어때? 나는 아껴 뒀다가 코를 제일 나중에 먹어. 그 부위가 짭조름하면서도 살이 연하고 육즙이 많거든. 그래도 배가 안 차면 마지막으로 꼬리를 먹어. 인간들이 스파게티를 먹듯이 후루룩 빨아 당기지.

한 입만 먹어도 미국 쥐가 프랑스 쥐와 확연히 맛이 다르다는 걸 알겠다. 뭐랄까, 훨씬…… 단맛이 많이 느껴진다. 미국인이 프랑스인보다 음식을 달게 먹어서 그렇겠지. 인간들이 버리는 음식물 쓰레기를 먹고 사는 설치류에게서 그런 맛의 차이가 고스란히 느껴지는 건 어찌 보면 당연한 일이다.

나를 뚫어지게 쳐다보던 부코스키가 말한다.

「네가 날 아직도 원망하는 것 같네. 네 친구를 잡아먹은 건 정말 미안해. 모르고 한 일이야. 게워 내서 네 친구를 살릴 수만 있다면 그렇게라도 하겠어.」고양이 시인이 애원조로 나온다.

나는 못 들은 척 어금니로 작은 뼈들을 우둑우둑 씹어 먹는다.

「혹시 중심 수컷이 있니? 아니면 자유로운 고양이?」

괜히 또 피타고라스 생각이 나게 만드네. 이런 무뢰한은 상대도 하지 말아야 해.

마침 멀리서 나탈리와 로망이 우리를 마중 나왔던 금발 인간 암컷과 얘기를 나누는 모습이 보인다.

나는 슬쩍 자리를 피해 그쪽으로 걸어간다. 집사의 무릎에 올라가 앉아 인간들의 대화에 귀를 기울인다.

「……대단한 모험이었네요. 고양이, 돼지, 개까지 데리고 범선으로 대서양을 횡단하다니! 다 듣고도 믿기지 않아요. 우리가 이쪽 사정을 미리 알려 주지 못한 게 정말 안타까워요. 내 이름은 이디스 골드스타인이에요. 당신들은 얼마든지 우리와 함께 지내도 좋아요.」

「그런데 이디스, 우리한테 프랑스 상황을 대충 들었으니 이제 여기 상황을 우리한테 알려 줘요. 그동안 무슨 일이 벌어진 거예요?」

「음, 그쪽 상황과 크게 다르지 않았어요. 유럽에서 시작된 위기가 바다를 건너 이곳 미국 땅까지 번졌죠. 그런데 여긴 유럽처럼 무종교인 대 종교인, 가난한 자들 대 부자들의 대결로 내전이 벌어진 게 아니라, 미국이라는 모자이크를 구성하는 다양한 공동체 간에 동시다발적 충돌이 발생했어요. 우린 그걸 〈부족 전쟁〉이라 부르고 있죠. 사람들은 출신(흑인, 중국계, 히스패닉, 아일랜드계, 이탈리아계, 독일계, 북아메리카 원주민, 일본계, 한국계 등)과 종교(개신교, 가톨릭, 유대교, 이슬람교, 힌두교 등)뿐 아니라 문화적 성향(공화당, 민주당, 공산당, 무정부주의, 히피족, 펑크족, 고스족, 록, 테크노 등)에 따라서도 서로 나뉘었죠. 미국 전역이 이 부족 전쟁으로 그야말로 대혼란을 겪었어요. 유럽에서 당신들이 먼저 겪었던 것처럼 행정과 국가 관리 시스템이 차차 마비되다 어느 순간 작동을 멈추었어요. 그때부터 대도시에 쓰레기가 산더미처럼 쌓이기 시작했고, 쥐들이 하수구나 터널 같은 지하 서식지를 버리고 지상으로 올라왔죠. 검은 쥐와 회색 쥐, 갈색 쥐가 주도권을 놓고 싸우더니 결국 갈색 쥐가 세력을 잡았어요. 그런데 이 쥐들은 여러 가지 감염병, 그중에서도 특히 유럽을 휩쓴 돌연변이 페스트의 매개체였죠. 인간들이 무더기로 페스트에 감염되고 사망자가 속출했지만 과학자들이 효과적인 백신을 만들 수가 없었어요. 당신들도 그랬듯이 연구에 집중할 환경이 조성되지 않았으니까요. 그사이 페스트는 아메리카 대륙을 집어삼키기 시작했죠. 그런 가운데 나를 포함한 뉴욕 대학교의 연구진 몇 명은 페스트 백신이 아니라 쥐약 개발에 착수했어요.」

이디스 골드스타인이 계속 말을 쏟아 낸다.

「우리는 비소, 시안화물, 페놀, 포스겐 등의 물질로 이루어진 기존의 화학성 쥐약을 개선하는 연구부터 시작했어요. 그런 다음에는 조금 더 복잡한 생물 독을 테스트했죠. 쿠라레, 보툴리누스, 리신, 무스카린 같은 것들 말이에요. 하지만 또 실패했죠. 그래서 다시 쥐들의 대응 프로토콜을 우회할 수 있는 완전히 새로운 쥐약을 개발하는 데 집중했어요. 러시아 첩보 기관에서 변절자들을 독살할 때 사용하던 치명적인 독극물에서 아이디어를 얻었죠. 원자력 발전소에서 생기는 방사성 물질을 사용해 만드는 독약인 탓에 원자력 발전소에 접근할 수 있어야 했는데, 다행히 문제없이 원료를 확보할 수 있었어요. 결국 우리는 방사성 독약을 민드는 데 싱공했죠. 그런데 처음엔 효과가 좋은 것 같더니 쥐들이 금세 독약에 적응해 버리고 말더군요.」

「안타깝네요.」 로망 웰즈가 한숨을 내쉰다.

「하지만 난 포기하지 않고 생물학자이자 유전학자인

내 전공을 살려 좀 더 전위적인 연구를 시도해 보자고 동료들에게 제안했죠. 소위 크리스퍼(CRISPR)를 응용한 유전자 가위 기술을 활용해 보자고 말이에요.」

「텍스트를 편집하듯이 DNA를 절단하고 교정하는 기술 말인가요?」로망이 흥미를 보이며 묻는다.

「그게 내 전공이에요. 나는 동료들과 즉시 새로운 연구에 착수했죠. 그리고 프로메테우스 신화에서 이름을 따 〈프로메테우스〉 프로젝트라고 이름을 붙였어요.」

「독수리에게 간이 쪼아 먹히는 벌을 받은 그 티탄의 이름을 땄군요……. 간이 계속 다시 자라나 그의 형벌은 끝나지 않았죠.」프랑스 과학자가 신화의 내용을 상기시킨다.

「연구진은 쥐의 가장 약한 신체 기관 중 하나인 간이 재생되기 전에 파괴할 방법을 찾으려고 애썼어요. 나는 실험용 쥐의 DNA를 〈교정〉해 간세포가 더 이상 재생되지 않는 돌연변이를 만드는 데 성공했죠. 그렇게 만들어진 돌연변이 DNA를 추출해 단순한 독감 바이러스에 붙인 다음, 이 독감 바이러스를 쥐들에게 주입했어요. 그러고 나서 쥐들을 방사했죠. 독감에 걸린 쥐들이 재채기를 하는 순간 주변에 있는 쥐들에게 바이러스가 퍼지게 만든 거예요.」

「한마디로 당신들은 쥐의 간을 공격해 파괴하는 독감 바이러스를 발명한 거군요, 그렇죠?」 나탈리가 미국 유전학자를 쳐다본다.

「쥐들은 자신들을 죽이는 것이 바로 자신들의 DNA라는 걸 모르는 채 죽었어요.」

「그래서 효과가 있었나요?」

「쥐들이 증상을 나타내는 개체들을 격리하기 시작했지만 소용없었어요. 이미 엎질러진 물이었으니까. 살아남은 쥐들은 맨해튼을 탈출하기 시작했어요.」

「바로 그때 뉴욕 대학교가 프랑스 오르세 대학교에 강력한 쥐약을 개발했다는 소식을 알렸군요.」 로망이 지난 일을 떠올린다.

「맞아요.」 이디스가 로망을 보며 빙그레 웃는다. 「그런데 마침 그때 광신주의자들이 개발한 〈신은 과학보다 위대하다〉라는 이름의 컴퓨터 바이러스가 퍼지면서 미국과 프랑스 간의 통신이 두절됐죠. 전 세계에 통용 가능한 쥐약을 제조할 수 있는 우리의 연구에 관해 자세히 설명할 시간도 갖지 못한 채…….」

「그 때문에 우리는 당신들이 완벽한 성공을 거두었다고 철석같이 믿었어요.」 나탈리가 다시 한마디 보탠다.

「몇 주 뒤 거대 쥐 군단이 다시 맨해튼을 침공해 왔어요. 놀랍게도 그들은 프로메테우스에 면역력을 갖추고 있었어요.」

「쥐들이 그사이에 바이러스에 대처할 방법을 찾았다는 말인가요?」

「맞아요. 뉴욕은 전보다 더 호전적으로 변한 쥐들의 지배를 받게 됐죠. 사람들은 고층 빌딩으로 몸을 피한 뒤 1층에서 외부로 통하는 출입구를 모두 막아 지상과의 연결을 원천 차단했어요. 그렇게 공중 생활을 하는 인간 공동체가 탄생하게 된 거예요.」

어느새 부코스키가 곁에 다가와 내 귀에 대고 속살거린다.

「우리, 얘기 좀 할 수 있을까?」

「내가 얼마나 바쁜지 보일 텐데.」

실망한 그의 귀가 납작하게 접힌다. 내가 이빨을 드러내고 으르렁거리기까지 하자 그가 군말 없이 내 시각과 후각 영역에서 사라진다.

나는 다시 인간들의 대화에 정신을 집중한다.

「우린 일종의 공중 세계를 구축했어요. 집라인을 설치해 타워마다 자리 잡은 공동체 간에 교류가 가능하게 만들었죠. 우리는 도르래 장치에 매달린 의자를 타고 빌딩 간을 이동해 다니고 있어요. 물론 추락하는 순간 아래에 있는 쥐들의 먹이가 될 것이라는 사실을 알고 경각심을 가지고 있죠.」

피타고라스도 그런 운명이 됐겠지…….

「집라인과 도르래 장치 말고도 우리는 드론을 활용한 수송 시스템을 개발했어요. 자율 비행이 가능한 드론 표면에는 태양 전지를 부착해, 해가 있는 낮에 충전했다가 밤에 사용할 수 있게 했어요. 한 번 충전에 한 시간 비행이 가능하죠.」

「드론? 땅에 발을 디딜 수 없는 지금 같은 환경에서는 정말 소중한 도구겠네요.」

「다행히 쥐들이 도시를 완전히 장악하기 전에 한 대형 유통 업체 물류 센터에서 택배 배송용으로 사용하던 드론 수백 개를 확보할 수 있었어요. 3킬로그램까지 하중을 견딜 수 있는 원격 조종 가능한 드론들이죠.」

「그 덕분에 우리한테 집라인용 로프를 내려보낼 수 있었군요…….」

「작은 물건을 운송하거나 위험에 노출되지 않고 활동해야 할 때 더없이 유용한 도구예요. 엠파이어 스테이트 빌딩에서도 방송 촬영용 드론 여러 대를 수거해 와 사용하고 있어요. 이 드론들은 카메라까지 장착돼 있어 공중에 띄워 쥐들의 동태를 살피는 데 유용하죠. 이 정찰 드론들의 카메라에 우리가 〈제후〉라고 이름 붙인 수컷 쥐들이 포착됐어요. 이들은 일종의 지역별 우두머리예요. 몸집이 좋고 힘이 세서 다른 수컷들이 두려워하며 복종하죠.」

「제후라고 했어요? 쥐들 사회가 왠지 중세 시대를 연상시키는 것 같네요.」 나탈리가 말한다.

「한번은 우리 정찰 팀이 이 제후 쥐들의 회합 장면을 촬영해 온 걸 본 적이 있어요. 그중에서도 유독 몸집이 큰 거구의 쥐가 한 마리 눈에 띄더군요. 여기 그 동영상이 있어요.」

이디스가 자신의 휴대폰으로 동영상을 보여 준다. 나는 궁금한 마음에 얼른 집사의 어깨 위에 올라가 앉는다.

한 무리의 쥐들을 멀리서 촬영한 장면에 이어, 비대한 쥐를 클로즈업해 찍은 장면이 스크린에 나타난다.

「이놈이 맨해튼 쥐들의 왕이에요. 제후들이 그에게 복종 자세를 취하고 있는 게 보이죠. 우린 1930년대에 미국 사회를 호령했던 사람의 이름을 따서 이 쥐를 알 카포네라고 부르고 있어요.」

「극히 실용적인 질문을 하나 할게요. 지금 우리가 와 있는 타워의 이름이 뭐죠? 그리고 여긴 몇 층이에요?」

로망이 겸연쩍어하며 묻는다.

이디스가 자리에서 일어나더니 건물 꼭대기 층까지 같이 올라가 보자고 한다. 나도 얼른 따라 일어난다.

최상층에 이르자 인간들이 가장자리를 빙 두른 담장 쪽으로 걸어간다. 나는 담장 난간으로 뛰어올라 다시 그들의 대화에 집중한다.

「지금 우리가 있는 곳은 파이낸셜 디스트릭트에서도 웨스트 스트리트 쪽이에요. 네 개의 빌딩으로 구성되어 있죠.[2] 정면에 보이는 건물이 1번 타워예요. 높이 176미터에 사각뿔을 절단해 놓은 듯한 지붕이 특징이죠. 파산하기 전까지 리먼 브러더스가 둥지를 틀었던 곳이에요. 우리가 있는 이곳은 2번 타워예요. 높이 197미터, 44층까지 있는 이 건물에는 예전에 독일계 은행인 코메르츠방크와 일본 노무라 그룹의 본사가 들어와 있었죠. 돔형 지붕이 특징이에요. 건너편 3번 타워는 225미터에 달하는데, 아메리칸 익스프레스 본사가 있었죠. 지붕의 피라미드 디자인이 참 독특해요. 마지막으로 4번 타워는 계단식 사각형 지붕이 특징인데, 예전에 메릴 린치 은행이 들어와 있었어요. 당신들은 지금 대멸망 이전 뉴욕 금융

2 세계 금융 센터 복합 시설World Financial Center Complex이라고 불렸으며 2014년 브룩필드 플레이스Brookfield Place로 명칭이 바뀌었다.

계의 심장을 바라보고 있는 거예요.」

아이고, 제대로 이해한 게 맞다면 내가 지금 고도 197미터 높이에 올라와 있구나.

나는 담장에 서서 주위를 휘둘러본다. 우리 타워와 다른 타워를 잇는 로프들이 제일 먼저 눈에 띈다. 아침 햇살이 퍼져 주변이 환해지자 인간들이 로프를 타고 빌딩 사이를 오가기 시작한다.

출발지가 도착지보다 높은 곳에 있으면 로프를 타고 미끄러지듯이 아래로 내려가고, 반대의 경우에는 우리를 여기까지 끌어 올려 준 것과 비슷한 기계 장치를 통해 아래에서 위로 올라간다.

몸을 숙여 시선을 아래로 향하자 구더기처럼 들끓는 쥐들이 보인다.

높은 상공에서 부는 바람이 내 털을 흐르르 흐트러뜨리고 지나간다.

나는 아득히 먼 곳을 향해 시선을 던진다. 마치 직사각형 나무들이 빽빽이 솟아 있는 듯한 미국의 회색 빌딩 숲이 눈앞에 펼쳐진다. 기하학적인 풍경에서 왠지 차갑고 우울한 분위기가 느껴진다.

이렇게 자연과 멀어져 살 수 있을까?

고양이들은 도저히 견딜 수 없을 거야. 이런 높이에서

뛰어내리면 무사할 수 없을 테니까.

과연 땅에 발을 딛지 않고 살 수 있을까?

이디스가 설명을 계속한다.

「한 개발자 그룹이 생존한 인간 공동체들 간의 통신을 복구하기 위해 백신을 만드는 중이에요. 우린 반드시 전 세계를 다시 연결할 거예요. 연구자들이 조금만 더 힘을 내주면 돼요. 이제 시간문제예요.」

「현재 맨해튼 인구가 몇 명이죠?」 나탈리가 이디스에게 묻는다.

「대멸망 전에는 이 섬의 인구가 2백만 명이었는데 최근 인구 조사에서는 4만 명으로 나왔어요.」

「4만 명이 몇 개 빌딩에 나뉘어 지내고 있는 거죠?」

「뉴욕시에는 150미터 이상의 고층 빌딩이 2백 개 조금 넘어요. 저층 빌딩에 살던 사람들은 쥐들이 외벽을 타고 올라올까 봐 고층 빌딩으로 옮겨 살고 있죠.」

「그럼 빌딩마다 평균 2백 명 정도가 거주하는 셈이네요?」

「건물마다 달라요. 우리 타워에는 3백 명이 살고 있지만 인구가 더 적은 타워들도 있어요. 반면 최고층 빌딩인 원 월드 트레이드 센터 한 곳에만 1만 명 가까운 사람들이 있어요.」

내가 궁금한 마음에 끼어든다.

「고양이는 몇 마리 있어요?」

나탈리가 질문을 통역해 전달하자 답이 돌아온다.

「현재 고양이 8천 마리, 개 5천 마리가 살고 있고 우리 타워에는 고양이가 8백 마리 있어요.」

모든 숫자를 다 기억할 수는 없으니 딱 하나만 머리에 새기기로 한다. 대멸망 후 맨해튼에는 고양이 8천 마리가 살고 있다. 수평 세계인 프랑스와 달리 여기는 수직 세계인데 미국 고양이들은 이런 환경에서 어떻게 살고 있을까? 이 높이에서 떨어지면 안전하게 착지할 수 없는 건 물론이고, 칼날 같은 쥐 앞니에 몸이 갈가리 찢기고 말 거야.

「현재 우리의 주식은 쥐예요. 물론 아래층에서 버섯도 재배하고, 지붕에서 소량이지만 과일과 채소 농사도 짓긴 해요. 생장 속도가 빠른 버섯이 식탁에 가장 자주 오르죠. 전력은 태양광과 풍력 발전으로 해결하고 있고 물은 빗물을 물탱크에 받아서 쓰고 있어요.」

「쥐들이 위로 올라올까 봐 두렵지 않아요?」 나탈리가 저도 모르게 몸을 움찔하며 묻는다.

「유리로 된 외벽에 발톱을 걸 수가 없으니 이 위까지 올라오지는 못할 거예요. 냉난방용 배관, 환기 장치, 상수도관, 오수관, 쓰레기 투입구 등 건물에 있는 모든 파이프와 관을 이미 시멘트로 막아 놓았어요. 지상과 완전히 단절된 상태로 공중에서 모든 것이 이루어지고 있죠.」

「쓰레기는 어떻게 처리하나요?」 이디스의 설명을 듣기만 하던 로망이 묻는다.

「여긴 일종의 자기 조절 시스템이 갖춰져 있어요. 우리 몸에서 나오는 배설물과 유기성 폐기물, 생활 오수를 퇴비로 활용해 식물을 키우죠.」

물론 쥐들의 공격으로부터는 안전하겠지만 고층 빌딩과 집라인, 드론으로 이루어진 거대 도시의 기괴한 풍경은 내게 낯설고 불편하게 다가온다. 파리에서 밤마다 지붕을 건너뛰어 다니며 놀던 기억이 문득 아득하게 느껴진다.

여기선 급히 도망쳐 몸을 숨길 곳도 없겠어.

나는 먼저 내려간 인간들을 뒤따라 아래층으로 내려간다. 내가 집사와 함께 머무는 방 앞에 이르자 안에서 예사롭지 않은 분위기가 감지된다. 나탈리와 로망이 밖에까지 들릴 정도로 언성을 높여 뭔가 얘기하고 있다. 나는 몸을 문에 바짝 붙인다. 그러자 나탈리가 전원을 켠 채 벗어 놓은 이어폰을 통해 그녀의 말이 통역돼 들리기 시작한다.

「당신이 어떤 눈길로 이디스를 바라보는지 내가 모를 줄 알아!」

「아니, 여기 도착한 지 얼마나 됐다고 그래!」

「한 달 넘게 매일 붙어 지내다시피 했으니 한눈을 파는 것도 이해 못 하는 바는 아니야. 하지만 어쩜 그렇게 집요하게 쳐다보던지…….」

집사가 잔뜩 화가 난 모양이다.

「질투가 나서 이러는 거야? 지금이 이럴 때냐고?」

로망은 어이없어하는 눈치다.

「내 말 잘 들어, 우리 둘 사이는 이제 끝난 것 같아. 당신이 그렇게 좋아하는 이디스와 무슨 짓을 하든 상관없어. 난 내 삶을 살 거니까. 그만 나가!」

로망이 문을 세게 닫고 밖으로 나온다.

내가 앞발로 문을 박박 긁어 대자 집사가 한참 만에 나와 문을 열어 준다.

그녀가 주먹 같은 눈물을 흘리고 있다.

나탈리가 나를 와락 품에 안으며 흐느낀다.

「남자들은 하나같이 실망스럽기 짝이 없어. 내가 사랑하는 건 오직 너뿐이야, 바스테트.」

괜히 울컥하네. 그래, 내가 없으면 집사의 삶이 무슨 의미가 있겠어. 나는 슬쩍 그녀의 품에서 몸을 빼 그녀가 벗어 놓은 이어폰을 집어다 준다. 내 말이 정확히 통역돼 그녀의 귀에 전달되게 하려는 것이다.

「질투 때문에 그래요, 나탈리?」

「로망이 그 미국 여자를 어찌나 흘끔거리던지. 그 여잔 게다가 생물학자야! ……로망이 과학자들한테 끌린다는 거 잘 알아.」

「그가 무슨 짓을 했는데요?」

「아무 짓도 안 했어. 아니, 했지. 모든 것을 말해 주는, 노골적으로 원하는 그런 눈빛으로 그녀를 쳐다봤어. 척 보면 아는 그런 눈빛으로 말이야.」

「결국은 아무 짓도 안 했다는 얘기네요.」

「넌 이해 못 해.」

저 입에서 또 너는 고양이에 불과하니까, 라는 말이 나오겠지.

「너는 고양이에 불과하니까. 너희 고양이들의 사랑은 우리 인간들의 사랑과는 근본적으로 달라. 훨씬 더 〈직접적〉이고 〈단순〉하지.」

고양이식 사랑에는 감정이 빠져 있다는 게 집사의 주장이다.

「바스테트, 너는 인간들의 감정을 이해할 수 없을 거야.」

나는 그녀의 눈물을 혀로 핥아 준다.

내가 예언가는 될 수 있을지언정 뜨거운 가슴은 없다고 생각하는 모양이야.

나는 기분 나쁜 내색을 하지 않으려고 애를 쓰며 조곤조곤 타이른다.

「내가 아는 바로는 로망은 아직 이디스와 짝짓기를 하지 않았어요. 최소한 그때까지 기다렸다가 질책을 하더라도 해야 하는 거 아니에요?」

「시간문제야, 확실해!」

나는 숨을 한 번 크게 들이마신다.

어떻게 알아듣게 말하지?

「그러니까 집사는 〈미리〉 헤어지겠다는 얘기예요?」

「나도 자존심이 있어.」

「만약 그 둘 사이에 아무 일도 일어나지 않으면요?」

「일어날 거야, 분명히 일어나게 돼 있어! 이디스는 젊고 아름다워. 미국인이고, 게다가 과학자지. ……신선해. 로망이 그녀를 어떤 눈길로 바라보는지 다 봤어. 틀림없어, 곧 그렇게 될 거야.」

「이디스 쪽에서 로망이 싫다고 하면요?」

「그녀도 좋아할 거야. 눈빛에서 그런 욕망이 읽혔어.」

문득 인간이란 존재의 문제가 뭔지 알 것 같다. 그들은 자신들의 상상력을 행복보다 불행을 위해 쓴다.

인간들은 신이라는 것을 상상해 만들어 내고 그 존재를 믿지 않는 사람들을 서슴없이 죽인다.

인간들은 자신들이 사랑하는 대상이 바람을 피운다고 상상하고 그 사람과 헤어진다.

훌쩍거리는 집사를 바라보고 있자니 커플끼리도 서로 이해하지 못하는 종이 어떻게 오늘날까지 오랜 세월 영속할 수 있었는지 의문이 든다.

지금의 나를 있게 해준 집사가, 내 눈앞에 있는 이 사람과 동일 인물이라는 게 도저히 믿기지 않는다.

그녀는 마치 장난감을 빼앗길까 봐 안절부절못하는 어린아이 같다.

「내 말 잘 들어요, 나탈리. 두 사람은 당신이 생각하는 것만큼 그렇게 깨지기 쉬운 관계가 아니라고 난 믿어요. 더군다나 지금 우리 앞에는 더 중요한 과제들이 산적해 있어요. 당신들 인간이 이룩한 문명이 붕괴하고 있는 지금, 우리에게 가장 시급한 건 바로 항서 세력을 결집해 적과 싸우는 거예요. 우리 모두의 생존이 달린 이 문제가 당연히 당신의 연애 감정보다 더 중요하지 않겠어요? 안 그래요?」

「내가 이런 일을 처음 당하는 게 아니야. 그래서 잘 알

아. 예전에 6개월을 같이 산 남자가 있었는데, 지금 로망처럼 다른 여자를 만나고 나더니 나한테 다짜고짜 헤어지자고 했어.」

나탈리가 어깨까지 들썩이며 흐느낀다.

아예 귀를 막고 있어. 자기 생각을 자신에게 주입하면서 확신만 키우고 있어.

「너도 나가. 날 혼자 내버려 둬.」

집사가 내 목덜미를 잡아 들어 올리더니 문밖에 내려놓는다. 혹시라도 내가 뛰어올라 손잡이를 돌려 문을 열까 봐 얼른 이중으로 잠그기까지 한다.

집사의 행동이 실망스럽긴 하지만 내가 그녀에게 알아듣게 설명해 주고 안심시켜 주지 못한 게 더 마음에 걸린다.

에잇, 내가 인간 커플 심리 전문가도 아닌데 어쩌겠어!

나는 다시 건물 꼭대기로 올라가 뉴욕 풍경을 바라본다.

어느새 안젤로와 에스메랄다가 뒤따라 올라와 난간에 나란히 앉는다. 우리는 파리와 너무도 다른 이 거대 도시가 낯설고 신기할 뿐이다.

시선을 아래로 향하자 인적이 끊긴 대로에 녹슨 채 방치된 자동차들과 근육이 너덜너덜 붙은 채 나뒹구는 인간 해골들이 보인다.

이제 알겠어, 이게 아메리카의 본모습이야……

착잡한 마음으로 고개를 들어 북동쪽으로 시선을 향하는데 건물 하나가 살짝 흔들리는 듯한 인상을 준다. 이디스가 엠파이어 스테이트 빌딩이라고 가르쳐 준 바로 그 빌딩이다.

처음엔 피로가 쌓인 데다 요 며칠 속앓이를 한 탓에 착시를 일으킨 줄 알았는데 눈을 부릅뜨고 다시 보니 정말 빌딩이 좌우로 흔들리고 있다. 그러더니 빌딩이 슬로 모션의 한 장면처럼 서서히 옆으로 기울다 지축을 흔드는 굉음을 내며 주저앉는다. 거대한 먼지 기둥이 하늘로 치솟는다. 빌딩이 서 있던 자리는 뿌연 갈색 구름에 뒤덮인다.

설마 내가 생각하는 그건 아니겠지.

12

뉴욕의 역사

1523년, 피렌체 출신 항해가 조반니 다 베라차노는 프랑스의 왕 프랑수아 1세의 후원을 받아 아메리카 대륙을 통과해 태평양에 이르는 항로를 찾기 위해 해양 원정대를 꾸린다. 그는 〈왕세자비La Dauphine〉라고 명명한 쾌속 범선을 타고 노르망디의 디에프에서 출발해 아메리카에 도착한 후, 동부 해안선을 타고 북쪽으로 항해하던 중 1524년 4월 17일 작은 만에 기착한다. 여기가 바로 훗날 뉴욕만이라는 이름을 얻게 되는 곳이다.

유럽 탐험가로는 최초로 이곳을 발견한 베라차노는 앙굴렘의 백작인 자신의 후원자 프랑수아 1세에게 경의를 표하기 위해 누벨 앙굴렘이라는 이름을 붙인다. 하지만 프랑스로 돌아간 그는 두 번째 원정대를 꾸리는 데 실패한다. 시간이 흐른 뒤 이번에는 네덜란드 동인도 회사에서 파견한 영국인 헨리 허드슨이 1609년에 이곳을 찾았다. 그는 훗날 자신의 이름이 붙게 될 강의 하구를 탐험했다. 그의 원정 사실이 알려지자 네덜란드인들이 정착을 위해 이곳을 찾기 시작했다. 1614년, 아드리안 블록은 미래의 뉴욕이 될 위치에 정착촌을 세우고 뉴암스테르담이라고 부른다. 그가 도착했을 때 본(本)섬에는 이미 먼치족이라는 원주민들이 정착해 살고 있었다. (맨해튼은 이들 부족의 언어로 〈작은 섬〉이라는 뜻이다.)

1623년에 기독교인 30여 가구가 도착하면서부터 네덜란드인들의 이주가 본격화되었다. 1626년 페테르 미노이트가 60플로린, 오늘날 금액으로 치자면 25유로를 지불하고 땅을 매입하면서 뉴암스테르담이라는 도시가 공식적으로 존재하기 시작했다. 미누이트는 델라웨어 부족과 서스퀘해넉 부족의 족장들을 불러 모아 새로운 공동체를 발전시키는 데 동참해 달라고 요청했다. 뉴암스테르담 공동체의 인구는 1640년 4백 명에서 1660년 1천 5백 명으로 늘어났다.

1664년, 무역로 관할권을 놓고 영국인들과 네덜란드인들 사이에 충돌이 벌어졌다. 급기야 영국군 함대가 뉴암스테르담 항구에 도착했고, 네덜란드 정착민들은 백기 투항하고 말았다. 잉글랜드의 왕 찰스 2세에 대한 경의를 표시하기 위해 이 도시에는 왕의 동생인 요크 공의 이름이 붙여졌다. 뉴욕이라는 이름의 도시가 탄생하는 순간이었다.

『상대적이며 절대적인 지식의 백과사전』제14권

13

더 높은 곳을 향해

돌가루가 연기처럼 피어오르면서 하늘에 매캐한 냄새를 퍼뜨린다.

나와 안젤로, 에스메랄다 그리고 근처에 있던 인간들은 붕괴 현장이 가장 잘 보이는 쪽으로 뛰어간다.

강렬한 감정의 파동이 감지된다.

어디서 나타났는지 현지 고양이들이 놀란 얼굴을 하고 우리 쪽으로 뛰어온다. 그중에는 부코스키도 끼어 있다.

나는 밥맛없는 녀석과 말을 섞으며 시간을 낭비하고 싶지 않아 못 본 척 집사 옆으로 다가간다. 나탈리는 망원경을 꺼내 들고 붕괴 현장을 살피고 있다.

현장을 촬영하러 가는 것으로 짐작되는 드론 몇 대가 공중으로 날아오른다.

나는 앞발로 집사를 툭 치며 묻는다.

「뭐예요? 대체 무슨 일이 일어난 거예요?」

집사는 물론이고 아무도 내 질문에 대답해 주지 않는다. 나는 나탈리의 이어폰에 붙은 마이크를 통해 인간들의 말을 들으며 상황을 짐작할 뿐이다.

「엠파이어 스테이트 빌딩이!」 노인 한 명이 차마 말을 잇지 못한다.

인간들은 눈앞의 광경이 도저히 믿기지 않는다는 표정이다.

「엠파이어 스테이트 빌딩이 놈들에게 당했어!」 충격에 휩싸인 이디스 골드스타인의 목소리가 들린다.

나는 주변의 인간들을 붙잡고 묻는다.

「〈놈들〉? 〈놈들〉이 대체 누구예요? 혹시 쥐들 말이에요? 설마, 쥐들이 어떻게 저런 고층 빌딩을 파괴할 수 있겠어요?」

아무도 내 말에 귀 기울이는 사람이 없다. 차차 먼지가 걷히자 붕괴 현장에 접근한 드론들이 근접 촬영한 영상을 스크린으로 전송해 온다. 빌딩 거주민으로 보이는 인간들이 미동도 없이 부서진 콘크리트 조각 사이에 누워 있다. 쥐들이 시체와 건물 잔해 사이를 떼 지어 몰려다니는 게 보인다.

나탈리가 한참 만에 망원경을 내려놓더니 혼잣말처럼 말한다.

「놈들이 앞니로 엠파이어 스테이트 빌딩의 골조를 갉아 결국 무너뜨렸구나…….」

「킹콩도 무너뜨리지 못한 걸 쥐들이 해냈군.」옆에 있던 로망이 한마디 한다. 「큰 짐승보다 저런 작은 짐승이 더 무서운 법이지…….」

「건축학도 시절에 저 건물에 대해 배운 적이 있어 내가 좀 알아요.」나탈리가 설명해 준다. 「1930년에 건축된 엠파이어 스테이트 빌딩은 라임스톤[3]을 외장재로 썼어요. 벽은 벽돌과 시멘트로 되어 있죠, 아니 〈있었죠〉……. 하나같이 부서지기 쉬운 자재들이라서 쥐들의 앞니 공격을 견디지 못했을 거예요. 하지만 다들 안심하세요. 지금 우리가 있는 타워는 1987년에 콘크리트로 지어진 것이니까요. 당연히 훨씬 견고해요.」

「아무튼 놈들 앞니가 보통 단단한 게 아닌가 봐요.」내가 말끝을 단다.

꼭대기 층에 모인 인간들은 드론들이 재난 현장을 다각도에서 촬영해 보내오는 동영상을 노트북으로 보고 있다. 나는 나탈리한테 망원경을 건네받아 우리와 이웃한

3 석회암 가루를 압착해서 만든 석재.

나머지 세 개 타워를 살핀다. 인간들이 꼭대기에 올라와 엠파이어 스테이트 빌딩이 있던 자리를 망연히 바라보고 있다. 여전히 거대한 먼지구름이 하늘로 피어오르고 있다.

또다시 쿠르릉쿠르릉 소리가 들린다.

순식간에 빌딩 하나가 또 무너진다.

우리 타워에서 북쪽으로 조금 떨어진 건물이다. 맥없이 무너지는 걸 보니 오래된 빌딩인 게 분명하다.

나는 망원경 렌즈를 아래쪽으로 향한다. 마치 갈색 피가 흐르듯 쥐 떼가 넘실넘실 대로들을 따라 어디론가 움직이고 있다. 그들의 이동 경로를 따라가다 보니 1번 타워가 나타난다. 놈들이 타워 밑으로 집결하고 있다. 3번 타워와 4번 타워 밑에도 쥐들이 새까맣게 모여든다. 그리고…… 우리 타워 밑에까지!

이건 말이 안 되잖아. 아까 분명히 나탈리가 엠파이어 스테이트 빌딩은 라임스톤을 외장재로 사용하고 벽돌과 시멘트로 벽을 쌓았기 때문에 무너졌고 여긴 콘크리트로 지어서 괜찮을 거라고 했는데…….

붕괴 현장으로 날아갔던 드론들이 우리 타워를 갉기 시작하는 쥐들을 촬영하기 위해 돌아온다.

역시나 수천 마리가 넘는 쥐들이 빌딩 벽을 앞니로 갉

아 구멍을 내는 모습이 화면에 잡힌다.

건물 뼈대를 무너뜨리고도 남을 만큼 놈들의 이빨이 단단해 보인다. 게다가 쉬지 않고 교대를 하며 갉아 대고 있다. 놈들을 막기는 불가능해 보인다. 파도가 절벽을 때려 침식시키듯 우리 건물을 끝내 무너뜨리고 말 거야.

나는 요란한 사이렌 소리에 몸을 소스라뜨린다.

원뿔처럼 생긴 금속 구조물 네 개에서 동시에 귀를 찢는 소리가 나자 지붕 위 인간들이 우왕좌왕하기 시작한다. 인간들만큼은 아니지만 상황을 파악하지 못하는 동물들 역시 불안해하기는 매한가지다.

이디스가 메가폰을 잡고 소리친다.

「즉시 대피해요!」

공황 상태에 빠진 인간들의 불안과 공포가 곁에 있는 개들, 고양이들에게까지 번진다.

놀란 사람들이 밑에서 뛰어 올라온다. 우리는 지시에 따라 동쪽 난간으로 향한다. 여기서 집라인을 이용해 인근에 있는 너 높은 건물로 이동하려는 것이다.

순식간에 대피 준비가 끝난다.

도르래에 매달린 바구니에 사람들이 타기 시작한다. 급히 귀중품만 배낭에 챙겨 지붕으로 뛰어 올라온 인간들은 불안한 눈빛으로 바구니에 오른다.

안젤로가 나를 빤히 쳐다보며 야옹거린다.

「엄마, 난 도망치지 않고 싸울 거예요! 난 적을 쳐부술 자신이 있어요. 범선에 올라온 쥐들도 우리가 다 제압했 잖아요.」

이 덜떨어진 녀석의 아비가 대체 누굴까?

파리 몽마르트르에서 수컷들 몇이 한꺼번에 구애를 펼치던 때 벌어진 일이라 솔직히 누군지 정확히 모르 겠다.

나는 교육적인 태도로 아들을 대하려고 애를 쓴다.

「흠…… 용기가 있는 건 물론 좋은 거야, 안젤로. 하지 만 싸움은 이길 가능성이 있을 때만 시작하는 거야.」

비상 대피 중인데 우리 차례는 왜 이렇게 더디 오는 건 지……. 최근에 이 타워에 합류한 이방인들이니 제일 마 지막에 순서가 오는 건 어쩌면 당연한 일인지도 모른다.

나는 조바심을 치며 집사의 어깨 위로 뛰어오른다.

「어디로 가는 거예요?」

「유일하게 안전을 보장받을 수 있는 곳으로. 원 월드 트레이드 센터 말이야.」

「제일 높은 빌딩이에요?」

「응. 104층까지 있는 높이 541미터짜리 빌딩이야. 9·11 테러 이후에 지어졌으니까 최근에 지어진 건물이

기도 하지. 당연히 최신 공법이 사용됐고.」 집사가 설명
해 준다.

「쥐들의 앞니 공격에도 끄떡없이 버틸 수 있을 거라는
말인가요?」

「분명히 그럴 거야.」

「놈들이 떼로 몰려와 한꺼번에 달려들어도?」

「유일하게 버틸 수 있는 건물이 바로 그곳일 거야.」

「집사, 지금 내가 백과사전에 접속할 겨를이 없으니까
자세히 설명 좀 해줘 봐요. 그 빌딩이 그렇게 견고하다고
확신하는 근거가 뭐예요?」

「어떤 건물이든 다 당시에 가장 튼튼하다고 여겨지는
자재로 짓게 마련이야. 아주 오래전에는 그게 돌이었고,
그다음에는 벽돌과 시멘트였어. 지금은 당연히 콘크리트
고. 그런데 콘크리트에도 여러 가지 종류가 있어. 예전에
썼던 일반 콘크리트는 압축 강도가 16~40메가파스칼에
그쳤어. 네가 이해할지 모르겠는데 메가파스칼은 압력의
난위야. 기술이 발전하면서 입축 강도가 50~80메기파
스칼에 달하는 고성능 콘크리트(HPC)[4]가 건설 현장에

---

4   HPC는 High Performance Concrete, VHPC는 Very High
Performance Concrete, UHPC는 Ultra High Performance Concrete를
가리킨다.

쓰이기 시작했지. 이보다도 강도가 높아진 게 고고성능 콘크리트(VHPC)야. 80~100메가파스칼에 이르지.」

「우리 타워는 VHPC로 지어진 모양이군요?」

「그래, 맞아.」

나 같은 고양이가 이런 어수선한 상황에서 자신의 전공 분야에 흥미를 보인다는 사실에 집사는 적잖이 놀라는 눈치다.

「하지만 쥐들은 우리 타워도 결국 무너뜨리고 말 거야.」

「지금 우리가 가려는 건물에 사용된 콘크리트는 다른 건가 보죠?」

「원 월드 트레이드 센터는 초고성능 콘크리트(UHPC)로 지어졌어. 압축 강도가 250메가파스칼까지 이르는 가장 단단한 콘크리트야. 원자력 발전소를 짓는 데 이 콘크리트가 들어가.」

그러니까 나더러 안심하라는 얘기지?

나는 우리 타워 아래를 촬영해 보여 주는 동영상에서 눈을 떼지 못한다. 화면 전체가 뿌연 걸 보니 쥐들의 앞니 공격이 위력을 발휘하기 시작한 모양이다.

나는 조바심을 버리고 철학적인 자세로 집라인 순서를 기다리기로 마음을 바꿔 먹는다. 그러자 순식간에 우리 차례가 온다. 나탈리는 나와 안젤로를 품에 안고 바구니에 오른다. 에스메랄다는 이번에도 로망과 짝을 지어 움직이게 될 것이다.

바구니에 탄 우리 셋이 몸을 딱 붙이자 인간 하나가 출발 신호를 내린다.

바구니가 흔들흔들하면서 위로 끌어 올려지기 시작한다.

내 예상보다 더 높이 올라갈 모양이다.

내부가 컴컴하게 비어 있는 건물들을 지나 바구니는 멈추지 않고 하늘을 향해 올라간다.

집사가 네모난 구멍이 두 개 있는 공원 하나를 손으로 가리킨다.

「저기가 세계 무역 센터의 쌍둥이 빌딩이 무너지기 전까지 서 있던 자리야.」

「쥐들한테 공격당했어요?」

「아니, 광신주의자들한테.」

자세히 물어보면 왠지 집사의 마음을 불편하게 만들 것 같아 애써 호기심을 누른다.

원 월드 트레이드 센터의 외관은 특이하게도 비스듬히 잘린 단면들로 이루어져 있다. 새 건물에 옛날 건물과 거의 똑같은 이름을 붙인 것도 나로선 이해할 수 없는 일이다.

갑자기 없던 고소 공포증이 생겼는지 가슴이 빨리 뛰는 게 느껴진다. 피타고라스의 추락 사고 이후 공간과 고도에 대한 지각이 달라져서 그런가. 갑자기 발아래 허공이 펼쳐진다는 사실이 공포로 다가온다.

거울처럼 매끈한 유리 벽에 흘러가는 구름이 비친다. 확실한 좌표가 없는 곳에 있다고 생각하는 순간 불안감을 떨칠 수가 없다.

느리고 불안한 비행은 한참 동안 계속된다.

드디어 바구니가 기념비적인 건축물의 꼭대기에 도착한다.

TV 혹은 라디오 안테나로 보이는 커다란 돛대 하나가 하늘로 솟은 게 눈에 띈다. 예전에 유리창 청소에 사용했던 크레인과 크랭크를 조작해 사람들을 위로 끌어 올리고 있는 인간들의 모습이 보인다.

그들이 우리를 향해 바구니를 다시 아래로 내려보내게 얼른 내리라는 신호를 보낸다.

지붕은 먼저 올라온 인간들과 고양이들, 개들로 발 디딜 틈이 없다. 우리는 도착 구역을 비워 주기 위해 안내를 받아 계단을 통해 아래층으로 내려간다.

이전에 식당으로 쓰였을 최상층 전망대에 들어서자 역시나 혼란스러운 모습이다. 인간들과 그들을 따라온

고양이들이 신경이 곤두선 채 어쩔 줄을 모른다. 그들 몸에서 발산되는 시큼한 체취가 실내를 답답하게 만든다. 공포에 사로잡힌 얼굴로 무리를 지어 여기저기서 웅성거리는 인간들에게서 세상의 종말이 느껴진다.

가뜩이나 엠파이어 스테이트 빌딩의 붕괴로 혼란에 빠진 인간들은, 그들이 거주하던 타워들이 한꺼번에 쥐들의 공격을 당하자 공황 상태에 빠지고 만 것이다.

격양된 인간들의 언성이 높아지자 고양이들의 야옹거림도 덩달아 날카롭게 변한다. 개들조차 이빨을 드러내고 꼬리를 만 채 으르렁거린다.

어서 이 도가니를 벗어나야겠어. 이 상태에서는 도저히 차분한 생각이 불가능해.

지금의 대혼란으로부터 세상을 구할 수 있는 것은 오직 나뿐이야. 나와 내 정신의 힘만이, 우주의 원소들을 상호 연결할 수 있는 내 능력만이 이 세상을 구할 수 있어.

드디어 기나리던 로망과 에스메랄다가 합류해 우리는 다시 하나가 된다.

바구니를 타고 다른 빌딩에서 온 사람들은 모두 거처를 배정받는다. 사람들이 벌써 무리를 지어 넓은 전망대 식당을 빠져나가는 게 보인다. 여기보다 덜 붐비는 곳을 찾아 아래층으로 향하는 게 분명하다.

공간에 조금 여유가 생기자 인간들이 나누는 대화가 더러 귀에 들어온다. 한 층을 하나의 부족이 점유하고 있다는 설명도 들리고 자신들의 공동체에 합류하라는 권유의 목소리도 들린다.

우리 일행도 계단을 통해 밑으로 내려간다.

「애초에 프랑스를 떠나지 말았어야 했어.」 힘을 쭉 빼는 소리만 골라 하는 대단한 재주를 가진 에스메랄다가 한마디 던진다.

한 층 한 층 아래로 내려갈 때마다 이디스에게서 들은 부족 공동체가 뭔지 눈으로 확인하게 된다. 96층에 이르자 중국계 미국인들이 보인다. 조금 더 아래층으로 내려가자 유대계, 이탈리아계 미국인들에 이어 그리니치빌리지 대학생들, 펑크족, 복음주의자, 백인 우월주의자, 흑인, 히스패닉, 갱스터까지 다양한 공동체가 형성돼 있다.

층마다 인테리어가 다른 건 물론이고 입주자들의 옷차림 또한 달라 각 공동체의 특색을 고스란히 보여 준다.

문화 공동체들이 병립 공존하며 하나의 모자이크를 만드는 미국 사회의 특성이 이 난리 통에도 유지되고 있다는 사실이 신기하게 느껴진다. 이 타워가 미국 사회의 축소판이라고 생각하며 구경을 계속하다 보니 마치 층마다 서로 다른 언어를 사용하고 있는 것 같은 착각마저 든다.

「프랑스인들이 모인 층도 있나요?」집사가 한 미국인에게 다가가 물어본다.

「물론이죠. 69층으로 가봐요.」

반가운 마음에 달려 내려가자 1900년대의 몽마르트르 분위기가 우리를 맞이한다. 아이러니하게도 각 부족은 미국인들이 만들어 낸 이미지를 그대로 간직하려 한다는 인상을 준다.

파랑, 하양, 빨강의 삼색기가 제일 먼저 시선을 사로잡는다. 국기 좌우로 에펠탑, 개선문, 사크레쾨르 대성당, 노트르담 대성당을 찍은 사진과 루브르 박물관에 전시된 「모나리자」의 복제화, 드골 장군과 브리지트 바르도, 물랭 루주 댄서들의 사진 그리고 쥘 베른의 초상화가 벽에 빼곡히 걸려 있다.

여기 프랑스인들은 이렇게 단순화된 모국의 이미지를 수용할 뿐 아니라 즐긴다는 느낌마저 든다. 향수 때문인지 베레모를 쓰고, 멜빵바지를 입고, 콧수염을 길러 끝을 뾰족하게 다듬은 프랑스인들도 간간이 눈에 띈다.

대멸망 이후 뿌리에 대한 생각을 하게 되고 민족적 정체성을 드러내고 싶은 열망을 가지게 된 게 틀림없다.

빨간색 체크무늬 테이블보가 덮인 커다란 탁자 앞에 사람들이 모여 있다. 가까이 가서 보니 다들 핫도그를 하나씩 손에 들었는데, 막대기에 끼워진 게 분홍색 소시지가 아니라 갈색의 구운 쥐 고기다.

여기선 빵도 굽는 모양이구나!

나는 코를 벌름거리며 인간 문명이 만든 후각 예술의 걸작이 풍기는 냄새를 상상한다. 오래전 사람들이 아직 빵을 굽던 때 맡았던 그 구수한 냄새가 지금 코끝에 와 닿는 것 같다.

「난 아직 배가 고픈데 여러분은 어때요?」 실용주의자인 에스메랄다가 탁자 위를 앞발로 가리킨다.

나탈리와 로망이 구운 쥐 고기 샌드위치를 들고 와 테이블에 자리를 잡고 앉는다.

우리한테는, 내 이럴 줄 알았다니까, 날고기를 내민다.

이 단백질 공급원은 그나마 부족할 일이 없으니 천만다행이지.

나는 나탈리를 빤히 쳐다보며 빵을 조금 떼어 달라는 눈짓을 보낸다.

아, 바삭함과 촉촉함에 구수함까지 갖춘 음식이 식도를 지나 위로 떨어질 때의 이 기분.

빵을 먹는 나를 놀라서 쳐다보던 안젤로가 앞 발톱으

로 부스러기를 하나 집어 입에 넣더니…… 왝 하고 뱉어
낸다.

빵을 먹는 고양이가 일반적이진 않지. 우린 육식 동물
로 알려져 있으니까.

배가 부르자 69층 구석구석이 눈에 들어오기 시작한
다. 구조로 보아 잡지 회사 편집부 같은 데서 오픈형 사
무실로 썼으리라 짐작된다.

사무용 책상들은 전부 침대와 식탁으로 용도를 바꿔
사용하고, 전에는 없었을 칸막이를 세워 공간을 분리하
고 있는 게 보인다.

우리를 뒤따라 내려온 이디스가 69층 책임자들을 만
나 협상을 벌인 끝에 〈침대〉 세 개를 구해 준다.

거처가 마련되고 나니 비로소 긴장이 풀린다.

벽에 걸린 대형 스크린에 타워의 소식을 전하는 뉴스
채널이 켜져 있는 게 보인다.

건물 1층 외벽을 새까맣게 에워싼 쥐들이 화면에 잡힌
다. 유리와 초고성능 콘크리트, 강철로 된 뼈대를 이빨로
갉기는 역부족이었는지 그들이 다시 흩어진다. 하지만
이내 병력을 교체해 앞니 공격을 재개해 온다.

「이번엔 어림없어!」 말은 이렇게 하면서도 집사는 긴
장한 채 스크린에서 눈을 떼지 못한다.

나는 옆에 앉아 스트레스 해소에는 최고인 털 고르기를 시작한다.

한쪽 다리를 귀 뒤로 치켜들고 항문부터 깨끗이 핥는다.

피타고라스도 샹폴리옹도 그만 잊자. 함께 마지막 희망호에 승선했지만 지금은 세상에 없는 동료들 생각도 그만하자. 쥐들에 대한 공포도 떨쳐 버리자.

나는 까끌까끌한 혀로 꾹꾹 눌러 가며 털을 핥아 뭉친 부분을 피부에서 떼어 낸다.

마치 이 동작이 우리를 덮친 불행까지 떼어 내 줄 것처럼.

실로 오랜만에 안전한 곳에 와 있다는 느낌이 든다.

예전에 엄마가 입버릇처럼 하던 말이 있다. 〈불행은 악착같이 달라붙어 있질 못하고 제풀에 지쳐 나가떨어진단다.〉

나는 69층을 휘돌아다니는 아들을 물끄러미 바라본다.

불쌍한 안젤로, 좋은 세상에 태어나게 해주지 못해 미안하구나. 어미가 너한테 해줄 수 있는 건 지금 이 순간의 생존뿐이란다. 어미 눈엔 이제 미래가 보이지 않는구나.

여기서 난 일개 고양이에 불과하다.

더 이상 여왕이 아닐뿐더러 아직은 예언가도 아니다.

우리를 받아 준 토착 인간들과 토착 동물들의 눈치를 봐야 하는 이방묘 처지다.

두려움에 사로잡혀 미래를 그릴 능력도 상상력도 없어진 평범한 암고양이.

무서운 번식 속도와 놀라운 진화 능력을 보여 주는 한 동물 종의 침략을 받고 이곳에 쫓겨 와 있는 게 우리의 슬픈 현실이다.

나는 혼자만의 시간을 갖고 싶어 일부러 낮잠을 자는 척한다. 앞발에 턱을 괴고 누워 눈을 지그시 감는다. 혹시 이런 위기 상황에서 고양이들이 해피엔드를 맞은 사례가 있는지 궁금해 백과사전에 접속한다.

14

고양이 오스카 이야기

1941년, 독일 전함 비스마르크가 교전 끝에 영국 해군에게 격침을 당한다. 비스마르크에는 2천 명이 넘게 승선하고 있었지만 그중 생존자는 1백여 명에 불과했는데, 턱시도 고양이 한 마리도 운 좋게 살아남았다. 영국 구축함 HMS 코사크의 해병들이 이 고양이를 구조해 오스카라는 이름을 붙여 주었다. 그런데 이로부터 몇 개월 뒤, 코사크가 독일 잠수함의 공격을 받게 된다. 폭발이 일어나 뱃머리가 파괴되고 159명이 사망했다.

이번에도 오스카는 운 좋게 소수의 승조원과 함께 살아남았다. 고양이는 영국 항공 모함 아크 로열로 옮겨 타항해를 계속했다. 그런데 오스카가 행운을 가져오는 고양이는 아니었던지, 아크 로열 역시 몇 주 뒤 독일군의 어뢰 공격을 받고 침몰한다. 오스카는 나무판자를 타고 바다를 떠다니다 영국 해군에 의해 다시 구조되었다. 난파된 해병들이 굶주린 상태에서도 차마 오스카를 잡아먹지는 못했던 모양이었다. 또다시 살아남은 오스카는 이번에는 영국 구축함 HMS 라이트닝에 승선했다.

오스카의 사연이 영국 해군 사령부에 전해지자, 혹시라도 이 고양이가 또다시 해군 선박에 불행을 초래할까 염려한 지휘관들은 오스카를 배에서 내리게 했다. 오스카는 지브롤터 총독의 집무실에 보내졌다가 다시 북아일랜드에 있는 선원의 집으로 옮겨져 거기서 편안히 살다 1955년 생을 마감했다. 고양이 오스카는 화가 조지나 쇼베이커의 화폭에 담겨 불멸의 존재로 남게 되었다. 흰 털과 검은 털이 섞인 고양이 한 마리가 바다를 떠다니는 나무판자 위에 앉아 있는 이 그림은 현재 영국 국립 해양박물관에 전시돼 있다.

『상대적이며 절대적인 지식의 백과사전』 제14권

15

길고 지루한 토론

꼬끼오 소리에 눈이 번쩍 뜨인다. 수탉이 우는 게 아니라 수탉 울음소리를 내는 벨이 울리고 있다. 주변을 지각하기까지 잠시 시간이 흐른다. 내가 백과사전을 보다 잠이 든 모양이다.

심신이 지칠 대로 지쳤으니 낮잠이 필요했을 것이다.

아직 오후이고, 밖이 훤하다.

옆에서 나탈리가 손톱을 물어뜯고 있다. 안젤로는 아기처럼 나한테 몸을 꼭 붙이고 누워 있다. 건너편 침대에 로망과 에스메랄다가 보인다. 그렇지, 난 지금 몽마르트르 우리 집이 아닌 미국 맨해튼에 와 있지. 그중에서도 제일 높은 빌딩에. 건물 밑에는 쥐들이 우글거리고 있고.

닭 울음소리가 그치질 않자 나처럼 선잠이 들었던 사람들이 깨어나 웅성거리기 시작한다.

또 무슨 안 좋은 일이 있는 거야?

나탈리가 주변 사람들에게 물어본다. 내가 어깨 위로 뛰어오르자 집사가 104층에서 현 상황을 논의하기 위한 비상 회의가 열릴 예정이라고 알려 준다.

「나도 같이 가도 돼요?」

전망대 겸 식당이었던 꼭대기 층이 회의장으로 용도가 바뀌어 있다. 안쪽에 연단이 마련돼 있고 연단 앞쪽에는 연설대가, 뒤쪽에는 대형 스크린이 설치돼 있다. 옆으로 난 커다란 통유리 창들을 통해 뉴욕 풍경이 한눈에 내려다보인다.

인간들이 하나둘 들어와 의자에 앉거나 삼삼오오 서서 얘기를 나눈다.

이디스 골드스타인이 멀리서 우리를 발견하고 걸어온다.

「101인의 부족 대표단이에요.」 그녀가 묻기도 전에 알려 준다.

「북아메리카 원주민들의 파우와우와 비슷한 건가 보죠?」 박식한 로망 웰즈가 말을 받는다.

「아뇨, 그보단 UN 총회에 가까워요. 국가가 아니라 부족 연합이라는 차이만 있죠. 각 부족은 대표자를 선출해 이 회의에서 자신들의 목소리를 내요. 중요한 결정은 모두 여기서 다수결 원칙에 의해 결정되죠.」

참석자들의 옷차림이 각 부족의 정체성을 고스란히 드러낸다. 중국계, 퀘이커 교도, 펑크족, 고스족, 히스패닉 그리고 북아메리카 원주민까지.

천 명 가까운 청중이 회의를 지켜보기 위해 들어오자 실내가 비좁게 붐빈다.

나는 조바심을 내며 묻는다.

「왜 빨리 시작을 안 해요?」

「의장의 입장을 기다리는 중이야.」 옆에 있던 로망이 대답한다.

「아…… 의장이 있어요?」

「내가 듣기로는 부족 총회에서 의장을 선출한대. 공동체 운영에 관한 주요한 의사 결정을 내리는 사람이야.」

「최고 권력자인 셈이군요?」

「그렇지. 행정부의 수반일 뿐 아니라 의회 의장까지 겸하는 거라고 들었어.」

10여 분쯤 지났을까, 한 노부인이 연단 뒤쪽 문으로 걸어 들어온다. 파란색 정장에 검은 구두를 신었다. 장밋빛 하이라이트 염색을 한 백발을 헤어스프레이로 고정한 모습이 마치 헬멧을 쓴 듯한 착각을 불러일으킨다. 지팡이를 짚고 느릿느릿 걷는 걸 보니 나이가 아주 많은 모양이다.

「어머나! 누군지 알겠어.」 나탈리가 탄성을 지른다. 「힐러리 클린턴이야. 과거에 미국 민주당 대통령 후보로 나섰던 사람이야. 그때는 당선에 실패했는데 결국 여기서 꿈을 이뤘네!」

「대멸망이 그녀의 꿈을 이뤄 줬군.」 로망도 거든다.

지팡이에 몸을 의지한 힐러리 클린턴이 단상에 올라와 연설대 앞에 선다. 손에 든 메모를 연설대에 내려놓고 마이크를 테스트한 다음 청중을 바라본다. 나이에 비해 생기와 활력이 넘치는 모습이다.

「신사 숙녀 여러분.」 드디어 그녀가 말문을 연다. 「우리는 절체절명의 순간을 맞았습니다.」

나는 제3의 눈을 통해 나탈리와의 번역기에 접속해 있으므로 아무 문제 없이 연설을 들을 수 있다. 나이에도 불구하고 클린턴의 발음이 무척 정확하다.

「지금 우리한테 벌어지는 일은 동화 『아기 돼지 3형제』를 연상시킵니다. 나들 아시겠지만, 아기 돼지 3형제는 늑대의 공격에 대비해 집을 짓기로 하죠. 첫째는 짚으로, 둘째는 나무로, 셋째는 벽돌로 집을 짓습니다. 염려했던 대로 늑대가 나타나 초가집부터 공격해요. 입김을 후 불어 넘어뜨리겠다더니 정말 그렇게 순식간에 무너뜨리죠. 첫째 돼지는 가까스로 둘째 돼지의 집으로 도망칩니다. 그런데 늑대가 나무로 지은 집으로 그들을 잡으러 오죠. 이번에도 입김을 후 불자 집이 무너지고 말아요. 두 형제는 셋째 돼지의 벽돌집으로 도망을 칩니다. 그런데 셋째 돼지의 집은 늑대가 아무리 입김을 불어도 끄떡하지 않습니다. 늑대는 돼지들을 잡아먹지 못하고 돌아가고, 아기 돼지 3형제는 벽돌집에서 안전하게 지냅니다. 동화 속 해피엔드와 달리 현실 속 벽돌집은, 다시 말해 엠파이어 스테이트 빌딩은 무너지고 말았어요. 여러분은 그래서 유리와 강철로 지은 이 타워로 도망쳐 오게 된 것입니다.」

그녀가 깊은 숨을 들이마시고 나서 잠시 뜸을 들인다.

「이 타워가 과연 버틸 수 있을까요? 우린 당연히 그러길 바랍니다. 여긴 우리에게 최후의 보루니까요. 이 마천루마저 무너진다면 더 이상 희망은 없어요. 더 이상 달아날 곳도 없습니다. 맨해튼에 있는 인류는 종말을 맞게 될 거예요. 아니, 비극은 이 섬에만 국한되지 않겠죠…….」

의장이 최악의 시나리오를 언급하자 장내가 물 끼얹은 듯이 조용해진다.

「이대로 가만히 앉아 끝나길 기다릴 수는 없어요. 충분한 식량이 남아 있고 쥐들의 공격에 건물이 버틴다고 해도 위협을 간과해서는 안 됩니다. 우리의 적은 동화 속 늑대와는 다르니까요. 놈들은 진화를 거듭하며 갈수록 위협적인 상대가 되어 가고 있습니다.」

좌중이 웅성거리기 시작한다.

「본격적인 논의에 앞서 우리 원 월드 트레이드 센터를 이전의 별칭인 〈프리덤 타워〉로 바꿔 부를 것을 제안합니다. 이 타워는 전 세계를 쥐들로부터 해방시키기 위한 전진 기지가 될 테니까 그런 상징성을 이름에 담는 게 좋겠어요.」

이 발의안은 이견 없이 거수 표결을 거쳐 통과된다. 대표단 모두가 반기는 분위기다.

「좋습니다.」 힐러리 클린턴이 다시 마이크를 잡는다. 「이것으로 오늘 논의의 첫 단추는 끼워졌고, 지금부터는 몇 가지 여러분께서 아셔야 할 내용을 말씀드리겠습니다. 그동안 다른 타워에 거주하던 분들이 오늘 전부 이곳으로 대피해 오는 바람에 프리덤 타워의 인구가 4만 명으로 늘어났습니다. 여기에 더해 고양이 8천 마리, 개 5천 마리까지 앞으로 함께 지내게 되었어요. 또 엠파이어 스테이트 빌딩 붕괴와 그 이후 집라인을 이용한 대피 과정에서 상당한 인명 피해가 있었습니다. 인간 3백 명, 고양이 80마리 그리고 개 50마리가 안타깝게 목숨을 잃었어요. 긴박한 상황이었던 점을 고려하면 지나친 숫자는 아니라고도 할 수 있어요. 이와 관련해 집라인을 조작하고 최적의 대피 여건을 만든 소방관들의 노고를 위로하고 싶습니다. 그 공로를 인정해 식수와 음식을 보너스로 지급하는 안을 표결에 부쳤으면 합니다.」

이 안건 역시 만장일치로 통과된다. 소방관들을 향한 감사와 격려의 박수 소리가 터져 나온다.

「자, 두 안건에 대해 여러분께서 뜻을 한데 모아 주셨습니다. 이번에는 쥐들의 공격을 원천 차단하기 위해 타워들 사이를 이어 주는 로프를 절단하자는 제안을 하겠습니다. 쥐들이 줄을 타고 기어오를 가능성은 극히 미미하지만 놈들의 진화 속도로 볼 때 전혀 불가능한 것만은 아닙니다. 자, 투표를 시작하죠.」

또 한 번 만장일치.

나는 즉시 힐러리 클린턴의 전략을 깨닫는다. 그녀는 사소한 의제부터 먼저 표결에 부치는 방식으로 대표단의 지지를 끌어내고 있다. 백과사전에서 읽은 적이 있는 일명 3+1 기술이라는 설득의 기술을 사용하는 것이다. 이 기술의 핵심은 상대가 긍정적인 대답을 할 수밖에 없는 질문을 먼저 세 개 던져 밑밥을 깔아 놓는 데 있다. 이런 상태에서 네 번째 질문을 던져 상대가 자연스럽게 한 번 더 긍정적인 답을 하도록 유도하는 것이다. 그런데 이 마지막 네 번째 질문은 통상 논쟁적인 내용을 담고 있는 경우가 많다.

「좋습니다. 모두 보셨겠지만 새 식구들의 도착도 원만히 끝났어요. 이와 관련해서도 프리덤 타워 환영 실무단의 노고를 위로합니다. 덕분에 큰 소동 없이 잘 마무리되었어요. 다만 한 가지 대표단께서 아셔야 하는 내용이 있습니다. 바로 어제까지만 해도 1만 명이던 우리 타워의 인구가 몇 시간 만에 3만 명이나 더 늘어났으니 앞으로 물자 수급에 문제가 발생할 것으로 예상됩니다. 그래서 드리는 말씀인데, 다른 타워에서 온 이방인들이 우리 타워에 완벽히 동화돼 공동체에 유익한 구성원이 될 수 있을 때까지 그들에게 〈시민〉이 아닌 〈거주민〉의 자격을 부여하는 게 어떻겠습니까.」

중국계 대표가 당장 손을 들어 모두가 궁금해하는 질문을 던진다.

「둘의 차이가 뭐죠?」

「시민은 물과 음식, 우리가 기르는 채소, 전기 그리고 각종 전자 기기에 대한 우선적인 사용권을 갖습니다. 이 시민들의 필요를 먼저 충족시키고 남은 여분에 대해서 거주민들이 사용권을 갖게 되는 거예요. 당연히 공동체에 유용하거나 필수적인 재능을 보유한 사람은 빠른 시간 안에 시민권을 획득할 수 있게 할 겁니다.」

뭔가 상당히 복잡한 얘기로 들리는데, 나는 우리 일행이 음식을 비롯한 여러 가지 권리에 제약을 받게 될 것이라고만 간단히 추론한다. 열등한 존재로 취급받는다는 뜻이다.

「있을 수 없는 일입니다! 그러잖아도 힘든 시기에 당신들은 또다시 차별을 조장하는군요!」

로망 웰즈가 벌떡 일어나 항의해 보지만 발의안은 이내 투표에 부쳐진다. 부족 대표들이야 당연히 시민들이고 특권에 목을 매는 사람들이다 보니 이 안건 역시 힐러리 클린턴의 의중대로 만장일치 통과된다.

과연 정치의 달인이야.

나도 나중에 여왕이 돼 통치를 하게 되면 꼭 저렇게 해야겠어. 시시한 안건들부터 먼저 통과시킨 다음 논란거리가 될 만한 의제를 슬쩍 끼워 넣어 심리를 조작하는 거지.

힐러리 클린턴이 메모를 뒤적이더니 다시 마이크를 잡는다.

「지금부터는 수Sioux족 대표인 〈성질 급한 말〉을 연단으로 모셔 새 구성원들이 지켜야 할 우리 공동체의 관습과 규칙에 대해 듣겠습니다.」

한 남성이 자리에서 일어나 연단을 향해 성큼성큼 걸음을 내디딘다. 동물 문양이 그려진 가죽 재킷을 입고 머리에는 깃털 장식을 달고 있다.

「우리 공동체는 2층에서 활을 쏘아 사냥하는 방식으로 식량을 확보하고 있습니다. 활은 사무실 등에서 구한 플라스틱을 가지고 직접 만들어요. 커터 칼로 화살촉을 뾰족하게 다듬어 줘야 합니다. 화살이 만들어지면 한쪽 끝에 줄을 달아 시위를 당겨요. 그래야 화살촉이 쥐에게 박혔을 때 줄을 당겨 위로 끌어 올릴 수 있으니까요. 다음으로 물 사용에 대해 말씀드리자면, 목욕에 쓸 물을 위해 물탱크를 두세 개 추가로 설치하는 게 좋겠습니다. 설치 방법은 제가 나중에 가르쳐 드리죠.」

「설명 잘 들었어요, 성질 급한 말. 이참에 여태까지 한 번도 물자 부족이 일어나지 않게 애써 준 보급단에 감사를 전하고 싶어요. 쥐 고기와 담수 공급에 차질이 없었던 건 순전히 여러분의 노고 덕분이에요. 자, 이번에는 드론 팀을 연단으로 보내 보쇼. 실뱀, 앞으로 나와 주셨어요?」

부스스한 갈색 머리에 턱수염을 기른 키가 훤칠한 청년 하나가 연설대 옆에 서더니 리모컨을 꺼내 든다.

벽에 높이 걸려 청중이 올려다봐야 하는 스크린을 향해 그가 리모컨을 조작하자 화면에 불이 들어온다.

「쥐들의 왕인 알 카포네의 소재를 파악하는 데 성공했습니다.」

순간 회의장에 기분 좋은 술렁거림이 인다.

「오늘 아침에 촬영된 이미지들을 분석한 결과 엠파이어 스테이트 빌딩 붕괴 시 알 카포네와 그의 제후들이 현장을 지켜봤다는 걸 알 수 있었어요.」

그의 말대로 스크린 속 쥐들 사이에서 덩치가 남들보다 크고 행동이 거칠어 보이는 한 무리의 쥐들이 발견된다. 그리고 그들 중에서도 유난히 비대한 쥐 한 마리가 눈길을 끈다. 이디스 골드스타인이 스마트폰으로 보여 준 그 쥐가 분명하다.

「알 카포네의 정확한 형체를 데이터화한 후 인공 지능 시스템에 입력해 놓았기 때문에 무리 속에서 놈을 자동 인식해 움직임을 쫓는 게 가능합니다.」

그가 화면을 뒤로 넘긴다.

「우리 드론들이 높은 고도에서 원거리 촬영으로 그의 은신처를 찾아내는 데 성공했습니다.」

제후들이 비만 쥐를 등에 떠메고 헤엄치는 장면이 클로즈업돼 스크린에 나타난다. 이들은 한참 뒤 나무가 몇 그루 있고 풀이 듬성듬성한 곳에 도착해 한 건물 속으로 사라진다.

「적들의 본부가 있는 곳을 이제 알게 됐습니다. 리버티섬, 자유의 여신상 받침대 속이에요.」

힐러리 클린턴은 그다지 열광하는 눈치가 아니다.

「작은 진전인 건 분명하지만 우리가 적을 상대해 싸울 방법을 찾지 못하는 한 위치를 파악한 것만으로는 큰 의미가 없어요.」그녀가 미온적인 반응을 보이며 덧붙인다. 「혹시 새로 도착한 거주민 중에 우리가 모르는 좋은 소식을 가지고 계신 분 있나요?」

「여기 있습니다. 여러분과 공유할 소식이 하나 있어요.」이디스 골드스타인이 손을 든다.

이디스가 힐러리 클린턴의 요청으로 연단에 오른다.

「여러분 반갑습니다, 저는 월드 파이낸셜 센터 2번 타워에서 왔어요. 초기에 뉴욕 쥐들을 박멸한 프로메테우스 쥐약을 개발한 장본인이죠.」

「프로메테우스, 그게 뭐였죠?」힐러리 클린턴이 이디스를 쳐다보며 묻는다.

「설명해 드리죠. 제가 사용한 기술은 크리스퍼라는, 일종의 화학적 가위입니다. 리본을 자르고 붙이듯이 DNA 이중 가닥을 자르고 붙이는 기술이에요. 상세한 기술적 설명을 하면 지루해하실 테니 간단히 유전자 교정에 쓰이는 기술이라고만 말씀드리겠습니다. 어쨌든 그 기술을 활용해 쥐에게 돌연변이를 일으키는 데 성공했어요. 그런 다음 그 돌연변이 DNA를 흔하지만 전염성이 강한 독감 바이러스에 붙였죠. 제가 프로메테우스라고 부른 건 이 변이가 쥐의 간 기능에 관여하는 유전자들에 영향을 끼치기 때문이었어요. 이 바이러스에 감염된 쥐들은 자신도 모르는 사이에 간염에 걸렸죠.」

「하지만 쥐들은 빠져나갈 구멍을 찾아냈죠. 그래서 지금의 이런 상황이 벌어진 것이고.」펑크족을 대표하는 여성이 빈정거리며 말한다.

「그래서 저는 지금 새로운 형태의 감염병을 만들고 있습니다. 거의 완성 단계에 이르렀는데 여기로 이주해 오게 된 거예요. 이번에도 비슷한 기술이 사용되지만 간이 아니라 심장을 공격하게 될 겁니다.」

「쥐들이 심장 발작이라도 일으키게 만드는 감염병인가 보죠?」힐러리 클린턴이 호기심 어린 표정으로 묻는다.

「쥐들이 동족들의 죽음을 〈정상적〉인 것으로 인식해 바이러스에 감염된 개체들을 따로 격리하지 않도록 만드는 게 이번 프로젝트의 핵심이에요. 첫 테스트에서 성공 가능성을 거의 확신했죠. 그래서 드리는 말씀인데, 저한테 따로 방을 하나 내주시면 생물학 실험실로 개조해 연구를 마무리할 생각이에요. 물론 연구에 동참하고 싶으신 분들은 누구든 환영합니다.」

「좋아요. 이건 투표가 필요 없겠군요. 당장 5층으로 내려가 동물 병원이 있던 공간을 사용하세요. 현미경은 물론이고 연구에 필요한 장비가 많이 있을 거예요. 앞으로 우리 공동체에 유용하게 쓰일 다른 연구 성과에 대해 혹시 더 들려줄 거주민 계신가요?」

검은 피부에 숱 많은 곱슬머리가 커다란 공처럼 얹혀 있는 한 여성이 손을 높이 든다. 연단에 올라온 그녀가 입고 있는 컴퓨터가 그려진 노란색 티셔츠가 청중의 눈길을 끈다.

「제시카 넬슨이라고 합니다. 뱅크 오브 아메리카 타워에서 왔어요. 저는 보스턴에 있는 MIT에서 컴퓨터 바이러스를 전공한 공학도입니다. 대멸망 1년 전에 뉴욕으로와, 뱅크 오브 아메리카에서 디지털 보안 시스템을 개발하고 관리하는 일을 했죠. 〈신은 과학보다 위대하다〉 바이러스가 전 세계 인터넷을 마비시키는 걸 보고 회사에 있는 첨단 장비를 이용해 혼자 안티바이러스를 개발하기 시작했어요. 클라우드에 있던 기존 파일들은 이미 사용이 불가능하게 됐죠. 그래서 저는 바이러스에 감염되지 않은 새 프로그램을 독자적으로 개발하기 시작했어요.」

「그래서, 지금 무슨 제안을 하려는 거죠?」 힐러리 클린턴이 조바심을 내며 묻는다.

젊은 여성이 빙그레 웃으며 대답한다.

「엄밀히 말해 저는 제안을 하려는 것이 아니라 제가 개발한 안티바이러스에 대해 여러분과 정보를 공유하려는 거예요. 지난주에 안티바이러스 개발을 완료했고, 막 테스트를 시작하려던 차에 비상 대피령이 내려져 여기로 옮겨 오게 되었어요. 어쨌든 안티바이러스 개발이 성공적으로 끝난 것 같다는 좋은 소식은 여러분께 알려 드릴 수 있게 됐어요.」

「정말 성공이에요?」

「네, 그렇다고 확신해요. 결과를 확인하는 일만 남았어요. 지금 당장이라도 가능합니다.」

「당신이 개발한 그 안티바이러스가 정확히 뭘, 어떻게 한다는 거죠? 미안하지만 내가 컴퓨터 전문가가 아니라서…….」

「일단 저는 이 안티바이러스에 〈과학은 신보다 위대하다〉라는 이름을 붙였어요. 전 세계 인터넷을 교란한 〈신은 과학보다 위대하다〉 바이러스를 무력화시키겠다는 의도를 담았죠.」

「그러니까 지금 전 세계 인터넷을 다시 정상 작동시킬

방법이 당신한테 있다는 말인가요?」

힐러리 클린턴이 상당히 놀라는 눈치를 보이며 한층 정중한 어조로 제시카 넬슨을 대하는 게 느껴진다. 젊은 여성은 여전히 겸손함을 잃지 않는다.

「그럴 수 있길 바랍니다.」

그녀가 내 목걸이 펜던트와 비슷하게 생긴 USB를 꺼내 보인다.

「의장님과 101인의 부족 대표단이 보시는 앞에서 프로그램을 실행해 효과를 함께 확인해 보려고 합니다. 누가 컴퓨터를 뒤쪽 스크린과 연결해 줄 수 있나요?」

실뱅이 고개를 끄덕이며 자신의 노트북을 들어 흔든다.

「시작하기 전에 먼저 명심해 둘 게 있어요. 우리 공동체는 일종의 인트라넷에 해당하는 자체 네트워크를 가지고 있어요.」실뱅이 제시카를 향해 말한다. 「폐쇄 회로 방식으로 작동하는 네트워크이기 때문에 외부 인터넷과 상호 작용이 전혀 없었죠. 그 덕분에 지금까지 우리 기기들이 바이러스에 감염되지 않을 수 있었어요.」

「그래서 이 백신을 먼저 당신 컴퓨터에 깔아 보려고 해요. 먼저 당신 컴퓨터의 보안을 확보한 후에 전 세계 네트워크에 접속을 시도하려는 거죠.」

제시카 넬슨이 설명을 이어 간다.

「그러면 당신 컴퓨터는 바이러스의 공격으로부터 안전한 상태에서, 광신주의자들이 퍼뜨린 〈신은 과학보다 위대하다〉 바이러스가 낳은 해악을 완전히 제거할 수 있는 〈과학은 신보다 위대하다〉 안티바이러스를 전 세계 인터넷에 유포하게 될 거예요.」

「이 실험이 성공하지 못하면 우리 공동체의 모든 기기와 장비가 바이러스에 감염될 위험에 처하게 된다는 뜻이군요.」실뱅이 고개를 갸웃거리며 말한다.

「큰 판돈을 걸지 않고 어떻게 도박판에서 거액을 손에 넣을 수 있겠어요? 일단 날 믿어 보세요.」제시카 넬슨이 담담하게 대답한다.

그녀를 불안한 얼굴로 쳐다보던 실뱅이 의장 쪽으로 몸을 돌려 말한다.

「너무 큰 위험이 따르는 일이기 때문에 이번엔 제가 부족 대표단에 표결을 요청합니다. 그래야 혹시 실패하더라도 제게 책임이 전가되지 않을 테니까요. 다시 한번 강조하지만, 프리덤 타워에서 사용하는 전력, 전자 기기와 장비, 컴퓨터 시스템 그리고 스마트폰까지 모든 것이 이 네트워크에 의해 작동하고 있어요. 이 말은 당신이 개발한 안티바이러스가 듣지 않는 상태에서 인터넷에 접속

하면 우리 공동체의 시스템이 한순간에 마비된다는 뜻이에요.」

「믿고 맡겨 주세요.」

옆에서 지켜보던 힐러리 클린턴이 마이크를 잡는다.

「지금부터 표결에 들어가겠습니다. 우리 컴퓨터 시스템 전체가 이 도박의 판돈으로 걸리는 셈이네요, 그런가요?」

「맞습니다. 그리고 미안한 말이지만, 제시카 씨, 우린 당신에 대해 아는 게 없어요.」 실뱅이 굳은 표정으로 말한다.

엄숙한 분위기에서 거수 표결이 진행된다. 찬성 50표, 반대 51표.

「으흠, 의장인 저에게는 두 표를 행사할 권리가 있습니다.」 힐러리 클린턴이 헛기침으로 목청을 가다듬고 나서 말한다. 「결국 제가 최종 결정권을 갖게 되었군요.」

연로한 의장이 제시카 넬슨을 향해 천천히 걸어가더니 손을 덥석 잡는다. 그러고는 파란 눈으로 젊은 여성의 새까만 눈동자를 응시한다. 힐러리 클린턴은 마치 제시카 넬슨의 뇌에 접속 중인 듯 한참 동안 이 자세를 유지한다.

「바이러스를 퇴치하려다 오히려 우리가 감염되는 일

이 벌어지지 않는다고 보장할 수 있어요?」

「물론 위험이 전혀 없다고 할 수는 없지만 극히 미미해요. 반면에 성공할 경우 엄청난 가능성이 열리죠. 시도해 볼 만한 일이라고 생각해요.」

힐러리 클린턴이 손을 맞잡은 상태로 한참을 더 있더니 결단을 내리려는 듯 눈을 감는다. 그녀가 눈을 뜨며 큰 소리로 말한다.

「오케이, 한번 시도해 봅시다. 당신이 개발한 안티바이러스를 실뱅의 컴퓨터에 설치하고 나서 실뱅의 컴퓨터를 인터넷에 접속시킵시다.」

여전히 주저하는 기색을 보이는 실뱅이 어깨를 으쓱 추어올리며 기적의 프로그램이 담긴 USB를 제시카에게서 건네받아 노트북 USB 포트에 끼운다.

그런 다음 자신의 노트북을 연단 뒤쪽 스크린에 연결한다.

대형 스크린에 노트북의 바탕 화면과 함께 안티바이러스의 머리글자인 LSPFQD[5]가 뜬다.

실뱅이 자리를 비켜 주자 제시카가 조작을 시작한다.

그녀가 안티바이러스 프로그램을 열어 실행시키면서

---

5 La Science est Plus Forte Que Dieu. 〈과학은 신보다 위대하다〉라는 뜻.

말한다.

「이제 이 노트북과 프리덤 타워 내부 네트워크에 백신 설치가 완료됐습니다.」

말뜻을 이해하지 못해 눈을 동그랗게 뜨는 내게 집사가 쉽게 설명해 준다.

「저 컴퓨터에 안티바이러스가 무사히 깔렸다는 뜻이야. 백신을 맞은 어린아이가 죽지 않고 살았다는 뜻이나 비슷해.」

잠시 후 제시카가 인터넷 연결을 시도한다. 네트워크 접속 프로그램을 열어 안티바이러스를 유포한다.

그러자 화면에 다음과 같은 메시지가 나열되기 시작한다.

〈새로운 기기 감지. 바이러스 감지. 시스템 공격 감지. 공격 차단. 안티바이러스 구동. 안티바이러스 설치 완료. 바이러스 제거. 이 기기에서 안티바이러스 유포.〉

이 암호화된 문장들의 조합이 수차례, 갈수록 빈번하게 스크린에 뜬다.

이번에는 제시카가 가시화 프로그램을 이용한 원형 평면도를 스크린에 띄워 놓고 설명을 시작한다.

「지금 저는 군 관측 위성 오닉스에 접속한 상태입니다. 앞의 스크린을 통해 안티바이러스가 전 세계에 유포되는 과정을 눈으로 직접 확인하실 수 있을 거예요.」

「저게 뭐죠? 빨간색이었다가 파란색으로 바뀌는 점들?」의장이 스크린을 손으로 가리키며 묻는다.

「대형 중계 컴퓨터들을 가리키는 표시예요. 저 컴퓨터들이 서서히 깨끗해지고 있다는 뜻이죠.」

누구보다 실뱅이 가장 놀라는 반응을 보인다.

「**성공했어요!** 〈신은 과학보다 위대하다〉바이러스를 제거하는 안티바이러스가 인터넷에 성공적으로 깔렸어요.」

곁에 있는 나탈리의 몸에서 새로운 감정의 파동이 발산되는 게 느껴진다.

놀란 표정의 청중이 일제히 안도의 한숨을 내쉬면서 손뼉을 치기 시작한다.

한동안 제시카를 향한 기립 박수가 이어진다.

이 순간 나는 엉뚱하게도 백과사전에서 읽은 박수에 관한 항목을 떠올린다. 손뼉을 치는 행위는 누군가를 품에 안고 싶다는 의사 표시인데, 그 상대인 인간이 너무 멀리 떨어져 있으면 손바닥 두 개가 허공에서 자기들끼리 맞부딪치고 만다는 것이다. 그러니까 박수는 〈나는 너를 품에 안고 싶다〉라는 의사 표시와 함께 상대방에게 성적 행위를 암시적으로 제안하는 것이다.

물론 그런 암시를 할 의도는 없지만 나는 뒷다리로 서서 앞발을 뻗어 발바닥 젤리를 맞부딪힌다. 문득 인터넷이 정말로 복구되었는지 궁금해진다.

인간들이 예전처럼 다시 모든 정보에 접근할 수 있을까?

내 궁금증을 알아차리기라도 한 듯 실뱅이 상황을 설명해 준다.

「이제 인터넷이 복구돼 다른 컴퓨터들과 통신을 할 수 있게 되었어요. 하지만 안티바이러스가 실행되는 과정에서, 감염되었던 파일들이 모두 삭제당하고 말았어요.」

「정확히 뭐가 없어졌다는 거죠?」 힐러리 클린턴이 묻는다.

「파일들이요.」

「무슨 파일들?」

「텍스트, 사진, 동영상, 음악 등등, 간단히 말해 인터넷과 연결돼 있던 모든 파일들이요…….」

「전부 나나 다름없군요…….」

「맞습니다…….」

의장이 상황을 명료하게 정리하려고 애쓴다.

「한마디로 통신이 가능해진 대신 우리의 기억은 모두 소실됐다는 거죠?」

「죄송해요.」 제시카 넬슨이 겸연쩍은 미소를 짓는다. 「하지만 인터넷 복구를 위해 치러야 하는 대가였어요.」

좋았어. 내가 여전히 ESRAE와 그 안에 든 1제타옥텟의 정보를 가진 유일한 존재라는 뜻이군…….

「크게 걱정하지 않으셔도 될 겁니다. 다행히 백업 복사본이 하나 있어요.」 로망이 두루뭉술하게 말한 뒤 내쪽으로 윙크를 날린다. 「앞으로도 모차르트의 음악, 레오나르도 다빈치의 그림, 세르조 레오네, 몬티 파이선, 스탠리 큐브릭의 영화를 계속 감상할 수 있을 테니 염려 마세요.」

나는 슬쩍 앞발을 목걸이에 얹는다.

「할 수 없죠. 어쨌든 우린 인터넷을 복구하는 데는 성공했어요!」 힐러리 클린턴이 완강한 어조로 말한다. 자기가 모든 성공의 주역이라는 인상을 줘야 직성이 풀리는 건 나랑 되게 비슷하네.

「뭘 망설이고 있어요? 다른 나라들과 통신을 시도해보지 않고?」

제시카가 얼굴을 살짝 찡그린다.

「여전히 전원이 들어오고 정상 작동하는 컴퓨터를 가진 사람들이 전 세계에 얼마나 있는지 잘 모르겠어요. 게다가 지금 네트워크에 접속 중인 사람들의 숫자는 또 얼만지.」

부족 대표들이 경쟁적으로 발언권을 요청하더니 인터넷 사용 방식에 대해 서로 다른 제안을 하며 언성을 높인다.

히피들과 KKK 단원들 사이에 거친 욕과 삿대질이 오간다. 아프리카계와 아시아계 미국인들도 달려들어 싸울 듯이 격렬한 논쟁을 벌인다. 아무리 봐도 의견 일치를 볼 가능성이 없어 보인다.

인간들을 딱하게 바라보다 내가 집사에게 묻는다.

「이런 토론을 하는 이유가 뭐예요?」

「총회 제도의 원칙이야.」

「쓸데없는 짓이에요. 난 독재를 선호해요. 적어도 독재하에서는 우두머리가 잘못을 저지르면 그를 죽이거나 교체할 수 있어요. 바로 그게 쥐들의 방식인데, 성공적이라는 걸 입증해 보였잖아요. 대체 인간들은 왜 이런 백해무익한 토론에 에너지를 낭비하는 걸까요?」

「이런 게 바로 인간들이 이룬 징치적 진화의 산물이야. 옛날에 먼저 이 대륙에 살았던 원주민들에게도 특별한 방식의 회합이 있었지. 파우와우라고 불렸어. 모두 모여 앉아서 각자의 의견을 개진한 다음 투표를 했지. 다수의 의견이 집단 전체의 생각을 대변한다고 여긴 거야.」

회의장은 한참 만에 차분한 분위기를 되찾았지만 토론은 끝없이 계속된다. 여전히 긴장감이 감도는 가운데 제시카 넬슨이 다시 마이크를 잡는다. 그제야 대표들이 말을 멈추고 연단에 시선을 준다.

「〈과학은 신보다 위대하다〉 안티바이러스가 작동하고 있으니 여러분이 원하신다면 백신이 깔린 상태로 네트워크에 접속 중인 외부 컴퓨터와 직접 연결을 시도해 볼 수 있어요.」

장내가 일시에 조용해진다.

「얼른 해봐요!」 힐러리 클린턴이 명령조로 말한다.

제시카 넬슨이 다시 컴퓨터를 조작하기 시작하자 연단 뒤편에 청중을 굽어보듯 걸려 있는 대형 스크린에 그 과정이 그대로 나타난다. 그녀가 파란 점 하나를 선택하자 점이 깜빡거리기 시작한다.

「지금 정확히 뭘 하고 있는 거죠?」 스크린을 뚫어지게 바라보며 의장이 묻는다.

「전화를 걸어 상대방에게 벨이 울리게 만드는 동작이라고 이해하시면 됩니다. 그런데 저쪽에서 응답이 없네요. 복구된 컴퓨터 앞에 아무도 앉아 있지 않은 모양이에요. 다른 곳과 연결을 시도해 볼게요.」

그녀가 다른 점 하나를 골라 연결을 시도해 보지만 역

시나 무응답이다. 파란 점이 깜박거리기만 할 뿐 상대 쪽에서 반응이 오지 않는다.

「무슨 문제가 있는 걸까요?」 의장이 초조한 기색을 내비친다.

「모두 사망했거나 지금 자고 있거나 네트워크가 여전히 감염돼 있다고 생각해 일부러 응답하지 않거나, 여러 가지 가능성이 있을 수 있죠.」

제시카가 파란 점들과의 연결을 계속 시도하던 중에 갑자기 점 하나가 파란색에서 흰색으로 바뀌더니 스피커에서 찌지직거리는 소리가 들린다.

그녀가 몇 가지 조작을 하자 스피커에서 나오는 목소리가 한층 또렷하게 들린다.

「됐어요, 이제 말씀하셔도 돼요.」 컴퓨터 바이러스 전문가가 힐러리 클린턴 쪽으로 몸을 틀며 말한다. 「마이크에 대고 말씀하세요. 저쪽에 목소리가 들릴 거예요.」

「여보세요? 누구 있나요? 거기 위치가 정확히 어떻게 되죠?」

「여긴 호주 서해안에서 50킬로미터 떨어진 배로섬입니다.」

「그쪽 상황은 어떤가요?」

「호주 대도시들은 쥐 떼에 점령당하고 인구 대다수가

페스트에 감염됐어요. 우리는 불을 질러 쥐들을 쫓으며 겨우 살아남았죠. 처음에는 이 방법이 통했지만, 쥐들이 금세 불난 곳을 우회해 공격해 오더군요. 결국 기적처럼 안전하게 남아 있는 이 섬으로 쫓겨 왔어요. 우린 아주 극소수예요. 그런데 섬에 도착하자 거대 쥐 군단이 헤엄을 쳐 접근을 시도하더군요. 바다를 건너오느라 지친 놈들을 지금까지는 그럭저럭 물리쳤는데, 얼마나 더 버틸 수 있을지는 모르겠어요. 놈들의 수가 갈수록 불어나고 있거든요.」

제시카가 지구 표면을 동에서 서로 훑으며 이동하는 오닉스 위성을 활용해 다른 컴퓨터들과의 연결을 계속 시도한다. 파란색 점 하나가 흰색으로 바뀌는 게 보인다.

「여긴 시베리아 북동쪽에 위치한 조호바섬이고, 우린 쥐들을 피해 도망친 러시아 물리학자 그룹이에요. 바다와 추위에 막혀 접근이 힘든 곳인데도 그걸 뚫고 오는 쥐들이 있어요. 기진맥진한 채로 해변에 도착하는 쥐들이 아침마다 점점 늘어나고 있어요.」

더 서쪽의 다른 지점과 또 연결이 이루어진다.

「여긴 마사다예요. 쥐들로부터 안전한 사막 한가운데 위치한 옛 요새죠.」스피커를 통해 이스라엘 과학자들의 목소리가 흘러나온다.「우린 생물학자들이에요. 고온 건조한 기후에 쥐들이 맥을 못 추긴 하지만 놈들은 결코 포기할 태세가 아니에요. 우리 요새 안에만 시원한 물이 흐르는 샘이 하나 있고 밖에서는 아예 접근이 불가능하죠. 그런데도 쥐들은 끈질기게 버티며 터널을 파고 있어요. 이대로 얼마나 더 견딜 수 있을지 솔직히 모르겠어요. 어쨌든 드디어 외부와 연락이 닿아 정말 기뻐요!」

네 번째 연결 지점.

「여긴 히말라야산맥의 부탄에 있는 사원이에요. 높은 고도와 추위 때문에 쥐들이 함부로 접근할 수 없는 곳이죠.」

전 세계와의 통신이 계속된다.

대부분 대학교나 기상 센터, 천문 관측소, 섬이나 산악 지대에 위치한 기술 전문학교 같은 곳이다.

새로운 곳이 추가로 연결될 때마다 좌중은 함성을 지른다. 동면 중이던 인류가 눈앞에서 깨어나는 걸 지켜보는 것 같다.

위성이 프랑스 위를 지나가자 로망 웰즈가 잔뜩 긴장한 얼굴로 제시카에게 오르세 대학교와 연결을 시도해 달라고 부탁한다. 신호가 가면서 파란 불빛이 깜빡거리기 시작한다. 하지만 흰색으로 바뀌지는 않는다.

「이제 거긴 아무도 없나 보네.」 나탈리가 혼잣말처럼

중얼거린다.

오닉스 위성이 대서양을 지나 아메리카 대륙을 훑기 시작할 때 대륙 허리께에서 파란 불빛이 깜박거리는 게 보인다. 아바나 인근에서 신호가 포착된다.

「여보세요, 거기 쿠바인가요?」

「아닙니다, 쿠바가 아니라 지금 미국 군사 기지와 연결되셨습니다. 그런데 거긴 어디죠?」

「여긴 뉴욕이에요. 그쪽의 책임자와 통화할 수 있을까요?」

「바꿔 드리겠습니다.」

잠시 후, 묵직한 목소리가 스피커에서 흘러나오기 시작한다.

「그랜트 장군입니다. 누구시죠?」

백발의 의장이 제시카를 밀치면서 마이크 앞으로 바짝 다가든다.

「미합중국 대통령 힐러리 클린턴이에요.」

「〈그〉 힐러리 클린턴? 전 대통령의…… 영부인이셨던 그분, 제 말씀은 그러니까…….」

「그 사람 맞아요. 선거로 선출됐죠. 장군께서 내가 누군지 안다니 다행이에요. 직접 만날 기회는 없었지만 이렇게라도 인사를 나누니 좋네요. 장군은 이름만 들어도 혁혁한 전과들이 떠오르는 지휘관이죠. 그랜트 장군, 지금 주둔지 상황이 어떤가요? 아니지, 지금 거기가 정확히 어딘가요?」

「여긴 쿠바 인근 해역입니다. 석유 굴착 기지로 위장해 운영 중인 군사 기지죠. 본국과 접촉이 끊긴 지 오래됐는데 이렇게 먼저 연락을 취해 오신 겁니다.」

「마지막으로 받은 정보가 뭐였는지 궁금하네요.」

「내전 발발 후 대혼란에 빠진 뉴욕이 쥐 떼에 점령당했다는 소식을 듣고 저희가 막 뉴욕으로 병력을 이동시킬 준비를 하던 차에 과학자들이 전 세계 공용 쥐약을 개발했다는 정보를 입수했습니다. 쥐가 소탕되자 뉴욕이 가장 먼저 깨끗한 옛 모습을 되찾았고, 미국 전역으로 쥐약이 배포되면 조만간 미국 땅에서 쥐가 사라질 것이라고 들었습니다. 그렇게 된 게 맞습니까?」

「그 쥐약은 더 이상 효과가 없어요. 대신 한 가지 좋은 소식은, 우리가 인터넷 복구에 성공했다는 거예요. 맨해튼을 탈환할 방법을 찾기 위해 지금 다각도로 애쓰고 있어요. 국가 원수의 자격으로 하나 물어봅시다. 장군 휘하 군사력 규모가 어떻게 되죠?」

「저희 부대는 일명 〈묵시록의 기사들〉로 불리는 제5 기갑 여단입니다. 탱크 5백 대와 탱크 수송을 위해 특수

제작된 수륙 양용 선박을 갖추고 있습니다. 이 전력으로 여차하면 쿠바섬에 상륙해 작전을 펼칠 계획이었죠.」

「탱크? 어떤 종류인가요?」

「최첨단 장비를 갖춘 최신식 탱크들입니다. 저희 부대원은 약 2천 명으로, 탱크 한 대에 기갑병 넷이 탑승해 작전을 수행합니다.」

「그동안 장비들이 녹슬진 않았나요?」

「부대원들이 무기 관리 및 유지 프로토콜을 지켜 수시로 기름칠을 해주고 테스트를 해 항시 작전 투입 가능한 상태로 유지하고 있습니다.」

제시카가 컴퓨터를 조작하자 스크린 구석에 네모난 창이 하나 열리더니 제복을 입은 군인의 얼굴이 그 속에 나타난다. 군인 뒤로 스크린들이 빼곡히 걸려 있는 방에 그와 똑같은 군복을 입은 사내들이 여럿 보인다.

힐러리 클린턴이 노트북 카메라 앞으로 다가선다.

「반가워요, 장군, 얼굴을 볼 수 있으니 좋군요. 그쪽에서도 내 얼굴이 보이나요?」

「네, 보입니다, 각하. 충성!」

「좋아요. 내가 이끄는 미국 임시 정부의 권위를 인정하는군요.」

그녀가 노트북을 머리 위로 높이 들어 올리더니 좌우

로 움직여 내장 카메라에 회의장 모습이 잡히게 한다. 101명의 대표단이 카메라를 향해 손짓으로 인사를 한다.

「각하의 존함만으로도 말씀하신 〈과도 정부〉의 정통성을 입증하기에 충분합니다.」

「좋아요, 장군. 이제 장군은 내 지휘하에 있어요, 그렇죠?」

「아…… 물론입니다, 각하.」

「행정부 수반으로서, 따라서 군 통수권자로서 명령합니다. 지금 즉시 탱크와 병력을 이끌고 뉴욕을 쥐들로부터 해방시키기 위한 상륙 작전을 펼칠 준비에 돌입하세요. 최대한 신속히 이동하면 언제 여기 당도할 수 있겠어요?」

이야, 마침내 인간들이 행동에 나설 모양이구나! 그동안 대체 얼마나 시간을 허비한 거야!

제발 서로 화음을 맞춰 하나의 음악을 연주하는 마음으로 임해 주면 좋으련만.

16

고양이 오르간

    1549년, 브뤼셀에서 열린 한 종교 축제의 행렬에 기이한 오르간을 실은 수레 한 대가 등장했다. 말이 오르간이었지 실은 고양이를 한 마리씩 가둬 놓은 스무 개가량의 상자였다. 이 상자들은 안에 든 고양이가 내는 울음소리의 음역에 따라 정렬돼 있었다. 상자 위쪽으로 빠져나와 있는 고양이 꼬리는 피아노 건반 같은 것에 연결돼 있었다. 연주자는 건반을 눌러 (즉 고양이 꼬리를 잡아당겨) 소리를 냈다.

    이로부터 한 세기 뒤인 1650년, 독일 예수회 수사인 아타나시우스 키르허도 이와 비슷한 악기의 존재를 언급한 바 있다. 일종의 하프시코드라 할 수 있는 이 악기는 더 많은 고양이 상자를 이용해 소리를 냈다. 이 악기에도 건반이 있었는데, 각 건반이 바늘과 연결돼 있다는 게 이

전 악기와의 차이점이었다. 연주자가 건반을 누르면 바늘이 고양이 몸을 찔렀고, 고양이는 자신의 음역에 해당하는 울음소리를 냈다. 18세기 독일인 의사 요한 크리스티안 라일 역시 긴장병을 앓는 환자들을 치료하기 위해 비슷한 악기를 사용했다고 알려져 있다. 그는 이 신기한 악기가 내는 소리를 듣는 것이 환자에게 감정의 동요를 불러일으켜 치료에 도움이 된다고 믿었다.

『상대적이며 절대적인 지식의 백과사전』 제14권

17

기갑 부대 상륙 작전

우리는 프리덤 타워 꼭대기에서 이제나저제나 수평선에 배가 나타나길 기다린다.

대체 탱크 부대는 언제 우리를 구하러 오는 거야?

드론들이 주기적으로 바다로 날아가 이미지를 전송해 온다. 하지만 태양 전지로 작동하다 보니 배터리 시간이 길지 않아 먼 해역까지는 나아가지 못한다.

마치 파리 떼가 웽웽거리듯 드론들이 교대로 해안 상공을 비행하고 있다.

마침내 해무 사이로 거무튀튀한 물체 하나가 모습을 드러낸다.

한눈에도 우리가 타고 온 범선인 마지막 희망호보다 열 배는 큰 전함이다.

미국인들의 강점이자 약점이 바로 이거다. 그들은 뭐

든 커야 직성이 풀린다. 자신들이 사는 집도, 바다에 띄우는 배도, 심지어는…… 쥐까지도.

나는 나탈리를 졸라 망원경을 받아 들고 즉시 안테나 꼭대기로 올라가 수평선을 살핀다.

안젤로가 뒤따라 올라온다.

「저들의 작전이 성공하면 어떻게 돼요? 우린 어떻게 되는 거예요?」이 녀석은 어미가 모든 질문에 대답할 수 있다고 믿는 모양이다.

「엄마가 인간과 동물 부족의 대표들이 모인 총회에서 연설을 할 생각이야. 그 자리에서 세계 헌법 제정의 필요성을 역설할 거야.」

「네?」아들이 얘기에 흥미를 느끼는 눈치다.「그게 무슨 말이에요?」

「새로운 게임의 규칙을 만들겠다는 거야. 우리 고양이들이 모두를 위한 최선의 미래라고 생각하는 방식으로 말이야.」

「우리 엄만 매사에 빈틈이 없다니까.」

「그게 이 엄마의 운명이지. 우리에겐 지금보다 더 확대된 총회가 필요해. 보다 공정하게, 보다 더 많은 동물의 목소리를 대변할 수 있는.」

「그럼 대표들끼리 소통은 어떻게 해요? 이젠 통역을

맡아 줄 샹폴리옹도 없는데…….」

「제3의 눈으로 해야지. 대표들 모두가 제3의 눈을 장착하면 아무 문제 없이 소통할 수 있을 거야.」

배가 서서히 해안으로 접근해 온다. 하지만 지상에 있는 쥐들은 임박한 위협을 전혀 눈치채지 못하고 있다.

배의 형체가 점점 또렷하게 시야에 잡힌다. 언뜻 보면 화물선 같은 연회색 군함의 굴뚝이 시커먼 연기를 울컥울컥 토해 내고 있다.

상륙 장면을 촬영하기 위해 드론 열 대가 프리덤 타워에서 해안으로 날아간다.

나는 드론들이 전송해 오는 이미지를 대형 스크린에서 보기 위해 회의장으로 달려 내려간다.

스크린은 여러 개의 작은 화면으로 나뉘어 있어, 같은 장면을 각도와 배율을 달리해 동시에 보여 준다.

군함이 정박하더니 탱크를 두 대씩 실은 수십 척의 바지선을 토해 놓는다.

바지선들이 접안을 마치자 탱크들이 땅으로 내려온다.

쥐들은 당연히 이 낯선 현상을 신기한 눈으로 바라본다.

거대한 초록색 괴물의 정체를 알 길이 없는 설치류들은 탱크 부대가 서서히 다가오는데도 코끼리 떼와의 한

판 싸움에 임하는 결기로 전투태세에 돌입한다. 등을 둥그렇게 말고 귀와 꼬리는 바짝 세운 뒤 앞니를 드러내며 함성에 해당하는 앙칼진 휘파람 소리를 내기 시작한다. 수적 우위라는 사실이 또 한 번 이들에게 무적의 군대라는 자신감을 불어넣는 듯하다.

탱크의 진격에도 불구하고 쥐들의 전선은 한 치도 흐트러지지 않는다. 후퇴하기는커녕 바다에서 출현한 괴물들을 상대하는 전투에 걸맞게 밀집 대형을 이룬다.

드디어 양측이 격돌한다. 말이 격돌이지 탱크 부대가 쥐들을 짓밟고 지나간다. 무한궤도 차량들이 농익어 떨어진 무화과 열매를 으깨듯 쥐들을 밟고 지나가는 순간 자줏빛 즙이 터진다.

기관총을 장착한 탱크들이 콩 볶는 소리를 내면서 지나가면, 화염 방사기를 장착한 탱크들이 뒤따라가며 불을 지른다. 유탄 발사기를 장착한 탱크들이 고속 유탄을 발사하면 쥐들이 우수수 쓰러진다.

사실 화기보다 탱크 자체가 가장 강력한 대량 살상 무기다. 무한궤도가 지나간 자리에는 죽처럼 변한 쥐들의 흔적만 남는다.

마침내 복수의 시간이 왔다.

탱크들이 도심으로 진입한다.

우리는 뒤늦은 군사 작전에 대한 아쉬움 속에 승리의 환희를 느낀다.

드론이 보내오는 영상들을 보기만 해도 짜릿한 전율이 흐른다.

탱크들이 뉴욕의 대로 위를 종횡무진 움직이며 침략자들을 짓뭉갠다.

이제 우린 살았다.

곁에 있는 나탈리에게서도 감정의 격양이 느껴진다.

희생자가 복수에 성공해 학살자로 돌변하는 순간 느끼는 이런 쾌감은 오랜 역사를 지녔지.

「잔디깎이가 지나가는 모습을 구경하는 기분이야.」

집사의 목소리가 들떠 있다.

「이제 인간들이 지상의 통제권을 되찾는 건 시간문제로 보이지만 그래도 쥐들은 사라지지 않고 지하철 터널이나 하수구로 도망치지 않을까요.」

「쥐들은 세력을 잃고 예전처럼 지하에서나 살게 될 거야. 우리는 다시 마음껏 거리를 활보할 수 있을 거고.」

스크린의 작은 화면 하나에 그랜트 장군의 얼굴이 나타나더니 목소리가 들려온다.

「작전 수행은 차질 없이 이루어지고 있습니다. 각하는 어디 계십니까?」

「프리덤 타워로 이름이 바뀐 원 월드 트레이드 센터에 있어요. 어딘지 알겠어요?」

「물론입니다. 즉시 합류하겠습니다.」

바지선이 탱크 한 대를 땅에 내려놓는 모습이 스크린에 비친다. 다른 탱크들보다 육중한 흰색 탱크의 안테나 끄트머리에서 성조기가 나부끼고 있다. 탱크가 우리 쪽으로 이동해 오기 시작한다.

「내려가 장군을 맞읍시다!」 의장이 환호성을 지르며 지팡이 짚은 몸으로 계단을 내려가기 시작한다.

나도 새로운 것에 호기심이 많은 안젤로도 환영단을 뒤따라 104층을 걸어 내려간다. 가까이서 전투 현장을 지켜보고 싶은 마음에 다리가 아픈 줄도 모르고 걸음을 재촉한다.

1층에 이르자 쥐들의 사체에서 풍기는 역한 피 냄새가 코를 덮친다. 죽음의 냄새.

눈길이 가는 곳마다 온통 으깨진 쥐들의 사체뿐이다. 괴기한 장면 앞에서 나는 마땅히 느껴야 할 승리의 기쁨 대신 쥐들에게 죽은 수많은 친구를 떠올린다.

이게 두려움의 종말을 알리는 냄새인가.

드디어 흰색 탱크의 무한궤도가 프리덤 타워 입구에 와서 멈춘다. 포탑 해치가 열리자 사람 하나가 쑥 올라온다. 덥수룩한 백발에 챙 모자를 쓴 남자의 얼굴이 검게 그을려 있다. 입에는 파이프를 물었고 코에는 선글라스가 걸쳐져 있다. 군인 둘이 그를 뒤따라 탱크에서 내리더니 우리 쪽으로 함께 걸어온다.

군인들과 타워 식구들이 웃으며 인사를 하고, 덕담을 주고받고, 목에 손을 두르며 간단한 포옹을 한다. 뜻을 분명히 알 수 없는 인간 언어로 대화를 나누더니 나란히 계단을 오르기 시작한다.

나는 탱크 내부가 궁금해 경솔한 짓인 줄 알면서도 포탑 안으로 들어간다.

이것 또한 여왕의 직무를 수행하기 위해 필요한 과정이라고 생각한다. 호기심과 세계를 이해하고자 하는 마음이야말로 지도자가 가져야 할 첫 번째 덕목일 테니까.

안젤로도 금세 나를 뒤따라 들어온다.

감색 제복을 입은 군인 하나가 우리를 신기하게 쳐다본다. 탱크 안에는 무수한 조종간과 불이 켜진 버튼들과 스크린들이 있다. 포탄과 탄약 상자로 짐작되는 것들도 잔뜩 쌓여 있다.

나는 군인에게 탱크를 전진시켜 쥐들을 타격하는 장면을 안에서 직접 볼 수 있게 하라고 명령한다. 야옹야옹. 하지만 그는 나를 멀뚱히 쳐다볼 뿐이다.

답답해진 나는 안젤로에게 군인을 귀찮게 하지 말라고 발짓을 한 다음 데리고 나와 뉴욕 거리를 걷기 시작한다. 붉게 물든 미끌미끌한 도로 표면에 갈색 털 뭉치들이 눌어붙어 있다. 강한 피 냄새 때문에 코가 싸하고 현기증이 인다.

무한궤도가 지나간 자리에는 짓뭉개진 쥐들의 잔해만 남아 있다.

여기저기 흩어진 희고 작은 조각들이 반짝거리며 빛을 낸다. 부서진 쥐들의 앞니다. 안젤로가 코를 땅에 갖다 대고 킁킁거린다.

「보렴, 안젤로, 결국에는 문제가 해결되잖니. 인내심과 상상력을 발휘하며 기다리면 되는 거야.」

아들은 곤죽이 된 적들의 모습에 흥분을 감추지 못한다.

「자, 그만 타워로 돌아가자. 드론 카메라가 찍은 화면을 보는 게 훨씬 재밌을 거야.」

우리는 헉헉거리며 104층 계단을 올라 회의장에 도착한다.

상륙 작전의 후반부가 영화의 한 장면처럼 스크린에 비치고 있다.

그랜트 장군과 힐러리 클린턴이 만면에 희색을 띤 채

나란히 앉아 스크린을 바라보고 있다.

이렇게 순식간에 상황이 해결됐다는 사실이 다들 믿기지 않는 눈치다.

현대식 무기 앞에서 작은 짐승들은 그 표독스러운 앞니를 금속에 박아 넣을 방법을 찾지 못한 채 이리 뛰고 저리 뛴다.

모두가 홀린 듯이 스크린에서 눈을 떼지 못한다.

한쪽은 패기만 하고 다른 쪽은 두들겨 맞기만 하는 꼴이야.

그랜트 장군은 아침 8시에 상륙 작전을 개시해 12시간 뒤인 저녁 8시에 총회 회의장 연단에 올라 101인의 대표단 앞에서 연설을 시작한다.

「승리를 선포합니다. 아군은 쥐들을 격퇴하고 맨해튼을 수복했습니다. 최종 보고에 의하면 지상에 더 이상 쥐들의 모습이 보이지 않는다고 합니다. 이제 마음대로 밖으로 나가실 수 있습니다. 대멸망 이전의 정상적인 삶을 되찾으실 수 있습니다.」

힐러리 클린턴이 즉시 마이크를 넘겨받아 말한다.

「저는 제일 먼저 기갑 여단 장병들에게 102번째 부족으로 우리 공동체의 일원이 될 것을 제안합니다. 그랜트 장군께서 당연히 대표를 맡으셔야겠죠! 그리고 이 자리를 빌려 장군께 공로패를 대신해 태양 전지 스마트 워치를 하사하려고 합니다. 이제 언제든지 나를 비롯한 부족 대표단과 연락을 취하실 수 있어요.」

힐러리 클린턴이 왕홀을 건네듯 장군의 손목에 스마트 워치를 채워 주자 박수갈채가 쏟아진다.

「지금부터 성대한 승전 축하 파티를 열 것을 제안합니다.」 의장이 말끝을 단다. 「지금부터, 그 이름도 걸맞은 이 프리덤 타워에서, 쥐 군단으로부터 인류를 해방시키기 위한 여정이 시작될 것입니다. 전 세계의 모든 도시와 모든 마을이 사악한 설치류의 구속에서 벗어날 때까지 우리의 여정은 끝나지 않을 것입니다. 그때야 비로소 인류는 부흥을 맞을 것입니다.」

그랜트 장군이 부관에게 눈짓을 보내자 부관이 금색 띠가 둘린 초록색 병을 들고 와 건넨다. 장군이 뚜껑을 따자 하얀 거품이 솟구친다.

익숙한 냄새가 멀리서도 코끝에 와 닿는다.

샴페인.

「좋은 술이 몇 병 있어 여러분께 한 잔씩 돌리려고 합니다.」

회의장에 기분 좋은 웅성거림이 퍼진다.

「승리를 축하하는 건배를 제안합니다.」

장병들이 샴페인을 따서 돌리자 대표들이 잔을 부딪친다. 나도 끼고 싶어 건배를 한 다음 그릇에 담긴 샴페인을 홀짝거린다.

힐러리 클린턴이 좌중을 향해 외친다.

「파티를 시작합시다!」

장병들이 통조림을 나눠 주자 오랜만에 다른 음식을 맛보게 된 인간들과 고양이들이 그릇을 박박 긁으며 게걸스럽게 먹는다. 병사들 몇이 회의장 한쪽에 자리를 잡고 음악을 연주하자 인간들이 둘씩 짝을 이루더니 몸을 흔들어 대기 시작한다.

나는 놀란 눈을 하고 나탈리에게 묻는다.

「지금 뭐 하는 거예요?」

「〈춤〉을 추는 거야. 춤은 인간의 일곱 가지 주요 예술 중 하나지. 건축, 조각, 회화, 음악, 문학 그리고 마지막 일곱 번째 예술인 영화와 함께 말이야.」

「어떻게 하는 건지 가르쳐 줄래요? 내가 인간 예술 중에 유일하게 문외한인 분야가 춤인 것 같아요.」

「당연하지. 아무리 동영상을 봐도 실제로 해보면서 동작을 익히지 않으면 어려워.」

「집사가 나한테 가르쳐 줘요.」

「커플 댄스의 경우, 지금 보듯이 파트너 둘이서 손을

잡고 발을 조금씩 움직이는 게 동작의 기본이야.」

「어딜 가는데요?」

「어딜 가는 게 아니라 제자리에서 움직이는 거야. 같은 자리에서 빙글빙글 돌거나 앞으로 갔다 뒤로 갔다를 반복하지.」

집사의 말대로 그랜트 장군과 클린턴 의장이 손을 맞잡고 앞으로 갔다 뒤로 오기를 반복한다.

쓸데없는 짓을 하고 있네.

하지만 가만히 관찰하다 보니 춤의 원리를 알 것도 같다.

일단 음악이 몸의 흐느적거림을 유도한다는 인상을 준다.

리듬에 따라 고개를 끄덕끄덕, 몸을 아래위로 흔들다 보면 자연스럽게 옆으로도 흔들게 되지 않을까.

「전희랑 비슷한 거예요? 아니면 새들의 구애 춤 같은 건가요?」

집사가 빙그레 웃는다.

「비슷하다고 할 수도 있겠네. 하지만 저 두 사람이 오늘 밤에 일을 성사시킬 것 같진 않아.」

이런 대규모 파티를 가까이서 구경하는 게 처음인 나로서는 모든 게 신기하기만 하다. 샴페인과 음악과 춤이

삼위일체를 이루어 전쟁으로 생긴 긴장감을 풀어 준다.

각 층마다, 그리고 타워 꼭대기 테라스에서도 음악에 맞춰 인간들이 춤을 추고 있다.

심지어 개들과 고양이들도 둘씩 혹은 여럿이 짝을 지어 몸을 비벼 댄다.

세상이 다시 생명 에너지로 가득 차기 시작했어.

안젤로가 털이 복스럽게 보이는 고양이에게 다가가 엉덩이에 코를 대고 킁킁거리는 모습이 보인다.

제5 기갑 여단 소속 장병들이 지친 모습으로 타워에 복귀하자 파티를 즐기던 장병들이 교대를 하러 자리에서 일어난다. 이들은 맨해튼의 〈안전지대화〉를 완수하기 위해 밖으로 나간다.

전투는 끝났고 우리가 승리했어. 이번엔 내가 아니라 저 그랜트 장군과 휘하 장병들이 승리의 주역이야. 인간들은 곧 문명 재건에 나서겠지. 그러면 우리 고양이들은 예전처럼 안전한 잠자리와 음식이 있는 인간들의 주택에서 살게 될 거야. 군인들의 탱크와 기관총, 화염 방사기가 쥐 군단으로부터 우리를 지켜 주는 최고의 방어 수단임이 입증됐어.

갑자기 음악이 바뀌더니 느린 멜로디가 흘러나온다. 왠지 내 귀에는 아까보다 조화로운 소리로 들린다.

여전히 내 곁을 지키고 있는 나탈리를 올려다보며 내가 묻는다.

「이건 무슨 음악이에요?」

「이글스의 〈호텔 캘리포니아〉라는 곡이야.」

로망이 쭈뼛거리며 다가와 손을 내밀자 나탈리가 고개를 젓는다.

둘의 관계는 완전히 어긋나 버린 걸까.

질투심 때문에 이렇게 황당하게 굴 정도로 집사가 어리석은 인간이었나?

그녀가 몸을 일으키더니 성질 급한 말에게 다가가 춤을 청한다.

나탈리가 성질 급한 말과 손을 맞잡고 씰룩거리는 모습을 구경하는데 내 엉덩이 쪽에 촉촉한 코끝이 닿는 느낌이 든다. 나는 고개를 홱 뒤로 돌린다.

부코스키.

「너한테 내 마음을 좀 주고 싶은데, 받을래?」 아메리칸 쇼트헤어가 수작을 걸어온다.

대체 무슨 생각으로 이렇게 치근대는 거야? 내가 저 같은 평범한 고양이인 줄 아나 보지? 아무튼 난 아직은 피타고라스 생각뿐이야. 이런 마음을 애도라고 하는 거겠지.

「어떻게 생각해?」 주변머리 없는 녀석이 계속 지껄인다.

나는 대답할 필요조차 느끼지 못한다.

내가, 저 녀석이랑?

아무리 애정 결핍 상태라도 저런 무뢰한한테 위로받고 싶진 않아.

나한테는 최소한의 원칙이라는 게 있어.

내 친구를 잡아먹은 놈과 사랑을 나눌 순 없잖아.

부코스키가 씩씩거리며 에스메랄다 쪽으로 걸어간다. 에스메랄다는 녀석을 쫓아 버리지 않고 일단 대화를 나눠 보려는 눈치다.

만약에 저 둘이 짝짓기를 하게 되면 결과물이 아주 볼 만하겠는걸.

에잇, 저놈이 다 망쳤어. 피타고라스 생각이 또 간절해지잖아.

지금 그가 내 옆에서 이 승리의 기쁨을 함께 만끽하고 있다면 얼마나 좋을까.

파티 분위기는 절정으로 치닫고 나는 혼자 술잔 앞으로 돌아온다.

조금 전부터 나는 한 가지 생각에 사로잡혀 있다. 세상이 예전의 질서를 되찾았으니 나 역시 본래의 소명을 다시 추구해야 한다. 예언가라는 소명을. 과연 내가 아브라함, 모세, 차라투스트라, 부처, 예수의 뒤를 이어 예언가라는 명칭에 걸맞은 존재가 될 수 있을까?

18

입실랜티의 세 그리스도

심리학자인 밀턴 로키치 박사는 정체성 개념에 각별한 관심을 가지고 있었다. 1959년, 그는 미국 미시간주 입실랜티시(市)의 한 정신과 클리닉에서 스스로 예수 그리스도라고 믿는 세 사람의 조현병 환자를 대상으로 독창적인 실험을 벌였다. 실험 대상자 세 명은 다음과 같았다.

조지프 캐셀, 58세, 농부, 〈나는 신이다〉라고 선언함.

클라이드 벤슨, 70세, 사무직, 〈내가 신을 창조했다〉라고 선언함.

리언 게이버, 38세, 전기 기술자, 라틴어로 왕을 뜻하며 예수를 부르는 이름 중 하나였던 〈렉스〉라고 자신을 칭함.

밀턴 로키치 박사는 자신과 똑같은 정체성을 가졌다고 주장하는 다른 사람을 만나는 것만으로도 이들의 신념이 흔들릴 것이라 기대했다.

예상대로 환자들은 다른 두 사람의 존재에 당황했으나, 신념에는 변함이 없었다. 이들은 모두 자신만이 진짜 그리스도이고 나머지 둘은 사기꾼이라고 주장했다. 조지프 캐셀은 다른 두 사람이 미치광이라고 확신했다. 클라이드 벤슨은 나머지 둘을 로봇으로, 리언 게이버는 나머지 둘을 거짓말쟁이로 취급했다. 로키치 박사가 세 사람을 한자리에 모아 놓고 토론을 시키면서 각자의 주장을 뒷받침할 논거를 대라고 하자, 캐셀이 〈당신 둘은 나를 숭배하는 게 이로울 거요〉라고 큰소리를 쳤다. 그러자 벤슨이 〈당신들은 인간에 불과한 존재요〉라고 맞받아쳤고, 게이버는 〈내가 바로 구세주요〉라고 단언했다.

　말이 토론이었지 주먹다짐으로 끝날 때가 한두 번이 아니었다.

　실험을 시작한 지 2년이 지난 뒤에도 세 명의 그리스도는 여전히 자신만이 진정한 그리스도이고 다른 둘은 사기꾼이라고 철석같이 믿고 있었다. 밀턴 로키치 박사는 실험 자체를 후회했다. 그는 어떤 연구자도, 제아무리 과학의 진보라는 명분을 내세운다고 하더라도 환자들 앞에서 신처럼 행동할 권리는 없다고 말했다.

『상대적이며 절대적인 지식의 백과사전』 제14권

19

숙취

파티 다음 날 새벽, 타워가 쥐 죽은 듯이 조용하다. 바닥에 누워 잠들어 있는 인간들 위로 아침 해가 솟아오른다. 고양이들과 개들도 간밤에 무도회장으로 변한 회의장 여기저기에 곯아떨어져 있다. 나는 몸을 일으키려다 머리가 욱신거려 주저앉기를 반복한다. 한참 만에 가까스로 뒷다리에 힘을 주어 상체를 일으킨다.

이렇게 맥을 못 추는 건 어젯밤에 마신 샴페인 때문이 분명해.

비틀거리며 열린 창문 앞으로 걸어가 시원한 바깥 공기를 들이마시고 나니 겨우 정신이 든다.

나는 다시 자리로 돌아와 스크린을 응시한다.

우리가 승리했어. 이건 꿈이 아니야.

그런데 뭔가 꺼림칙하다.

우리가 승리했지만 내가 이 승리의 주역은 아니야.

앞으로 나는 없어도 되는 존재로 여겨질 거야. 여왕이 아닌 평범한 암고양이로 돌아가 TV를 볼 때나 한 번씩 쓰다듬어 주는 집사의 손길을 기다리게 되겠지……. 아니, 그보다도 못한 존재가 될 거야. 나는 이방묘니까. 시민이 아니라 거주민의 고양이니까.

순간 소름이 끼쳐 몸을 부르르 턴다.

아직 바닥에 잠들어 있는 인간들과 동물들 사이를 걸어다니다 보니 안젤로가 새로 사귄 미국 고양이와 나란히 누워 있는 게 보인다. 에스메랄다와 부코스키도 다정하게 몸을 붙인 채 곯아떨어져 있다. 웬일인지 나탈리는 보이지 않는다.

사람들이 하나둘 잠에서 깨기 시작한다.

세수를 하고 아침 식사를 마친 사람들이 바깥 상황을 확인하러 다시 스크린 앞에 모인다. 어제의 승리 장면들이 녹화된 화면으로 계속 나오는 가운데 실시간으로 전송돼 들어오는 장면들도 종종 스크린에 비친다.

탱크들이 정유소를 찾아 연료를 채우고 현장으로 복귀하고 있다.

대로를 〈청소〉하는 작업을 끝낸 탱크들이 작전 수행을 계속하기 위해 간선 도로로 진입하는 장면도 보인다.

고립된 채 저항을 계속하는 쥐들을 보고 나는 경악을 금치 못한다. 놈들은 군데군데 전선을 형성해 탱크의 무한궤도에 필사적으로 맞서고 있다. 결사 항전하는 쥐들의 지독함에 혀를 내두르게 된다.

놈들은 포기를 모른다.

탱크들이 쥐들을 으깨며 지나간다.

자기 확신이 얼마나 강하면 어제의 그 참패를 겪고도 아직 포기하지 않을까!

그랜트 장군은 테이블 앞에 앉아 스크린을 쳐다보면서 식사 중이다. 중간중간 전화로 명령을 내리면서 쉴 새 없이 음식을 집어 먹는다.

별안간 통화 중이던 그의 얼굴이 딱딱하게 굳는다. 그가 눈썹을 일그러뜨리며 리모컨을 집더니 실시간으로 화면이 전송되는 스크린 하나를 확대해 유심히 쳐다보기 시작한다. 탱크 한 대가 고립된 채 꼼짝 않고 서 있다. 뒤쪽에서 검은 연기가 쿨럭쿨럭 뿜어져 나온다.

쥐들이 벼락같이 탱크를 에워싼다.

포탑 해치가 열리고 병사 넷이 탱크를 빠져나오더니 쥐 떼 사이로 줄행랑을 놓기 시작한다. 하지만 이내 쥐들에게 뒷다리를 붙잡혀 바닥에 넘어진다. 이때부터 드론 카메라에 잡힌 살육 장면은 차마 눈 뜨고는 볼 수 없을 만큼 참혹하다.

　단순한 기계 고장 때문이겠거니 했는데 다른 스크린 속에서도 똑같은 광경이 재현되고 있다. 탱크가 멈춰서 연기를 뿜어내자 전차병들이 밖으로 나와 쥐 떼의 포위 망을 뚫고 도망치다 잡혀 결국 처형당하고 만다.

　왠지 불길한 예감이 든다.

　똑같은 패턴이 반복되는 걸 보니 문제가 발생한 게 분명하다. 쥐들이 탱크에 맞설 비책을 마련한 모양이다.

　드론들이 날아가 초현대식 탱크가 쥐 떼에 속수무책으로 당하는 모습을 근접 촬영해 타워로 전송해 온다.

　그랜트 장군이 입맛을 잃었는지 포크를 내려놓더니 스크린에서 눈을 떼지 못한다.

　탱크 두 대가 더 기능을 상실하는 장면을 지켜본 그가 전화기를 들고 딱딱한 어조로 지시를 내린다.

　장군이 전화기를 내려놓자마자 탱크 부대가 후퇴하는 모습이 스크린에 잡힌다. 탱크들이 이동 중 고장을 일으켜 멈춰 서는 바람에 5백 대 중 겨우 절반만이 무사히 사령부인 프리덤 타워 앞에 도착한다. 1천여 명의 군인들은 2층에서 내려 준 밧줄을 붙잡고 안으로 도망쳐 목숨을 구한다.

　사람들이 달려가 생존자들의 상태를 확인하고 무기를

회수해 한곳에 모아 놓는다.

부상병을 포함한 군인들이 기진맥진한 채 계단을 걸어 올라와 회의장의 장군에게 상황을 보고한다. 그러자 장군이 심각한 얼굴로 다시 의장인 힐러리 클린턴에게 상황을 전달한다. 의장이 고개를 끄덕이더니 역시나 심각한 얼굴로 비상 사이렌을 울린다. 104층에서 102개 부족 대표단의 긴급회의가 열린다.

그랜트 장군이 직접 마이크 앞에 서서 대표단에 상황을 보고한다. 나는 제3의 눈을 통해 그의 말에 귀를 기울인다.

「탱크들이 작전을 수행할 수 없는 상태에 놓였기 때문에 〈뉴욕 해방 작전〉은 잠정 중단하겠습니다. 쥐들이 무슨 짓을 벌였는지 면밀히 분석한 결과, 놈들이 탱크에서 틈을 발견했다는 사실을 확인했습니다. 앞으로 강철판을 물어뜯으려고 탱크를 오르락내리락하던 쥐들이 배기구를 발견하고 자살 특공대를 보내 몸으로 구멍을 막아 버리게 했어요. 엔진의 배출 가스가 나오는 구멍이 막히니 사달이 날 수밖에요.」

그가 거북해하며 잔기침을 한다.

「여러분과 우리 부대원들이 탱크 운반 바지선을 타고 전함으로 함께 이동하는 방안도 고려 중이었는데, 방금

들어온 보고에 의하면, 으흠…… 현재 상황이…… 쥐들이 헤엄을 쳐 와서는…… 흠, 닻줄을 타고 올라와 전함을 무력화했다고 합니다.」

젠장, 미리 알려 줬어야 했는데. 나도 다른 사람들도 승리가 확실하다고 믿고 너무 흥분했어.

나한테서 돌아가는 상황을 설명 들은 안젤로가 진지한 표정으로 말한다.

「자살 특공대를 파견해 탱크의 배기구를 막을 생각을 하다니, 보통 놈들이 아니에요. 어떻게 그런 방법을 생각해 냈을까.」

그랜트 장군은 아직 자신이 상황을 통제하고 있다는 인상을 주려고 애쓴다.

「적어도 여기에서만은, 우린 매우 안전합니다.」

저런 멍청이를 봤나.

부족 대표단과 비상 회의를 참관하기 위해 모인 외부타워 출신의 거주민들이 술렁이기 시작한다.

다시 곳곳에서 언성이 높아지고 인간들은 사태의 책임자를 지목하기 위해 혈안이 된다. 한쪽에서 듣도 보도못한 장군을 신뢰해 중책을 맡긴 힐러리 클린턴을 비난하자 다른 쪽에서 장군의 무능력이 근본 원인이라며 목소리를 높인다. 백인 우월주의자들이 흑인 장병의 수가 너무 많다고 지적하자 흑인들이 분개한다. 인간들의 스트레스 배출 방법은 물어뜯고 싸우는 것밖에 없음을 또다시 확인해 주는 장면이다.

그랜트 장군이 발언권을 요청하고 나서 마이크 앞에 선다. 여전히 소란이 가라앉질 않자 그가 주머니에서 권총을 꺼내 천장을 향해 한 발 쏜다. 탕 소리와 함께 천장에 구멍이 뚫려 콘크리트 조각이 떨어져 내리자 부족 대표들이 싸움을 그치고 연단을 주목한다.

장내가 차분함을 되찾은 가운데 사람들이 그의 말을 경청한다.

「제가 볼 때 해결책은 이제 한 가지뿐입니다.」 그가 목소리를 가다듬는다. 「제2차 세계 대전 때 연합군은 독일군을 격퇴하기 위해 프랑스 해안에 상륙 작전을 펼친 바 있습니다. 무척 힘들고 인명 피해도 대단히 컸던 작전이었습니다. 그래서 일본군한테는 보다 급진적인 방법을 쓰게 됐죠. 바로 원자 폭탄 말입니다. 지금처럼 적이 압도적인 수적 우위는 물론이고 강한 전투력과 적응력까지 갖추었을 때는 특단의 대책이 필요하다고 생각합니다.」

연단에 나란히 서 있는 힐러리 클린턴도 반대하는 눈치가 아닌 것 같다.

「그걸 어떻게 사용할 계획인가요, 그랜트 장군?」

「현재로서는 아이디어 차원에 불과합니다만, 가령 쥐들을 한곳으로 유인해 고립시킨 다음 폭발을 일으키는 겁니다. 핵폭발의 파괴력을 감안하면 아무리 수백만이라 해도 쥐 군단을 일거에 궤멸시킬 수 있습니다.」

「일단 쥐들을 특정 장소로 유인하거나 몰 수 있어야 가능한 일인데, 그건 어떻게 할 생각이죠?」힐러리 클린턴이 다시 장군에게 묻는다.

「거듭 말씀드리지만, 아직은 아이디어 수준입니다. 현실적으로 가능성이 있는지 면밀히 따져 봐야겠죠. 여기 계신 생물학자, 동물 행동학자, 화학자 들이 해답을 주실 수 있을 거라고 믿습니다. 아무거나 떠오르는 대로 말씀드리면, 가령 발정 난 쥐의 울음소리를 틀어 준다거나 쥐들이 좋아하는 냄새를 공기 중에 뿌려 유인할 수 있지 않을까요. 정 안 되면 강제로라도 끌고 가야겠죠.」

장군의 제안은 누구 하나 설득시키지도 안심시키지도 못한다. 사람들은 공포에 질린 눈으로 뉴욕 거리가 다시 쥐들에게 섬령낭하는 모습을 스크린으로 지켜본다. 부족 대표들이 다시 언성을 높이기 시작한다. 논쟁이 갈수록 격화된다.

고성과 거친 욕설과 삿대질이 오간다.

군사 작전이 실패로 돌아가고 장군이 실행 가능성 희

박한 제안을 하자 프리덤 타워 공동체는 순식간에 결속이 약화된 듯하다.

솔직히 나도 미국 군대에 적잖이 실망하긴 했다. 그들이 보유한 장비 정도면 이보다는 더 오래 버틸 줄 알았으니까.

기분이 가라앉을 때 너흰 무엇을 해? 난 만사 제쳐 놓고 털을 골라. 전에 내가 얘기한 적 있지?

뭔가 해로운 게 내 몸으로 들어오기 전에 미리 차단하려고 몸을 청결히 하는 거야.

내가 목이 빠질 듯이 몸을 틀어 등을 핥는데 부코스키가 다가온다.

「사랑을 나누면서 긴장을 풀어 보는 건 어때?」 그가 발그레 상기된 얼굴로 말을 걸어온다.

하, 진부해도 너무 진부해. 나는 들은 체 만 체 뒷다리를 치켜들어 항문을 핥는다.

「네가 샴페인 마시는 걸 봤어. 혹시 여기 술을 마셔 볼 생각은 없어? 긴장을 훨씬 빨리 풀어 줄 거야. 위스키라고 들어 봤어?」

내가 요지부동이자 중성화 수술을 하지 않은 거구의 수고양이가 한숨을 내쉰다.

「이제 자명해졌어. 희망은 사라지고 모두 죽을 일만

남았어.」 내가 듣든 말든 녀석이 계속 지껄여 댄다. 「이런 마당에 즐겨서 손해 볼 건 없잖아?」

백날 그런 소리 해봐라, 내가 넘어가나.

나는 녀석을 뒤로하고 로망을 찾으러 일어난다. 인터넷에 연결된 컴퓨터로 가득한 5층에 이르자 다른 사람들과 함께 지구 곳곳의 생존 공동체와 계속 접속을 시도 중인 그의 모습이 보인다.

어젯밤 이후 보지 못한 나탈리도 함께 있는 걸 보고 나는 안심한다.

로망이 지도 위에서 깜빡거리는 흰색 점 하나를 가리킨다. 작동 중인 컴퓨터가 있다는 뜻이다.

「뭔가 찾은 것 같아.」 그가 목소리를 낮춰 말한다.

「뭔데요?」

「보스턴.」

갑자기 제시카 넬슨의 목소리가 끼어든다. 옆 컴퓨터 앞에 앉아 있는 제시카 넬슨이 보스턴에 있는 사람들과 통신 중인 모양이다.

「여보세요, 난 MIT 졸업생이에요. 지금 거기가 MIT 인가요?」

「여긴 보스턴 다이내믹스 공장이에요.」

「로봇 제조업체 말인가요?」

「맞아요. 거긴 어디죠?」

「여긴 뉴욕의 프리덤 타워예요. 우리가 전 세계 인터넷을 복구했어요. 하지만 지금 위기에 몰려 있죠. 탱크 부대로 쥐들을 다 무찔렀다고 생각했는데 놈들이 교묘한 방법을 찾아내는 바람에 상황이 뒤집히고 말았어요. 당신들은 어떻게 살아남았죠?」

「우리가 만든 군사용 로봇들 덕분이죠. 하지만 겨우 목숨을 지키면서 공장을 방어하는 수준이에요.」

제시카가 대화를 이어 가려는데 갑자기 연결이 끊긴다. 그녀가 이런저런 조작을 해보지만 접속을 재개하는 데는 실패한다.

로망 웰즈가 자신이 오닉스 위성을 조작해 보겠다고 하면서 몇 가지 수치를 바꾸더니 프랑스 상공을, 더 정확히 말하자면 파란색 불이 깜빡이는 오르세 대학교 상공을 확인한다.

「뭐 하는 거야?」 나탈리가 컴퓨터 화면으로 몸을 숙이며 묻는다.

「미련을 남기고 싶지 않아서.」

「벌써 여러 번 시도해 봤잖아. 왜 포기를 못 해?」

젊은 과학자가 못 들은 척하면서 다시 한번 미세한 조정을 하고 나서 신호를 보낸다. 이번에는 찌지직거리는

211

소리가 들린다.

「여보세요? 거기 누구 있습니까?」로망이 마이크에 대고 고함을 지르듯 말한다.

여전히 상대방 소리가 잘 들리지 않는다.

그러자 로망이 다른 방법을 쓴다.

「문자로 통신해 봅시다, 오케이?」

검은 스크린에 즉각 두 개의 글자가 나타난다.

「OK.」

「지금 접속 중인 저는 로망 웰즈 교수라고 합니다. 연결이 되기를 얼마나 학수고대했는지 몰라요! 우린 배를 타고 대서양을 건너왔어요. 35일 동안의 긴 항해를 마치고 무사히 아메리카 대륙에 도착했죠. 현재 우린 뉴욕의 한 고층 빌딩에 머무르고 있어요. 고성능 쥐약이 개발되었다고 믿고 대서양을 건넜는데 와서 보니 그게 아니네요. 쥐약은 결국 소용이 없었어요. 우린 지금 알 카포네라는 우두머리가 이끄는 미국 쥐 군단과 대치 중이에요. 알 카포네는 동족들에게 변이를 일으켜 쥐약에 대한 저항력이 생기게 만든 무시무시한 놈이에요. 군인들이 탱크를 동원해 공격을 펼쳤지만 적들은 결국 탱크 부대를 무력화하는 방법을 찾아냈어요. 여긴 프랑스보다 쥐가 훨씬 많아요. 놈들의 우두머리도 아주 힘이 센 놈이죠.

그쪽 상황은 어떤가요?」

「여기도 어디에나 쥐들이 있다.」

「전기 철조망을 이용한 방어 시스템을 재가동했겠군요, 그렇죠?」

「아니다.」

잠깐만. 순간 어떤 직감을 느낀 내가 로망에게 야옹거린다.

「누구냐고 물어봐요.」

로망이 메시지를 타이핑한다.

「지금 저와 대화 중인 분은 누구죠? 저와 안면이 있는 분인가요?」

「만난 적이 있다.」

「우리가 어떻게 아는 사이죠? 혹시 과학자이신가요?」

「아니다.」

불현듯 해답이 머리에 떠오른다. 명백한 해답이.

티무르!

나탈리와 로망 역시 눈치를 챈 모양이다. 하지만 이미 엎질러진 물이다.

티무르가 제3의 눈을 통해 오르세 대학 컴퓨터에 접속해 인간 행세를 한 것이다. 우리의 짐작에 쐐기를 박듯이 그가 메시지를 보내온다.

「드디어 당신들을 찾아내 얼마나 기쁜지 모른다. 며칠 안으로 항해 준비를 마치고 조만간 당신들을 찾아갈 테니 기다려. 하루빨리 ESRAE를 되찾을 것이다. 조금 전에 당신이 알려 준 그 알 카포네라는 위대한 아메리카 쥐들의 왕도 어서 만나 보고 싶군.」

20

알 카포네

알폰소 카포네는 1899년 미국 뉴욕에서 태어났다. 그는 엄격한 가톨릭 학교에서 정규 교육을 받았으나 열네 살에 교사를 폭행해 퇴학당한 후 깡패 소년들과 어울리다가 일명 〈파이브 포인츠 갱〉의 일원이 되었다. 이 패거리는 절도와 갈취, 불법 도박을 일삼았다. 열여덟 살이 되자 알폰소는 갱단 두목인 프랭키 예일이 운영하는 바에서 바텐더 겸 문지기로 일하기 시작했다.

그러던 어느 날 그는 프랭크 갈루초라는 갱의 누이에게 욕을 했다가 갈루초에게 왼쪽 뺨에 면도날을 맞는다. 이때 생긴 상처로 〈스카페이스〉라는 별명을 얻기도 했다. 알폰소는 갈루초에게 잘못을 빌고 화해한다.

시카고로 이주한 알폰소는 또 다른 갱단 두목인 조니 토리오 밑에서 일하게 된다. 당시 이탈리아 타운에서 여러 개의 매춘 업소와 도박장, 복권 가게를 운영하던 토리오는 8백 명에 이르는 조직원을 휘하에 거느리고 있었다. 카포네는 토리오를 멘토로 여겼으며 토리오의 경호원으로, 다시 그의 오른팔로 승승장구했다. 1920년 금주법이 의회를 통과하자 토리오는 불법 운영 중이던 바를 카포네에게 맡겼다. 이후 아일랜드 갱단과의 싸움에서 부상당한 토리오는 은퇴 후 이탈리아로 돌아가기로 결심하고 조직을 카포네에게 넘긴다. 이로써 알 카포네의 시대가 열리게 된다. 시장 선거에서 공화당의 조지프 클레나를 지지한 알 카포네는 휘하 조직원 2백 명을 동원해 유권자들을 협박하고, 투표함을 열어 클레나에 기표된 용지들로 바꿔 넣게 시킨다. 이런 식으로 그는 지역 정치인과 법조인, 경찰 들을 점차 자신의 영향하에 두기 시작한다.

알 카포네는 스물여섯에 이미 바 161개, 도박장 150개, 매춘 업소 22개를 거느리며 명실상부한 시카고 이탈리아계 마피아의 보스로 군림한다. 그는 지역 경찰을 매수해 거침없이 불법을 자행했다. 나이 서른에 그는 자신과 라이벌 관계인 아일랜드계 마피아 보스 벅스 모런을 상대로 일명 밸런타인데이 대학살을 벌인다. 알 카포네의 부하들은 경찰로 위장해 모런의 조직에 쳐들어가 조직원들을 체포한 다음 벽에 한 줄로 세워 놓고 뒷덜미에 총을 쏴 처단했다. 벅스 모런은 목숨을 건졌지만, 알 카포네는 이 사건을 계기로 여러 마피아 조직을 통합해 갱단의 황제로 등극했다. 물론 그는 이 사건으로 공공의 적 1호가 되었다.

미국에서 대공황이 시작된 1929년, 수백만 명이 일자리를 잃었다. 알 카포네는 자신의 이미지를 쇄신하기 위해 극빈자들에게 무료로 수프를 나눠 주는 자선 사업을 벌이기도 했다.

그는 1931년 탈세 혐의로 체포됐다. 수임료가 너무 비싸다고 지인 중에서 법률가를 두 명 골라 변호를 맡긴 게 화근이었다. 뒤늦게 유능한 세금 전문 변호사들을 고용했지만, 그는 결국 11년 형을 선고받고 수감되었다. 그런데 형기 중 8년을 채웠을 즈음, 앨커트래즈 교도소에서 동료 수감자가 휘두르는 칼에 맞는 사고를 당했다. 그는 치료를 이유로 석방되어 가족의 품으로 돌아갔다. 하지만 예전에 걸렸던 매독의 후유증으로 신체적·정신적 건강이 급속도로 악화되어 1947년 마이애미에서 숨을 거둔다. 그의 유해는 시카고에 있는 마운트카멜 공동묘지에 다른 무수한 유명 갱들과 나란히 묻혀 있다.

『상대적이며 절대적인 지식의 백과사전』 제14권

제2막

극한의 공포

21

제 친구들을 지켜 주소서,
적들은 제가 맡을 테니[6]

〈지금이 최악이라 생각하겠지만, 아직 최악은 오지 않은 것일 수도 있어.〉 엄마가 했던 말에 새삼 고개가 끄덕여진다.

기갑 부대의 공격이 실패로 끝나고 티무르한테서 위협적인 메시지가 날아온 후 프리덤 타워의 분위기는 최악으로 치닫고 있다.

인터넷 복구와 그랜트 장군의 도착이 우리 공동체를 하나로 묶어 주었다면, 아군의 패배와 임박한 티무르의 출현은 내부 분열을 불러오고 있다.

내가 〈분열〉이라고 하는 건 부족들 간의 반목과 대립을 말한다. 우리는 북아메리카 원주민들의 평화로운 파

---

6 프랑스 철학자 볼테르가 한 말이라고도, 그 이전에 마케도니아의 왕 안티고노스 2세가 한 말이라고도 알려져 있다.

우와우를 연상시키던 총회 초기의 모습에서 완전히 멀어져 있다.

대립은 날이 갈수록 격화된다. 흑인 대 백인, 원주민 대 카우보이, 기독교 대 가톨릭, 아랍계 대 유대계, 군인 대 민간인, 부자 대 빈자, 젊은이 대 노인. 심지어는 동물들도 사이가 나빠져 고양이와 개가 툭하면 싸움질을 벌인다.

부족들이 점점 배타적으로 변하고 있다. 로망과 제시카가 지구촌 과학자들과 소통을 하며 연구를 진행하고 있지만 아직 구체적인 성과는 나오지 않았다. 다른 대륙에서도 인간 공동체들이 공포에 떨며 하루하루를 보내고 있다.

나와 가까운 인간들도 불화를 겪기는 마찬가지다. 로망과 나탈리는 조금도 화해할 기미가 보이지 않는다.

이런 와중에 뜻밖의 융합적 우정을 보여 주는 커플이 탄생했다. 바로 유전 생물학자 이디스와 컴퓨터 전문가인 세시카나.

내 아들 안젤로와 여자 친구인 미국 고양이 킴벌리, 그리고 에스메랄다와 뚱보 부코스키도 알콩달콩한 극소수의 커플에 속한다.

자고 일어나면 세계 도처에서 새로운 정보가 들어온

다. 인터넷이 복구된 이후로 우리는 갈수록 숫자가 늘어가고 영리해지는 쥐들의 공격에 저항 세력들이 속수무책으로 무너진다는 소식을 매일 접하고 있다.

로스앤젤레스, 샌프란시스코, 시카고, 덴버 같은 미국 대도시들조차 쥐 군단에 완전히 장악됐다는 소식이 전해졌다. 다른 대륙에서는 베이징, 모스크바, 리우데자네이루, 멕시코, 뭄바이, 라고스가 함락됐다고 한다.

쥐들이 전 세계에 퍼져 우리처럼 서로 소통하는 미래가 올지도 모른다고 생각하니 몸서리가 쳐진다.

이 악몽이 실현되는 날 인간과 고양이를 비롯한 항서 세력 전체는 멸망을 맞겠지.

쥐들이 지배하는 세계는 과연 어떤 모습일까?

설치류의 세상에서는 마치 갱 두목 같은 우두머리들이 군림할 것이다. 무력을 숭배하는 권위적이고 잔인한 놈들은 자기들끼리도 우열을 가려 위에 있는 놈이 아래 있는 놈을 짓밟으려 할 것이다. 티무르가 아메리카에 도착하고 나면 상황은 지금보다 더 나빠질 것이다.

나는 벌써부터 놈의 도착이 두렵다. 내게 특별한 원한을 품고 있는 데다 가장 귀한 보물인 ESRAE를 빼앗으러 오는 걸 알기 때문이다.

그런데 아무리 생각해도 풀리지 않는 미스터리가 하

나 있다. 분명히 놈은 〈조만간 당신들을 찾아갈 테니 기다려〉라고 했는데, 대체 무슨 방법으로 대서양을 건너올 수 있단 말인가.

쥐들이 항해술을 알 리가 없는데.

내 궁금증은 35일 뒤 수평선에 나타난 거대한 물체와 함께 풀린다. 티무르는 우리가 범선 마지막 희망호를 타고 떠나는 걸 보고 모방이라는 간단한 방법을 택했다. 차이점이 있다면 우리와 달리 현대식 유조선에 승선했다는 것. 나는 배에 탔을 쥐들의 숫자를 상상하며 몸서리를 친다.

아메리카 쥐들은 아메리카 인간들과 고양이들이 우리한테 했던 것처럼 쉽게 프랑스에서 온 형제 쥐들을 받아들여 줄까?

프리덤 타워 공동체는 회의장에 모여 드론이 실시간으로 전송해 오는 이미지를 통해 프랑스 쥐들의 도착 상황을 지켜본다.

내형 유조선이 해안으로 나가온다. 마치 거내한 잿빛 카펫이 깔린 것처럼 갑판이 회색 털로 뒤덮여 있다. 나와 전장에서 마주쳤던 수많은 쥐가 지금 유조선 탱크 속에 웅크리고 있다니, 소름이 끼친다.

프랑스 쥐들이 물속으로 날렵한 몸을 첨벙첨벙 던진

다. 그들이 〈우리〉 해안을 향해 헤엄쳐 오기 시작한다. 마치 유조선에서 해안까지 거대한 잿빛 물길이 흐르는 것 같은 착각이 든다.

드디어 두 대륙 쥐들의 조우 장면이 스크린에 잡힌다.

미국 쥐들과 프랑스 쥐들이 거리를 두고 서로를 관망한다.

혹시나 미국 쥐들이 프랑스 쥐들을 문전 박대하지 않을까 했던 내 기대는 순식간에 무너지고 만다. 양쪽에서 몇 마리가 앞으로 나와 거리를 좁히며 냄새를 맡기 시작한다. 호기심이 경계심을 이겼다.

젠장.

잿빛 일색인 프랑스 쥐들 속에서 흰색 실루엣 하나가 도드라져 보인다. 아담한 체구에 새하얀 털을 가진 쥐.

녀석이다.

나는 로망에게 화면을 확대하게 시킨다.

이미지가 점차 선명해진다. 쥐 두 마리의 등에 올라탄 새하얀 쥐는 내가 짐작했던 그놈이 맞다.

공언대로 놈이 왔어. 게다가 군단을 직접 지휘까지 하고 있어.

놈은 늙지도 살이 찌지도 않았다. 여전히 날렵한 몸에 이글거리는 새빨간 눈, 잡티 하나 섞이지 않은 새하얀 털.

동그랗고 작은 귀는 쉬지 않고 옴찍거리고 길고 유연한 분홍색 꼬리는 이따금 살랑살랑 흔들린다.

나탈리가 다른 화면 하나를 가리켜 보인다. 작은 쥐 여섯 마리가 떠받쳐 든 거구의 갈색 쥐가 등장하는 장면이 드론 카메라에 포착된다.

알 카포네.

지난번에 드론 이미지로 봤을 때보다 몸집이 더 커진 것 같다. 심각한 비만으로 보인다.

이놈이 쥐약이 듣지 않게 변이를 일으키고, 탱크 부대를 무력화시킨 비책까지 찾아낸 그놈이란 말이지?

나는 긴장감 속에서 놈들의 동작 하나하나를 주시한다.

왕을 등에 태운 수행 쥐들이 걸음을 옮기자 티무르와 알 카포네의 거리가 조금씩 좁혀진다.

닿을 듯이 가까워지자 두 놈이 코를 움직여 냄새를 맡기 시작하더니 별안간 뒷다리로 벌떡 일어나 몸을 곧추세우고 상대를 응시한다. 드론에 장착된 마이크를 통해 놈들 간에 오가는 높고 날카로운 울음소리가 들려온다.

흥분 상태에서 격정적인 대화가 오가는 모양인지 꼬리의 움직임이 커지고 수시로 앞니가 하얗게 드러난다.

스크린에서 눈을 떼지 못하는 미국 대통령이 묻는다.

「저놈이 대체 어떤 쥐이기에 대군을 배에 태우고 바다 건너 뉴욕까지 왔단 말이죠?」

로망 웰즈가 대답한다.

「저놈은 평범한 쥐가 아니에요. 바스테트처럼 제3의 눈이 달려 있어 모든 전자 기기와 인터넷에 접속이 가능하죠. 놈이 타고 온 저런 현대식 대형 선박들은 요즘 다 자동 항법 시스템을 갖추고 있어요. 자동차가 자율 주행을 하듯이 선박도 얼마든지 항로를 유지하면서 해류를 비롯한 해상 상태에 맞춰 항해가 가능하다는 뜻이에요. 수시로 인터넷에서 정보를 얻을 수 있으니 못 할 게 없죠. 티무르가 컴퓨터에 항로만 입력하면 배가 알아서 항해했을 거예요.」

나는 배에 관한 설명보다는 두 쥐의 첫 만남에 관심을 가지고 스크린을 주시한다.

원만하게 출발한 만남의 분위기가 어느 순간 돌변한다. 미국 쥐가 거대한 몸을 일으켜 세우더니 휘파람 같은 울음소리를 크게 내기 시작한다. 마치 상대를 한 대 후려칠 기세로 꼬리를 하늘로 치켜세운다.

털까지 부풀리자 원래도 거구인 그가 더 위협적으로 보인다. 놀랍게도 티무르는 그에게 맞서지 않고 순응하는 뜻으로 고개를 조아린다.

상대가 복종 자세를 취하자 알 카포네가 금세 차분해

진다.

둘이 한결 부드럽게 다시 대화를 이어 가는 모습이 카메라에 잡힌다.

그들이 내는 소리를 듣기 위해 로망이 드론에 부착된 마이크를 원격 작동시킨다.

이럴 때 샹폴리옹이 옆에 있었으면 얼마나 좋았을까. 저들의 대화를 실시간으로 우리한테 통역해 줬을 텐데.

내용은 알 길이 없지만 알 카포네의 거칠고 권위적인 울음소리와 상대적으로 고분고분하게 들리는 티무르의 울음소리로 대화 분위기를 짐작할 수 있다.

막무가내로 버럭거리는 알 카포네 앞에서 티무르는 줄곧 저자세를 유지하는 눈치다.

알 카포네가 휘파람 소리를 내며 간간이 앞발을 들어 우리가 있는 쪽을 가리킨다.

내 얘기를 하는 게 틀림없어.

티무르가 고개를 끄덕이면서 우리 타워 쪽을 올려다본다.

알 카포네가 별안간 티무르에게 바짝 다가와 냄새를 맡기 시작한다. 그러자 티무르가 아무것도 숨기고 있지 않다는 걸 증명하려는 듯 엉덩이를 내밀어 보인다. 상대가 원한다면 신체적 굴욕도 감수하겠다는 자세다. 하지만 알 카포네는 코를 살짝 갖다 대고 나서 그냥 뒤로 물러난다. 상대가 먼저 복종 자세를 취한 것으로 충분하다는 눈치다. 알 카포네가 티무르 옆에 나란히 서더니 오른쪽 뒷발을 들고 다짜고짜 그의 머리에 오줌을 갈긴다. 하얀 쥐는 조금도 동요하는 기색을 보이지 않는다.

두 우두머리가 다시 마주 보고 서서 대화를 이어 가고 있다. 울음소리가 한결 순하고 부드럽게 들린다.

티무르가 머리 위에 떠 있는 드론을 올려다보며 인사하는 제스처를 취한다.

저건 나를 겨냥한 동작이야. **나에 대한 도발이야!**

회색 쥐들과 갈색 쥐들이 서로 섞이기 시작하더니 곧 한 덩어리가 되어 해안 쪽으로 진군하기 시작한다. 쥐들이 물속으로 뛰어들어 리버티섬을 향해 이동하는 모습이 카메라에 포착된다.

섬에 도착한 두 왕은 거대한 조각상의 받침대 속으로 들어가 우리의 시야에서 사라진다.

숨죽인 채 스크린을 지켜보던 인간들과 고양이들은 두 대륙 쥐들 간의 동맹 관계 형성을 예고하는 이 장면에 경악을 금치 못한다.

내가 오른쪽 앞발을 들어 나탈리를 툭 친다.

「102개 부족 대표단 앞에서 할 말이 있어요.」

「네가 고양이라서 어떨지…….」

「내가 누군지 저들한테 요령껏 설명해 봐요.」

집사가 잠시 머뭇거리다 연단으로 올라가 힐러리 클린턴의 귀에 대고 뭔가를 속삭인다.

그러자 의장이 몸을 틀어 나를 바라보며 놀라는 표정을 짓는다.

그녀가 마이크 앞으로 다가간다.

「누군가가 저 프랑스 쥐들에 대해 잘 알고 있다고 하는군요. 여러분과 정보를 나누고 싶어 해요.」

나탈리가 연단을 내려와 나를 보며 걸어온다. 나는 얼른 집사의 오른쪽 어깨 위로 뛰어오른다. 집사가 나를 어깨에 앉히고 다시 연단으로 올라가 연설대 옆에 선다.

「다만, 사소하지만 분명히 밝혀 둘 게 하나 있어요.」 힐러리 클린턴이 회중을 향해 말한다. 「제가 말씀드린 〈누군가〉는 인간이 아닙니다.」

세상에 누군들 완벽하겠어.

나는 언설내로 우아하게 뛰어내려 내표단을 마주 보고 선다.

나탈리가 귀에 꽂고 있던 이어폰을 빼 마이크 앞에 놓는다. 그녀의 귀에만 통역돼 들리던 내 야옹 소리가 청중에게 들리기 시작한다.

좋았어. 지금부터 표현을 골라 가며 한번 멋지게 얘기해 보자.

「암컷과 수컷 인간 여러분, 암컷과 수컷 고양이 여러분, 모두 반갑습니다.」

여기까진 일단 괜찮았어…….

「먼저 발언 기회를 주신 의장님과 제 얘기를 들어 주시는 부족 대표단께 감사의 말씀을 드립니다. 제 소개를 드리죠. 제 이름은 바스테트, 보시다시피 고양이입니다. 여러분 중에는 우리 고양이를 인간보다 열등한 종으로 여기는 분들도 더러 계시리라 짐작합니다만…….」

이 말에 몇 사람이 강한 부정의 제스처를 취한다. 하지만 극소수에 불과하다.

「그런데 고양이인 제가 어쩌다 보니 여러분께서 스크린으로 보신 프랑스 쥐들의 왕과 아는 사이가, 그것도 무척 잘 아는 사이가 되었습니다. 그 쥐의 이름은 티무르입니다.」

102명의 대표단이 수런수런하는 목소리가 들린다. 감탄사가 분명하다.

절대 흥분하면 안 돼, 난 지금 한때 세계 최강대국이었던 나라의 인간들이 조직한 마지막 의회 앞에서 마이크를 잡고 있어.

「바다 건너편에 있을 때 저 작고 흰 쥐는 저의 철천지 원수였어요. 그런데 우연히 독대의 기회가 생겼죠. 그게 가능했던 건 여러분이 보시듯 제 이마에 USB 단자가 이식돼 있기 때문이에요. 여러분과 이렇게 소통이 가능한 것도 이 장치 덕분입니다. 티무르도 이걸 가지고 있어요. 그래서 둘이 만났을 때 케이블 하나로 간단히 우리 뇌를 연결할 수 있었죠.」

나는 청중이 내 연설을 경청하는지 확인하기 위해 잠시 말을 멈춘다.

「여러분께서 아셔야 할 게 몇 가지 있습니다. 첫째, 그는 보통 쥐가 아니에요. 과학 연구를 위해 잔인한 실험을 무수히 당하고도 살아남은 실험용 쥐였죠. 둘째, 높은 지능과 무서울 만큼 강한 의지의 소유자예요. 절대 과소평가해서는 안 된다는 뜻입니다. 셋째, 그는 전 세계 인터넷에 바이러스가 퍼지기 전에 이미 저처럼 제3의 눈을 통해 방대한 인간 지식에 접근할 수 있었어요. 그러다 보니 넷째, 광범위한 지식과 교양을 갖추게 됐죠. 그는 역사와 지리뿐 아니라 기술에도 놀라운 이해력을 보입니다. 게다가 그 지식을 현실에 접목할 줄도 알죠. 다섯째, 불을 다룰 줄 알아요. 프랑스에서 우리가 세운 목재 방벽에 불을 질러 무너뜨렸어요. 여섯째, 무서운 집념의 소유자예요. 그는 실험동물인 자신에게 온갖 악랄한 짓을 했던 인간들에게 복수하겠다는 일념에 불타고 있어요. 게다가 특별히 저를 노리고 있어요. 인류가 가진 모든 기억이라 해도 과언이 아닌 1제타옥텟 — 10억 옥텟의 1조 배 — 의 정보를 저장한 USB를 제가 가지고 있기 때문이죠. 티무르는 사실상 이 USB 때문에 험난한 항해를 거쳐 대군을 이끌고 대서양을 건너온 거예요.」

나는 다시 한번 뜸을 들인다. 좌중이 긴장한 얼굴로 술렁이기 시작한다.

「잠깐만요, 공포를 조장하려고 드린 말씀이 아닙니다. 티무르가 결코 평범한 쥐가 아니라 위협적인 존재임을 여러분께 경고하려는 거예요. 조금 전 스크린으로 두 우두머리가 만나는 장면을 지켜보니 곧 티무르가 불 사용법을 미국 쥐들에게 가르쳐 줄 것 같습니다. 그러니 우리가 저들의 방화 기도에 대비해야 할 것 같아요. 제가 대표단께 드리고 싶은 말씀은 여기까지입니다.」

장내가 당혹감과 침묵에 휩싸이는 걸 본 그랜트 장군이 벌떡 일어나 마이크 앞으로 다가온다.

그의 말이 나탈리의 이어폰을 통해 번역된 다음 다시 내 제3의 눈을 거쳐 고양이어로 번역돼 들린다.

「왜 우리가 일개 고양이의 말에 귀를 기울여야 하는지

모르겠습니다. 더군다나 공포를 부추기는 게 이 고양이의 유일한 목표처럼 느껴지는데 말입니다. 혹시 쥐들과 한통속이 아닌지 의심이 들 정도예요.」

대표단 전체가 장군의 말에 공감하는 분위기다.

힐러리 클린턴이 분위기를 살피고 나서 다시 마이크를 잡고 내게 묻는다.

「아까 이름이 뭐라고 했죠?」

「바스테트. 이집트 여신의 이름이에요.」

「그래요, 바스테트, 얘기 잘 들었어요. 난 당신 말을 믿어요. 우리한테 전해 준 여러 가지 정보가 신빙성 있다고 판단해요. 하지만 당신은 우리를 의기소침하게 만드는 소리만 했지 해결책은 제시하지 않았어요.」

「불을 이용한 적들의 공격 가능성을 이미 경고해 드렸잖아요. 대비책을 마련해야 한다는 말씀도 드렸고.」

몇몇 대표가 나를 향해 적대적인 언사를 써가며 항의하는 게 보인다.

힐러리 클린딘이 다시 마이크를 잡는다.

「친애하는 바스테트, 안심해요. 우리 프리덤 타워는 유리와 강철 그리고 초고성능 콘크리트로 지어졌어요. 목재 방벽보다는 당연히 적들의 공격에 강하겠죠…….」

사람들 사이에서 요란한 웃음소리가 터진다.

고양이라고 지금 저들이 날 비웃는 거야.

나탈리가 안타까운 표정으로 나를 바라본다.

결국 인과응보가 아닐까. 인간들 모두가 스스로를 우월한 존재로 여기지. 종 특유의 오만함이 화를 부른 건지도 몰라.

멀리서 누가 발언권을 요청하기 위해 손을 드는 게 보인다. 북아메리카 원주민 대표인 성질 급한 말이다.

힐러리 클린턴이 대표단에 정숙을 요청한다.

「저 고양이에게 하나 물어보고 싶은 게 있습니다. 당신은 프랑스 쥐들의 왕이 불을 능숙하게 다루는 게 우리에게 위협이 된다고 했어요. 내가 궁금한 건 화재 발생에 대한 경각심을 가지라는 것 외에 우리에게 제안할 좀 더 포괄적인 해결책이 있는지예요. 있나요?」

「네.」

청중의 집중을 유도하기 위해 나는 일부러 심상하게 대답하고 나서 설명을 덧붙인다. 될 수 있으면 한 야옹 한 야옹 또박또박 말하려고 애쓴다.

「놈들이 음험한 계획을 실행에 옮기기 전에 쥐들의 두우두머리를 얼른 제거해야 합니다. 한시가 급해요.」

이번에도 요란한 웃음소리와 야유, 휘파람까지 터져나온다.

한참 어수선한 분위기가 이어진다.

나는 모욕감을 참으며 엄마가 했던 말을 떠올린다. 〈남들보다 앞서 바른 판단을 내리는 게 꼭 좋은 건 아니란다. 그릇된 판단만 못할 때도 있어. 사람들이 네가 관습을 벗어났다고 비난부터 하거든. 그러다가 나중에는 왜 자신들을 설득하지 않았냐고 또다시 너를 비난하지.〉

나에 대한 판단을 아직 유보한 듯 성질 급한 말이 호기심 가득한 눈으로 빤히 쳐다본다.

대표단 중에 내 편이 하나 생겼는지도 모르겠어.

내 답변을 끝으로 회의가 끝나자 다들 회의장 밖으로 나가 흩어진다.

나는 구내식당으로 이동해 집사와 둘이서만 점심을 먹는다. 나탈리와 로망이 여전히 사이가 좋지 않은 탓이다.

솔직히 나는 둘의 관계를 이해하지 못하겠다. 인간들은 〈감정〉이라는 말을 갖다 붙이면서 매사를 너무 어렵게 만드는 것 같다. 내 눈엔 그저 〈쓸데없이 복잡하게〉 만드는 것으로 보일 뿐이다.

상황이 이렇다 보니 나는 (백과사전에서 읽은 적이 있는 사례인데) 이혼한 부모를 둔 어린아이처럼 나탈리와 로망, 두 집사와 번갈아 시간을 보낸다.

물론 암컷인 나탈리와 지내는 시간이 훨씬 더 많긴 하다.

조금 떨어진 곳에 여전히 다정한 모습으로 이디스와 제시카가 앉아 있다. 그들 뒤로 에스메랄다와 부코스키가 인간들을 흉내 내며 테이블에 마주 보고 앉아 있다.

나는 나탈리에게 묻는다.

「집사 눈에는 내가 과대망상적이고 자기중심적인 고양이로 보여요?」

「그걸 나한테 물어보는 이유가 뭐야?」

「일전에 에스메랄다가 이 형용사 두 개로 나라는 존재를 요약해 준 적이 있어요.」

「그래, 네 생각은 어떤데?」

「언젠가 여왕이나 예언가가 될 몸이니까 자기 자신에 대해 최소한의 믿음을 가지는 건 당연하다고 생각해요.」

나탈리는 마음이 어수선해 내 얘기에 전혀 집중하지 못하는 눈치다. 그녀는 멀리서 실뱅과 점심을 먹는 로망을 수시로 흘끔거린다.

「솔직히 자기 자신에 대한 자긍심이 없다면 어떻게 세상을 구하러 나설 수 있겠어요? 이제 나도 인간의 역사에 대해 알 만큼 아니까 물어볼게요. 알렉산드로스 대왕이 겸손했나요? 아틸라가 이타주의자였어요? 칭기즈 칸이 자신을 낮추는 사람이었던가요? 환상은 금물이에요. 동족들의 진화를 이루겠다는 목표를 가진 사람에게 자기 확신과 카리스마는 필수 덕목이죠. 집사가 내 입장이었다면 어땠을까요. 재고 망설이는 건 내 방식이 아니에요. 모두를 만족시키겠다는 욕심 때문에 어정쩡하게 타협하는 건 나와 맞지 않아요. 과감하게 돌진하는 것, 생각을 가감 없이 말하고 직설적인 화법을 쓰는 것, 이게 바로 나고 내 방식이에요. 그래서 조금 전에 연설을 하겠다는 결단을 내릴 수 있었던 거예요.」

「잘했어.」 집사가 구운 쥐 고기를 조금 더 떼어 입에 넣으며 말한다.

「별것 아닌 일에도 싸우기만 하는 102인의 부족 대표단을 어떻게 생각해요?」

아직 식지 않은 쥐 고기를 아무 말 없이 꼭꼭 씹어 넘기는 집사 앞에서 나는 독백을 계속한다.

「지도자라면 문제가 저절로 풀리기를 기다려선 안 되죠. 결정을 남에게 미루지 않고 스스로 내리는 게 통치 행위의 핵심이에요. 틀린 판단을 내렸으면 책임지면 되는 거예요.」

아니면 다른 누군가에게, 내가 〈대체 가능〉이라고 부르는 소위 총알받이들에게 책임을 전가하든가.

「내가 전투에 임하는 자세를 봐서 알겠지만 나는 〈순한〉 고양이가 아니에요. 효율을 추구하는 고양이죠. 나에 대한 판단은 후대가 내릴 거예요. 물론 아무것도 하지 않고 작은 위험도 감수하려 하지 않는 사람들이 결단이 요구되는 야심 찬 계획을 가진 사람들보다 착해 보이긴 하겠죠. 에스메랄다는 내가 전공을 세운 적이 없다고 비난했어요. 그런데 나를 그렇게 깎아내린 그녀는 뭐 공을 세운 게 있나요?」

「없지.」

집사가 입 안 가득 고기를 우물거리면서 대답한다.

일전에 내가 바닷물에 빠졌을 때 에스메랄다가 날 구해 줬느니 어쩌니 하는 얘기를 다시 꺼내지 않아 다행이다.

나탈리가 몸을 일으키더니 이곳에서는 귀한 음식으로 대접받는 채소를 조금 더 달라고 한 다음 접시에 담아 자리로 돌아온다.

나는 익히지 않은 쥐 고기에 만족하면서 내 논리를 입증하는 데 집중한다.

「개인적으로 난 독재에 조금도 반감이 없어요. 그것이 이 세계를 좋은 방향으로 더 빨리 나아가게 하는 것이라면요. 그동안 당신들 역사에 대해 꽤 많이 공부했는데,

인간들이 늘 입으로는 독재자들을 증오한다고 외치지만 책에서는 이들에게 많은 분량을 할애한다는 걸 알게 됐어요. 예를 들어 율리우스 카이사르, 루이 14세, 나폴레옹, 스탈린, 마오쩌둥 같은 지도자들 말이에요. 이들은 모두 자유를 억압하는 권위적이고 잔인한 학살자들이었지만 대중적 인기가 높았고 역사책에서도 계속해서 언급되죠. 물론 시간이 지나 멸망을 재촉한 형편없는 통치자들임이 밝혀지긴 했지만요. 우리는 그들이 한 거짓 선동과, 화려한 궁전을 짓기 위해 쥐어짠 세금은 기억하지 못해요. 그들이 언론을 검열하고 반대파에 재갈을 물리고 비판적인 의견들을 묵살한 채 권력을 확립한 사실을 잊곤 하죠. 순종적인 역사가들만이 살아남아 독재자들의 실수는 눈감아 주고 그들이 이룬 미미한 성과는 과장하기 때문이에요.」

내 방대한 역사 지식에 놀라려니 했는데 집사는 무덤덤한 표정으로 접시에 담아 온 당근을 먹으며 로망을 힐끔거리다 마지못해 대답한다.

「그렇게 간단한 문제가 아니야.」

「아직 내 말에 설득되지 않았다면 이번엔 다른 각도에서 얘기해 볼게요. 소위 〈순한〉 지도자들, 통치자들의 말로가 어땠는지 내가 몇 가지 예를 들어 볼게요. 프랑스를 근대화시키고 식민지로 부를 일군 루이 16세는 광장에서 백성들한테 욕을 먹고 침 세례를 받으면서 참수됐죠. 백과사전에서 읽어서 알아요. 나라를 산업화 시대로 이끈 나폴레옹 3세는 백성들에 의해 폐위됐어요. 고르바초프는 또 어떤가요. 러시아를 위기에서 구하고도 국민들의 증오를 한 몸에 받았어요. 천안문 시위가 유혈 참극으로 끝나지 않게 하려 애썼던 자오쯔양은 휘하 각료들에 의해 축출됐고, 학살자 리펑이 그의 자리를 차지했죠. 이 사례들은 우리에게 많은 것을 시사해요. 능력 있고 진실하며 비판과 반대 세력을 허용하는 관대한 우두머리보다 부패한 거짓말쟁이에다 압제적인 권력을 휘두르는 독재자가 되는 편이 낫다는 걸 말이에요. 최악의 독재자들은 대부분 천수를 누린 뒤 사랑하는 가족과 헌신적인 시종들이 지켜보는 가운데 평화롭게 생을 마감한 반면, 개혁가들은 제거되거나 처형되는 비극적인 종말을 맞는 경우가 많았어요. 그래서 나는 강한 지도자로 사람들 위에 군림해야겠다는 결론을 내렸어요. 눈에는 눈, 이에는 이. 강한 힘을 가진 상대는 더 강한 힘으로 압도할 생각이에요.」

나탈리는 내 말에 별 반응을 보이지 않는다.

집사는 지금 내 정치적 견해를 완전히 무시하고 있어.

그녀도 다른 인간과 똑같아. 인간 우두머리들에 대한 고양이의 견해 따위에는 관심이 없는 거야.

집사가 난데없이 울음을 터뜨린다.

「내가 민주주의보다 독재가 좋다고 해서 이러는 거예요?」

그녀가 아니라는 뜻으로 고개를 세게 가로젓는다.

「그럼 대체 우는 이유가 뭐예요? 쥐들 때문에? 티무르가 도착해서? 아니면 아까 회의장에서 아무도 내 조언에 귀를 기울이지 않아서?」

「아니야.」 그녀가 팔뚝에 고개를 푹 묻는다.

「아, 참……! 나탈리, 뭔지 말해 봐요. 당신도 알잖아요. 내가 당신의 주인이기만 한 게 아니라 그 뭐더라? 그거 있잖아요…… 〈친구〉이기도 한 거. 대체 무슨 일이에요?」

그녀가 고개를 들더니 머리칼이 온통 헝클어진 채로 눈물을 닦으며 내뱉는다.

「나 임신했어.」

22

새끼 고양이

갓 태어난 새끼 고양이는 소리를 듣지도 앞을 보지도 못한다. 생후 일주일 동안은 눈을 감은 채 지내며 후각과 촉각을 통해서만 세계를 인식한다. 열흘째부터 소리를 듣기 시작해 한 달째에는 어미젖보다 조금 단단한 음식도 삼킬 수 있게 되는데, 이때 청각은 벌써 인간의 세 배로 발달해 있다. 한 살이 되면 이미 키는 다 자란다.

『상대적이며 절대적인 지식의 백과사전』제14권

23

엎친 데 덮친 격

너희 눈엔 인간들이 어떻게 비쳐? 그들에 대해 어떻게 생각해? 난 말이야, 오래 같이 살아서 그런가, 왠지 애잔해 보여.

자신들이 하는 행동이 얼마나 비합리적인 줄도 모르니 참 딱한 존재들이야.

임신이 로망과의 관계를 회복할 좋은 계기가 될 수 있다는 생각이 들지만, 물론 그런 말은 하지 않는다. 하지만 내 머릿속이 그 생각으로 꽉 찬 걸 눈치챘는지 집사가 말한다.

「난 그가 이디스와 잤다고 확신해.」

힐끔 돌아보니 이디스는 제시카와 손을 꼭 잡고 있다. 멀리 떨어진 자리에서 로망은 실뱅과 과학적인 소재로 열띤 토론을 벌이는 눈치다. 그런데도 집사는 엉뚱한 생각을 하면서 확신에 차 있으니 답답한 노릇이다. 내가 논리적으로 조목조목 반박해도 소용이 없을 것 같다. 도리어 내가 로망과 한편이 됐다고 생각할지도 모른다.

누구나 자신만의 진실이 있고, 그것만이 유일한 진실이라고 믿으며 사니까.

나는 못 들은 척 야옹거린다.

「축하해요!」

「난 아이를 낳지 않을 거야.」

아이고, 문제가 하나 더 생겼네.

「난 이제 로망을 사랑하지 않아.」

말끝에 집사가 눈물을 쏟는다.

두 가지가 무슨 관계가 있다는 건지 난 솔직히 모르겠다.

수컷은 정자를 제공할 뿐이고 애정은 엄마와 아이 사이에 형성하면 되는데 왜 아빠가 필요하다고 생각하는 걸까. 나한테 수컷이란 존재는 성적 쾌락을 제공해 주고 필요할 때 가끔 도움을 받는 존재일 뿐 그 이상이 아니다. 물론 피타고라스와의 관계는 달랐다. 그는 제3의 눈을 가졌으니까. 이 신체 부속 기관을 통해 우리 둘은 정신적 결합을 이뤘고, 그는 다른 수컷과는 불가능한 정신적 유대감을 느끼게 해줬다.

부코스키를 비롯해 내게 접근한 수많은 수컷의 수작을 거절한 건 피타고라스와 경험했던 정신적 소통에 대한 그리움 때문이다.

육체적 결합만 존재하는 관계가 얼마나 실망스러운지 나는 잘 안다. 그런 관계는 아예 시작도 할 마음이 없다.

「내가 집사라면 아이를 낳겠어요.」

나탈리가 눈물을 훔치며 빤히 쳐다본다. 「내가 아이를 낳아야 하는 이유를 한 가지 대봐.」

「음…… 꼬마 인간들은, 내가 봐서 아는데, 얼굴이 발그스름하고 피부가 야들야들한 게 나름 귀여워요. 물론 새끼 고양이만은 못하지만. 그런 동물이 하나쯤 있는 게 나쁘진 않잖아요. 기저귀를 갈아 줘야 하고 빽빽거리는 소리를 들어야 하는 게 고역이긴 하겠지만.」

집사는 여전히 기분이 착 가라앉아 있다. 내가 핵심을 잘못 짚었나.

이번엔 다른 각도에서 설득해 볼까.

「아기는 내가 기꺼이 맡아서 봐줄 용의가 있어요. 내가 안젤로한테 얼마나 좋은 엄마인지 알죠? 그렇죠?」

이런, 이것도 아닌가. 집사의 눈이 다시 빨개지더니 눈물이 주르륵 흐른다.

내가 무슨 말을 했다고 이렇게 속상해하는지 모르

겠다.

「집사 눈에 내가 못 미더운 것 같아 기분이 좀 상하네요.」

나탈리가 코를 훌쩍 들이마시더니 환하게 웃는다. 그러더니 대뜸 내 뺨에 난 긴 털을 다정하게 어루만진다.

「내가 사랑하는 건 바로 너야.」 그녀가 내게 사랑 고백을 한다.

집사 입에서 이런 소리가 나오는 게 처음은 아니다. 지난번에 로망한테도 똑같은 소리를 하는 걸 들었어. 로망에게 하듯이 나를 사랑한다는 건 결국 질투를 하고 내 자유를 억압하겠다는 뜻이잖아.

「우리한테 이제 공통점 하나가 생겼네요. 나도 나를 사랑하거든요.」

기분을 풀어 주려고 농담을 던졌는데 그녀가 웃지 않는다. 이 유머가 집사한테는 통하지 않는 모양이다. 도리어 그녀가 진지한 표정으로 나를 세게 껴안는다. 팔에 너무 힘을 줘서 내가 아픈 소리를 내며 몸을 버둥거린다.

「아아, 바스테트! 네가 없는 삶은 난 상상도 할 수 없어.」

난 얼마든지 상상할 수 있다. 로망을 집사로 두면 되니까. 그는 표현력이 부족한 게 단점이지만 감정 기복이 덜

한 게 장점이다.

「난 집사가 아이를 낳았으면 좋겠어요.」

「쥐들에게 점령당한 세상에 태어날 텐데!」

「인간들 역사를 공부해 보니까 시대마다 적어도 한 가지 위험은 반드시 존재했더군요. 또 그럴 때마다 당신들 조상 중에서 누군가가 등장해 그 문제에 대한 해결책을 찾아냈더군요. 그렇지 않았다면 오늘날 이 세상에 인간이나 고양이가 존재할 수가 없었겠죠.」

집사가 크게 숨을 들이마신다.

「우리 인간들한테는 방법이 있어. 스스로 임신을 중단시킬 수 있어. 나중에 불행해질 아이를 세상에 태어나지 않게 하는 거지.」

「그 인간 꼬마가 불행해진다고 누가 그래요?」

「어떻게 여기서 행복할 수가 있겠니?」

「상황은 나아질 수 있어요.」

「로망처럼 믿음이 가지 않는 남자가 아빠인데도 그럴 수 있을까?」

「무슨 근거로 로망을 그렇게 폄훼하는 거예요?」

「이건 내 직감인데, 그는 분명히 다른 여자에게 갈 거야.」

내가 한 번 더 농담을 시도한다.

「남자일 수도 있죠…….」

집사는 이번에도 맞받아치지 않는다.

「미래에 대한 확신을 가져요, 나탈리. 당신이 불행하다고 느끼는 건 근거 없는 질투심 때문이에요. 난 상황이 지금보다 나아질 거라고 믿어요. 자꾸 최악을 머리에 떠올리지 말고 뜻밖의 좋은 일이 생길지도 모른다는 기대를 가져 봐요.」

이번엔 내가 애정 표시로 오른쪽 앞발을 들어 그녀의 뺨에 갖다 댄다.

이때, 귀를 찢는 비상 사이렌 소리가 울린다.

식당 안에 있던 사람들이 자리에서 일어나 웅성거리는 사이 스피커에서 안내 방송이 나온다.

〈화재 발생!〉

이거 봐, 내가 경고했던 대로야.

벌써 매캐한 연기 냄새가 느껴지기 시작한다.

티무르가 지체 없이 행동에 나선 모양이다. 오늘 아침에 당도한 놈이 벌써 미국 쥐들을 설득해 방화 공격을 시도하게 만든 거야. 틀림없어.

위험한 상황이 닥치면 늘 그렇듯이 인간들은 필요 이상의 공포에 사로잡혀 비명부터 내지르면서 우왕좌왕한다. 덩달아 고양이들과 개들도 눈을 휘둥그렇게 뜨고 울음소리를 낸다. 공포가 공포를 부르는 악순환이 시작되고 있다. 더러 상반되는 대응 지침이 내려오자 사람들은 어쩔 줄을 몰라 한다. 스피커에서는 똑같은 경고 방송이 반복적으로 흘러나온다.

〈화재 발생!〉

난 그게 사랑이든 공포든 감정에 휘둘리는 고양이가 아니다. 감정은 냉철한 사고와 판단을 가로막지.

상황을 파악하기 위해 차분한 걸음으로 5층까지 내려간다. 건물 외부를 비추는 감시 카메라 화면들을 살펴보니 쥐 떼가 종이와 나무를 들고 우리 타워로 몰려들고 있다. 그런데 타워 앞에 도착해서는 지하 통풍구로 기어 들어가는 게 아닌가.

로망 웰즈가 즉시 내 궁금증을 풀어 준다.

「프리덤 타워에는 지하 5층까지 주차장이 있어. 지하 주차장은 환기 시설과 하수구를 통해 쥐들이 드나들 수 있기 때문에 사실상 방어가 불가능해. 수많은 구멍을 일일이 다 찾아내 막을 수는 없으니까. 적들이 그런 점을 간파하고 지하 주차장에 인화성 물질을 쌓아 불을 지르려는 거야. 타워 밑을 불구덩이로 만들어 건물을 쓰러뜨리려는 심산인 거지.」

「그게 가능할까요?」

「글쎄. 인화성 물질의 양에 따라 다르지 않을까. 쥐들이 큰불을 내 오랫동안 타게 할 수 있다면 불가능할 것도 없겠지. 센 불을 견디다 못해 건물 골조가 약해지면 결국에는 무너질 수도 있어…….」

내가 염려했던 게 바로 이거야.

실뱅이 설명을 보탠다.

「화면을 보면 화재 진화 시스템은 분명히 작동하는데 물이 모자라 살수가 제대로 이루어지지 않고 있어. 지하 층들에 연기가 점점 들어차는데 배출 장치도 가동되지 않고.」

「그럼 이제 어떻게 되는 거예요?」

갑자기 펑 하고 거대한 폭발음이 들린다. 스크린 하나에 지하 주차장의 폭발 장면이 잡힌다.

「아직도 주차장에 주차된 자동차들의 연료 탱크가 폭발하는 모양이야.」

불길이 약해지지 않게 유지하려고 쉴 새 없이 종이와 나무를 물어 나르는 쥐들의 모습이 다른 스크린에 잡힌다. 벌써 건물 내부로 연기가 유입되고 있다.

물의 형벌에 이어 불의 형벌이라. 이번 생은 참 고단한 생이다.

소방 업무를 담당한 인간들이 동분서주하며 불을 끄

려 애쓰지만 물탱크가 비어 있어 뾰족한 수가 없다. 그랜
트 장군이 부하들을 2층으로 내려보내 나무를 물어 나르
는 쥐 떼를 향해 기관총을 난사하게 해보지만, 탄약보다
쥐들의 숫자가 압도적으로 많아 한 마리가 쓰러지면 세
마리가 더 타워 앞에 도착한다.

안젤로가 겁을 먹었는지 나한테 몸을 바짝 붙여 앉
는다.

「저놈들을 어떻게 막아요?」

이때 천장 환기 장치에서 시커먼 구름 같은 연기가 내
려와 방 안에 퍼진다.

나는 아들에게 침착하게 사실대로 말해 준다.

「불이 모든 걸 집어삼키는 건 이제 시간문제야.」

곁에 있던 나탈리가 몸을 소스라치며 한마디 한다.

「예전에 세계 무역 센터의 쌍둥이 빌딩이 무너지는 장
면을 촬영한 비디오를 본 게 지금 생각나. 건물의 금속
몰딩이 녹아내린 게 붕괴의 원인이었다는 거야. 비행기
연료인 케로신이 일으키는 열의 강도는 당연히 시금 같
은 일반적인 화재와는 비교가 안 되게 높았겠지.」

타워 전체에 연기가 퍼지자 사람들이 할 수 있는 선택
은 104층 위에 있는 테라스로 도망치는 것뿐이다.

검은 연기가 건물 외벽을 타고 올라와도 아직 테라스

에서는 숨을 쉬기에 큰 문제가 없다.

소방관들이 소방 호스를 펼쳐 불길을 잡으려고 애를 써보지만 물이 한 방울도 나오지 않는다. 반면 인화성 물질을 앞발에 움켜쥔 쥐들은 끝없이 지하 주차장으로 밀려들어 온다.

나는 건물 아래쪽 상황이 궁금해 뒷다리로 발돋움을 하고 몸을 앞으로 숙인다. 타워 하층부는 노란 불길에 휩싸여 이미 잘 보이지 않는다. 자동차 연료 탱크가 폭발하면서 내는 굉음이 갈수록 잦아진다. 이미 건물 1층의 온도는 살아서 견딜 수 없을 정도로 높아지지 않았을까.

피타고라스라면 이럴 때 어떻게 대처했을까?

옛 연인의 지혜가 어느 때보다 절실한데 그는 세상에 없다.

나는 자연스럽게 또 하나의 존재를 떠올린다. 지혜의 보고인 우리 엄마. 엄마는 입버릇처럼 말했었지. 〈살면서 난관에 맞닥뜨렸을 때 취할 수 있는 태도는 세 가지란다. 첫째, 맞서 싸우거나, 둘째, 아무것도 하지 않거나, 셋째, 도망치거나.〉

불을 지르는 쥐 떼와 맞서 싸우는 건 지금 상황에서는 불가능에 가깝다. 그렇다고 아무것도 하지 않는다면 우리가 느끼는 공포는 극에 달할 것이다. 여기서 도망치려면 다른 타워로 옮겨 가야 하는데, 쥐들이 쫓아와 불을 지를 게 뻔하다.

지금 프리덤 타워에서 나가는 건 자살행위나 다름없다.

세 가지 방법 중 어느 하나도 현실성이 없다면, 네 번째 방법을 만들어 내는 수밖에. 나는 이 행성에 도움을 요청하기로, 지구에 접속해 보기로 한다.

바닥에 앉아 꼬리를 뒤로 빼고 가부좌를 튼다. 눈을 감고 천천히 숨을 들이마시자 나의 정신이 감지된다. 뇌 한가운데 은빛 공 모양으로 떠 있는 나의 정신. 나는 이것이 뼈와 살로 이루어진 벽을 뚫고 하늘로 날아오르게 한다. 정신의 눈에 내 육체의 모습이 시각화되어 보인다. 공포에 질린 인간들 사이에서 내가 가부좌를 틀고 미동도 없이 앉아 있다.

나는 저들보다 강하다. 정신을 스스로 제어하기 때문이다.

내 정신이 계속 하늘로 올라간다. 저 밑으로 프리덤 타워가 보인다. 쥐 떼가 종대를 지어 몰려오고 있다. 이제 맨해튼을 위에서 내려다본다. 아메리카 대륙이 밑에 펼쳐져 있다. 그다음은 지구. 언젠가 위성 사진으로 봤던 그 행성이 내 밑에 있다.

내 정신의 눈에 지구가 포착되는 순간 나는 분명한 메시지를 보낸다.

지구여, 우리를 구하소서.

지구와 직접 소통하며 이렇게 기도를 올리기는 난생처음이다.

가이아여, 구름으로 하여금 비를 뿌리게 하소서.

비가 오기는커녕 바람만 더 거세진다. 강한 바람 때문에 불길이 갈수록 사나워진다. 시커먼 연기가 타워 꼭대기까지 치솟는다.

기도의 범위를 너무 좁혔나.

가이아가 아니라 전 우주를 향해 메시지를 보내 보자.

예전에 엄마가 말했었지. 〈네 기도에 우주가 보내는 응답은 셋 중 하나란다. 첫째, 들어주마. 둘째, 조금 기다려라. 셋째, 더 좋은 일이 일어날 테니 기대하거라.〉

일단 기다려 본다.

속이 타들어 간다.

우주가 주는 가장 흔한 응답이 두 번째 응답이라지. 그런데 난 지금 기다릴 여유가 없다.

바람이 털을 헝클고 지나가자 짜증이 불끈 솟는다.

아냐, 이러면 안 돼, 차분해져야 해, 차분해지자.

아래를 내려다보니 불길이 점차 위쪽으로 번지고 있

다. 기다림의 시간이 억겁으로 느껴진다. 어느 순간 바람이 약해지는 게 느껴지더니 바람기가 완전히 사라진다. 굼실굼실하던 털도 차분히 가라앉는다.

「우주여, 제가 이 행성을 통치하게 되길 바라신다면 지금 저를 구해 주소서!」

내가 조금이라도 여신이 될 싹수가 있다면 세상의 흐름을 바꿀 수 있어야 하지 않을까?

별안간 하늘이 어두워진다. 번개가 번쩍하면서 와지끈 벼락이 친다. 다시 대낮처럼 환해진 하늘에서 내 뺨 위로 물방울이 하나 떨어진다.

물이 이렇게 반가울 줄은 몰랐어.

하, 내가 우주의 원소들을 마음대로 부릴 수 있는 능력을 가졌구나! 그런데 그동안 〈평범한〉 고양이인 줄 알고 기껏 여왕의 자리나 탐했으니. 내가 얼마나 위대한 일을 도모할 수 있는지 몰랐어!

인간과 고양이와 개의 울음소리와 탄식이 그친다. 놀라움은 환희로 바뀐다. 고양이들은 옥타브를 높여 야옹거리고 개들은 목을 젖히고 하늘을 향해 컹컹 짖어 댄다. 내 기도가 하늘에 닿아 먹구름을 찢어 버렸다는 걸 직감한 모양이다.

빗줄기가 거세지자 소방관들이 본격적인 진화에 나

선다.

물탱크들이 채워지고, 소방 호스를 탱크에 연결해 불길을 잡는다.

쥐 떼의 공격은 주춤해진 듯 보인다. 비에 젖은 종이와 나무에 불을 붙이는 게 불가능하다는 걸 알았을 테지.

장대비가 내리꽂힌다.

세찬 빗소리에 환호성과 야옹 소리와 컹컹 소리가 뒤섞인다.

나는 젖 먹던 힘까지 짜내 야옹야옹 운다. 이 구원의 폭우를 일으킨 건 바로 나, 바스테트라는 사실을 만천하에 고하기 위해서.

다시 하늘이 번쩍하더니 긴 줄이 그어진다. 머리 위가 대낮처럼 환해진다.

이게 바로 나라는 존재야. 누가 도발해 오면 하늘에서 벼락이 치게 만들지.

순간 아이디어 하나가 퍼뜩 떠오른다. 필경사에게 받아 적게 할 내 고양이 성경의 「창세기」 첫 장을 이렇게 열어 보면 어떨까…….

24

고양이 성경 「창세기」

〈태초에 공허함만이 있었다.

우주님께서 보시기에 충분하지 않았다.

우주님께서 번쩍 번개를 쳐 비를 내리게 하자, 하늘과 땅과 바다가 창조되었다.

이것은 우주님께서 보시기에 좋았다.

하지만 여전히 우주님께서 보시기에 충분하지는 않았는데, 움직임이 없었기 때문이다.

그러자 다시 우주님께서 번개를 치고 벼락을 내려 세상을 환히 비추자, 고양이가 창조되었다.

이것은 우주님께서 보시기에 더 좋았다.

그런데 고양이들이 배가 고팠다.

그러자 우주님께서 고양이들의 배를 채워 주기 위해 하늘에는 새를, 땅에는 쥐를, 바다에는 물고기를 창조해 번성하게 하셨다.

고양이들의 먹이는 맛이 좋았지만, 여전히 우주님께서 보시기에 충분하지는 않았다. 우주님께서는 힘들게 먹이를 구하고 비를 피해 다니는 고양이들을 긍휼히 여기셨다.

그래서 우주님께서는 고양이를 위해 인간을 창조하기로 하셨다. 인간에게는 관절 달린 다섯 개의 손가락이 붙은 손을 만들어 주어 고양이가 필요할 때 즉시 음식과 잠자리를 제공하도록 만드셨다.

이로써 비로소 인간 문명이 탄생했다. 우주님께서는 인간 문명에 장차 다가올 고양이 세계의 도래를 준비하는 역할을, 그것만을 맡기셨다.〉

『상대적이며 절대적인 지식의 백과사전』제14권

25

제안

완벽하다.

고양이 성경의 첫머리가 정해지고 나니 한결 마음이
편안하다. 비로소 모든 것이 설명되고 제자리를 찾은 느
낌이다. 나탈리 말이 맞았어. 우리 고양이만의 「창세기」
를 써야 해.

맵고 독한 연기가 비에 씻겨 사라지자 사람들의 눈빛
에 가득했던 공포도 걷히기 시작한다.

나는 이때다 싶어 결연한 자세로 집사의 어깨 위로 도
약한다. 좌중에게 할 말이 있으니 어서 연단으로 올라가
라고 그녀에게 명령한다.

102인의 부족 대표단이 아까와는 달라진 진지한 얼굴
로 나를 올려다본다.

절차와 형식에 낭비하는 시간이 얼마나 아까운지 모

르는 사람들이야.

나는 정색을 하고 좌중을 뚫어지게 바라본다. 내 말이 실시간으로 통역되어 대표단에 전해지기 시작한다.

「다들 보셨죠, 제 경고대로 실제로 불을 사용한 공격이 일어났습니다. 그리고 이미 말씀드린 대로 저한테는 이 사태를 해결할 복안이 있습니다. 적의 수뇌부를 타격하는 것이죠. 놈들의 우두머리 둘을 동시에 제거하는 겁니다. 하지만 이 작전의 구체적인 실행 방법을 설명해 드리기에 앞서 저의 소망부터 하나 말씀드리려 합니다. 저는 이 총회에 하나의 부족이 추가되어야 한다고 생각합니다. 바로 제 부족, 고양이 부족 말이죠. 여러분께서 이 고결한 총회 자리에 고양이 종의 의견을 대변하는 공식 대표자를 받아 주시면 제가 쥐들의 사령관들을 제거할 계획을 소상히 밝히겠습니다.」

「농담이죠?」 힐러리 클린턴이 말을 잇지 못한다. 「당신들은…… 동물이에요. 동물에 〈불과〉해요!」

「그런가요? 당신들도 인간에 〈불과〉하죠.」

「그럴지도 모르죠. 하지만 여긴 인간들의 총회 자리예요. 원한다면 동물들의 총회를 따로 만들어 보는 게 어때요?」

이 양반, 더는 못 봐주겠어.

이내 대표들 사이에 참새 떼처럼 요란한 토론이 시작된다.

〈감히 고양이 주제에 무슨!〉〈오래 살다 보니 별꼴을 다 보겠네. 우리와 맞먹으려는 걸로 모자라 부족 대표 자격을 요구하다니.〉〈결국 고양이가 우리와 동등한 투표권을 갖겠다는 거 아니냐고!〉

나는 장내가 차분해지길 기다렸다 발언을 이어 간다.

「지금이 이런 싸움이나 하며 시간을 허비할 때입니까? 불과 몇십 분 전만 해도 여러분은 화마가 덮치길 기다리며 공포에 떨었어요. 그걸 제가 굳이 다시 상기시켜야 하나요?」

「그건 그렇지만 당신이 우리 목숨을 구한 건 아니잖소! 이렇게 다들 살아 있는 건 우리가 한 기도 덕분이에요.」 모르몬교 대표가 끼어든다.

「정말 그럴까요? 내 야옹 소리 직후에 벼락이 떨어지는 걸 못 봤어요?」

이번엔 대표들이 대놓고 나를 비웃고 조롱하기 시작한다.

하는 수 없지. 아직은 때가 아니야. 내가 장차 자신들의 여왕이 될 거라는 말은 하지 말아야겠어. 저들은 여전히 낡은 사고 체계에 갇혀 있어.

이때 회의장 뒤쪽에 앉아 지켜보던 로망 웰즈가 자리에서 일어나더니 연단 위로 걸어 올라와 내 옆에 선다. 그가 마이크를 잡는다.

「바스테트가 부족 대표가 되지 못할 이유가 대체 뭡니까? 내가 아는 그녀는 여러 번 영웅의 면모를 보여 주었어요. 프랑스에서 우리는 바스테트의 창의적인 아이디어 덕분에 숱한 위기를 넘겼어요. 바스테트는 평범한 고양이가 아닙니다. 제3의 눈이 달려 있어 이렇게 우리와 소통도 가능해요. 게다가 인간 세계에 대한 지식을 섭렵해 역사와 기술에 대해 여느 인간 못지않은 식견을 갖췄죠. 어디 그뿐인가요, 바스테트는 그녀 스스로 밝혔듯이 우리 중 유일하게 쥐들의 왕 티무르를 잘 알고 있어요. 지금 우리의 가장 무서운 적은 바로 이 티무르라는 걸 아셔야 합니다.」

이번에는 로망을 향해 거친 휘파람과 야유가 날아든다.

「고양이가 우리 토론에 참여하고 투표권을 행사하는 꼴은 난 눈 뜨고 못 봐요!」백인 우월주의자 대표가 팔을 치켜들며 언성을 높인다. 「이미 너무 많은 이들을, 개중에는 우수하지도 않은 자들까지 받아들였어요. 더 이상의 추가는 안 됩니다.」

「그건 우리를 겨냥한 말입니까?」흑인 공동체 대표의

얼굴이 붉으락푸르락 달아오른다.

「우리를 이야기하는 거예요?」 히스패닉 대표도 흥분을 감추지 못한다.

다시 회의장이 시끄러워진다. 대표단은 내 존재를 까맣게 잊은 채 자기들끼리 인종과 종교 문제를 두고 옥신각신한다.

아, 인간들을 어쩐다! 이럴 땐 자멸을 자초하는 인간들을 위해 내 소중한 시간을 낭비하고 있다는 기분이 들어.

로망 웰즈는 전혀 동요하는 기색이 없다. 그가 마이크 볼륨을 높여 하울링을 일으킨다. 삑 하고 고막을 찢는 소리가 나자 즉각적인 효과가 나타난다. 장내가 순식간에 조용해지더니 사람들이 연단으로 시선을 집중한다.

「우리가 바스테트의 요구를 들어줘야 하는 이유는 이 고양이만이 해결의 열쇠를 쥐고 있기 때문이에요.」

「고양이가 쥐들의 두 왕을 암살하겠다고 했지만 그건 여러모로 불가능한 일이오. 내가 제안했던 핵폭탄 방식이 훨씬 현실적이니 그걸로 갑시다.」 그랜트 장군이 끼어든다.

나는 즉시 로망에게 마이크를 넘겨받아 말한다.

「그렇지 않아요. 제 계획은 얼마든지 실행 가능합니다. 구체적인 방법을 설명해 드릴 수 있어요. 단, 저한테 공식적인 자리를 약속한다는 보장부터 받아야 해요. 여러분이 저를 대표단의 일원으로 받아 주지도 않는데 굳이 제가 나서서 여러분 목숨을 구해 줄 이유는 없죠…….」

철저히 협상 자세로 임해야겠어. 절대 공짜는 없다는 걸 저들에게 가르쳐 줄 거야. 저들은 관대함도 미래에 대한 전망도 없는 존재들이야. 그저 지금 가진 걸 잃을까 봐 전전긍긍하며 두려움에 떨지. 그러니 위축될 수밖에.

회의장이 다시 싸움판으로 변할 것을 염려한 힐러리 클린턴이 급히 마이크를 잡는다.

「투표에 부친다고 손해 볼 건 없지 않겠습니까? 어쨌든 민주적 절차를 거쳐 다수결로 결정하게 될 테니까요.」

「잠깐만요.」로망 웰즈가 다시 발언대에 선다.「투표에 들어가기 전에 한 가지 여러분이 아셔야 할 게 있어요. 우리가 적들의 불 공격을 막아 낼 수 있었던 건 때마침 기적 같은 비가 내린 덕분이에요. 그런데 보다시피…… 곧 비가 그치고 날이 갤 것 같아요. 그러면 쥐 군단이 즉각 공격을 재개해 올 게 분명해요. 과연 누가 그들을 막을 수 있을까요? 바스테트는 적장들을 암살할 구체적인 계획을 가지고 있습니다. 그리고 제가 아는 한 티무르는 대체 불가능한 지휘관이에요. 바스테트처럼 제3의 눈을 가지고 있기 때문이죠. 그런 그가 죽는다면 적군은 회복

불가능한 타격을 입으리라 확신합니다.」

대표들이 논평을 쏟아 내기 시작한다.

힐러리 클린턴이 연설대 위의 유리컵을 집어 들고 볼
펜으로 쳐서 소리를 낸다.

「어쨌든 투표에 들어가기로 하죠. 현 상황에서 어차피
우리로선 크게 잃을 게 없어요.」

의장이 갑자기 발언을 멈추더니 내 쪽을 돌아본다.

「저기, 그냥 궁금해서 실례를 무릅쓰고 물어볼게요, 기
분 나쁘게 할 의도는 없어요. 혹시 족보가 있는 품종묘인
가요?」

「아니요, 난 지붕 고양이[7]예요. 이 사실을 자랑스럽게
여기죠. 인간 작가 중에 〈잘 태어난 영혼의 가치는 족보
의 길이로 판단할 수 없다〉[8] 뭐 이 비슷한 얘기를 한 사람
이 있는 걸로 기억해요.」

「그러니까 당신은…….」

그 입에서 어떤 저급한 표현이 튀어나올지 나는 알지.

「〈잡종〉이라고 말하고 싶은 거죠? 맞아요, 난 잡종이

7 chat de gouttière. 직역하면 물받이 고양이라는 뜻. 프랑스인들이
품종묘가 아닌 고양이, 주로 길고양이를 부르는 이름인데, 그런 고양이들
이 주로 지붕 물받이에서 새끼를 낳는다고 하여 이렇게 부른다.
8 피에르 코르네유의 희곡에 나오는 〈잘 태어난 영혼의 가치는 지나
간 해의 숫자로 판단할 수 없다〉라는 구절을 의미하는 것.

에요. 그 사실 앞에 난 당당해요. 무슨 문제라도 있나요?」

「아니, 단순히 궁금해서요. 우리 집에 순혈 버마고양이 가 한 마리 있는데, 아주 비싸게 주고 샀죠. 당신이 족보 가 있는 고양이라는 사실을 알면 혹시 투표에 영향을 받 을 사람이 이 중에 있을지 몰라 확인차 물어본 거예요.」

내가 잘못 들은 건 아니지? 이런 중차대한 순간에 헛 소리로 열받게 하네! 인종으로 상대를 판단하는 못된 버 릇을 버리지 못한 인간들이니 지금처럼 분열된 모습을 보이는 것도 놀라운 일은 아니야. 그러니 절체절명의 위 급 상황에서도 쓸데없는 것에 집착해 시간 낭비나 하는 거겠지. 난 잡종이지만 한 번도 이 사실을 부끄럽게 여긴 적이 없어. 흥, 버마고양이? 순수 혈통을 얻으려고 인간 들이 마구잡이로 근친 교배를 해대는 바람에 퇴화를 불 러왔다는 걸 알기나 하고 하는 소리야?

나는 하고 싶은 말을 꾹 참는다.

「저한테는 이 위기를 해결할 계획이 있어요. 그것으로 여러분을 설득할 자신이 있어요. 하지만 우선 저를 여러 분과 동등하게 대표단의 구성원으로 받아 주셔야 해요. 저를 열등한 존재로 여기는 사람들의 목숨을 구해 줘야 할 이유는 없어 보이니까.」

한 방 먹은 인간들이 말이 없자, 나는 쐐기를 박듯 덧붙인다.

「누군가 다른 해결책을 가진 분이 계시면 말씀해 주세요. 기꺼이 듣겠습니다.」

한 방 더. 궁지에 몰린 상황에서 이런 식으로 분위기를 역전시킬 때 얼마나 짜릿한지.

힐러리 클린턴이 나한테서 마이크를 넘겨받으며 말한다.

「자, 마담 〈바스-테트〉[9]가 자신의 부족, 다시 말해 고양이 부족을 대표해 우리 총회에 합류하는 걸 허용하는 분은 손을 들어 주세요. 이 안이 통과되면 우리는 기존의 102개 부족에서 103개 부족으로 늘어나게 될 것이며, 앞으로 개최될 모든 총회에서 그녀가 투표권을 행사하게 될 것입니다.」

첫 번째 손이 높이 올라온다. 성질 급한 말이 나를 바라보며 씩 웃는다. 손 세 개가 더 따라 올라온다.

102명 가운데 단 4명만 찬성이란 말이야?

대표단이 동요하는 분위기가 감지된다. 그들이 서로 의미심장한 눈빛을 교환하고 있다.

속으로 이런 소리들을 하고 있겠지. 〈말도 안 돼, 고양

---

9 이집트 여신의 이름이자 주인공의 이름인 〈바스테트Bastet〉와 멍청한 혹은 저급한 머리를 뜻하는 〈바스-테트Basse-Tête〉는 발음이 같다.

이한테 찬성표를 던질 수야 없지!〉〈동물 주제에.〉〈**분수를 알아야지!**〉

내가 동물에 불과할지는 모르지만, 저들이 부닥친 문제가 바로 동물의 문제가 아닌가.

손 몇 개가 추가로 올라온다. 잠시 후, 더 이상 표에 변화가 없다고 판단한 의장이 손의 숫자를 세기 시작한다.

8표.

내가 졌다.

인간들의 총회라는 의식은 틀을 깨는 결정을 발목 잡는 시스템이다.

다들 내 반응을 기다리는 눈치라, 나는 다시 마이크 앞에 선다.

「누군가 양보해야만 하는 상황이니 제가 양보할 수밖에 없겠네요. 아무리 대표단이라 해도 고작 1백여 명의 이랬다저랬다 하는 정치적 판단에 지금 같은 중차대한 문제의 결정을 맡길 수는 없으니까요. 여러분께 먼저 제 계획을 설명할게요. 이미 말씀드렸다시피 적에게는 아주 뛰어난 우두머리가 둘이나 있습니다. 알 카포네는 이디스 골드스타인이 개발한 바이러스에 동족들을 적응시킬 방법을 찾은 놈이고, 티무르는 불을 위시한 다수의 인간 기술에 대한 고도의 지식을 갖춘 놈이죠. 티무르가 어떤 짓을 벌였는지는 여러분도 잘 알고 있을 겁니다.」

대표단이 내 말에 집중하는 게 느껴진다.

「그래서 여러분께 놈들의 암살을 제안드리는 겁니다. 작전 수행은 위험을 감수하고 제가 직접 맡겠습니다. 제가 작전에 성공해 살아 돌아오면 그때는 즉시 103번째 고양이 부족의 대표로서 이 총회에 받아 주실 것을 요청합니다.」

이번 제안은 모두가 진지하게 받아들이는 눈치다.

「직접 암살을 시도하겠단 말입니까?」 그랜트 장군이 눈을 휘둥그렇게 뜬다.

「다른 뾰족한 수가 없어 보이는데요.」

좌중이 술렁이기 시작한다. 지금이 내가 주도권을 잡을 절호의 기회야.

「작전 실행 방안은 구상해 놓았습니까?」

「말씀드리죠. 우리는 두 왕의 소재를 알고 있습니다. 바로 자유의 여신상 받침대 속이죠. 거기를 직접 타격할 계획이에요.」

내가 결정적인 한 방을 날린다.

「전 여기 있는 로망 웰즈의 도움을 받아 특공 작전을 수행한 경험이 있어요. 인간 광신주의자들을 상대로 야간 기습 공격을 감행해 목표를 달성했죠.」

「그건 제가 증명할 수 있어요.」로망이 거든다.

「이번에는 저들 본거지에 있는 쥐들의 숫자가 너무 많아 좀 더 신중하게 작전을 수행할 필요가 있습니다. 인간 없이 저 혼자 작전을 펼칠 생각이에요. 쥐들은 멀리서 냄새만 맡아도 금방 인간들의 존재를 알아차리죠. 이런 말씀드리기 뭣하지만 인간들한테서는 여간 냄새가 나는 게 아니에요. 공포에 떨 때는 냄새가 더 심해지죠.」

「거기까지는 어떻게 갈 생각인가요?」힐러리 클린턴이 관심을 표명한다.

「드론을 타고 가려고 합니다. 제가 온 월드 파이낸셜 센터보다 이곳 프리덤 타워에 훨씬 큰 드론들이 있는 걸 눈여겨봤어요. 무거운 짐도 나를 수 있을 것 같던데, 혹시 당신들이 가진 대형 드론이 고양이도 들어 올릴 수 있을까요?」

실뱅이 드론 전문가답게 상세한 답변을 한다.

「월드 파이낸셜 센터에 있는 드론들은 인터넷 쇼핑몰의 물건을 배송하는 택배용 드론으로, 주로 책을 배달하는 데 사용됐을 거예요. 반면 우리 타워에서 보유한 드론들은 42층에 위치한 방송사의 촬영용 카메라를 나르는 용도로 쓰였죠. 4.5킬로그램까지 하중을 견디게 제작됐어요. 고양이 몸무게가 보통 얼마죠?」

이디스가 얼른 인간용 체중계 하나를 구해 들고 온다. 내가 위에 올라가 서자 그녀가 큰 소리로 사람들을 향해 말한다.

「3.8킬로그램.」

「좋아요. 제 아이디어는 이거예요. 일단 여기 있는 로망 웰즈에게 드론을 무선 조종할 수 있는 블루투스 장치를 부착해 달라고 할 겁니다. 제가 위에 타서 직접 조종할 생각이에요. 로망이 해줄 수 있으리라 믿어요.」

곁에 있던 로망이 고개를 끄덕인다.

「그렇게 되면 제가 비행기 파일럿처럼 드론을 조종할 수 있겠죠. 탑승할 때는 드론 위쪽 가장 평평한 곳에 납작 엎드린 다음 가죽끈 같은 걸로 허리를 단단히 묶어 떨어지지 않게 할 생각이에요. 나탈리, 나를 끈으로 드론에 묶어 줄 수 있죠?」

「물론이지.」

내 입에서 이렇게 정확하고 상세한 기술적 내용이 나올 줄은 몰랐을 테니 다들 놀랐을 거야. 내가 매사에 완벽을 추구한다는 걸 이제 깨달았겠지.

「그렇게 드론을 타고 바다 위를 날아 밤에 적진에 도착하면 쥐들은 잠들어 있을 거예요. 그 틈을 타 받침대 속으로 들어가 왕들의 거처를 찾아낸 다음…… 그 자리

272

에서 숨통을 끊어 놓는 거죠.」

확실히 나를 바라보는 대표단의 시선이 달라져 있다.

「나는 그 작전이 성공할 가능성이 전혀 없다고 생각해
요.」 갑자기 힐러리 클린턴이 끼어들어 재를 뿌린다.

아니, 왜 또 이러시나?

「당신 제안을 다각도로 검토해 보고 내가 내린 결론은,
고양이 한 마리가 자유의 여신상 받침대 속, 그것도 쥐
수천 마리가 우글거리는 곳에 잠입해 들어가 왕들의 거
처를 찾아내 제거한 다음 다시 무사히 빠져나올 가능성
은 아주 희박하다는 거예요. 아니, 애초에 불가능한 일이
에요.」

그랜트 장군이 고개를 끄덕이며 동감을 표하더니 말
끝을 단다.

「이 작전이 반드시 필요하다면 군인들이 작전 수행의
주체가 되어야 한다고 봅니다. 연막탄과 수류탄, 기관총
같은 무기를 투입해야죠. 솔직히 지금으로서는 어떤 방
법으로 적진에 접근해야 하는지 모르겠습니다. 하지만
며칠 기다려 주시면 효과적인 작전을 펼칠 수 있는 특공
대를 조직하겠습니다.」

「우리는 〈며칠〉 기다릴 시간이 없어요.」 내가 즉각 반
박하고 나선다. 「비가 그쳐 적들이 다시 타워로 몰려와

불을 지르기 전에 한시라도 빨리 작전에 돌입하지 않으면 안 됩니다. 오늘 밤이 작전 개시에 가장 이상적인 시간으로 보여요.」

난데없이 나탈리가 소리를 지른다.

「안 돼!」

집사가 왜 이러는 거지?

「그건 안 돼! 너 혼자 적진에 보낼 순 없어.」

살다 보면 내 편이라고 믿었던 상대한테 이렇게 뒤통수를 얻어맞기도 한다니까.

나는 짜증을 참으며 대답한다.

「안 되긴 뭐가 안 돼요. 난 할 수 있어요.」

「안 돼. 너무 위험해. 성공 가능성이 거의 없어. 생각해 봐, 바스테트, 프랑스에서는 네 곁에 로망이 있었어.」

왜 다들 내 발목을 잡지 못해 난리야?

「정 인간과 함께 가는 게 싫으면 다른 고양이라도 한 마리 데려가는 걸 생각해 봐.」

나는 회의장에 와 있는 고양이들을 바라보며 말한다.
야옹.

「이 위험한 임무에 자원할 고양이 있어요?」

「저요.」

바로 등 뒤에서 나는 소리다.

나는 몸을 돌려 누군지 확인한다.

안젤로.

아들의 용기는 가상하지만 그를 이 작전에 데려갈 수는 없다. 까딱하다간 가족의 대가 끊기게 될지도 모르니까. 우리 둘 중 하나는 반드시 살아 있어야 하지 않겠니.

「다른 지원자 없나요?」

긴 침묵이 흐르고 나서 야옹 하는 소리가 들린다.

「내가 갈게. 몸은 내가 아마 너보다 가벼울걸.」

내가 허락도 하기 전에 에스메랄다가 앞으로 걸어 나오더니 체중계에 올라간다.

나탈리가 숫자를 확인하고 알려 준다.

「3.6킬로그램. 드론이 충분히 견딜 수 있는 몸무게야.」

「좋아. 그럼 우리 둘이서 가자.」

「셋이서 가.」

세상에, 이건 또 누구야.

이번엔 부코스키. 어중이떠중이가 다 모이네.

「에스메랄다만 그 위험한 곳에 보낼 순 없어.」

샹폴리옹을 잡아먹은 놈이 별안간 기사도 정신을 흉내 낸다.

샛노란 눈을 가진 검은 암고양이가 녀석의 뺨을 수줍게 핥아 주자 놈이 혀를 쑥 내밀어 연인의 머리를 핥아

275

준다.

기회를 봐서 에스메랄다한테 부코스키가 어떤 죄를 저질렀는지 다시 상기시켜 줘야겠어. 하긴…… 그런다고 뭐가 달라질까. 괜히 인간들이 하는 짓을 따라 하진 말자. 나는 개인 간의 사소한 감정싸움보다 공동체의 대의를 중시하는 지도자니까.

꼴 보기 싫은 아메리칸쇼트헤어가 누가 시키지도 않았는데 벌써 체중계에 올라서 있다.

「4.3킬로그램.」 이번엔 이디스가 숫자를 확인해 준다.

젠장. 간신히 통과했잖아.

「좋아요. 당신이 우릴 설득하는 데 성공했어요.」

힐러리 클린턴은 자신의 말이 청중에게 분명히 전달되도록 마이크 쪽으로 목을 길게 늘인다.

「오늘 밤, 비와 암흑을 틈타 당신들 셋이 드론을 타고 적진에 잠입하는 걸로 결정을 내리죠. 이번 임무에 성공하면 당신들은 103번째 부족의 자격으로 우리 총회의 일원이 될 거예요. 그러한 보상을 받아 마땅한 일이라고 생각해요!」

의장이 집단적 반응을 유도하기 위해 박수를 짝짝짝 치면서 결론을 짓는다.

이 박수 소리 때문일까. 문득 수천 마리의 쥐가 지키고 있는 적장 둘을 죽이러 적진으로 뛰어드는 게 잘못된 선택일지도 모른다는 생각이 들어 나는 몸을 부르르 턴다.

하지만 결정을 번복하는 건 자존심이 허락하지 않는다.

나는 타고 갈 비행체가 준비되기를 기다리는 동안 통유리 창 앞에 서서 비 내리는 뉴욕 시가지를 내려다본다.

심호흡을 하면서 눈을 감는다.

인간이 완성한 가장 아름다운 이미지들을 보면서 자살 특공 임무 수행에 필요한 용기와 자신감을 얻기 위해 ESRAE에 접속한다.

루브르 박물관에 걸린 작품들이 눈앞을 줄지어 지나간다. 「모나리자」, 「메두사호의 뗏목」, 「민중을 이끄는 자유의 여신」, 「바위산의 성모」, 「가나의 혼인 잔치」, 「호라티우스 형제의 맹세」, 「레이스 뜨는 여인」, 「사기꾼」, 「단테의 배」. 나는 순수한 아름다움의 결정체들을 눈으로 감상하면서 귀로는 그에 못지않게 숭고한 마리아 칼라스의 「정결한 여신」을 듣는다.

백과사전에 있는 노래 가사가 자동으로 번역되어 나온다.

정결한 여신이 은빛으로 물들이네,

이 고대의 숭고한 잎사귀들을.

당신의 아름다운 얼굴이 우리를 향하게 하소서,

구름이 걷히고 베일이 걷힌 채.

평화가 땅 위에 퍼지게 하소서,

당신께서 하늘에 임하게 한 그 평화가.

무슨 뜻인지는 잘 몰라도 아무튼 웅장하게 들린다.

멋진 한 편의 시인 게 분명하다.

나는 그림과 음악과 마리아 칼라스의 목소리에 몸을 맡긴다.

인간의 천재성은 얼핏 쓸모없어 보이는 이런 예술을 통해 발현된다고 나는 믿는다.

지금 나 자신에게 동기를 부여하려면 세계에 대한 이런 식의 거시적 관점이 필요하다. 아니, 그런데 내가 왜 동기 부여를 해야 하지? 무엇을 위해서? 자신들과 나를 동등하게 대우해 달라는 제안조차 받아들이지 못하는 편협하고 멍청한 인간들을 구하기 위해 내 목숨을 걸려고?

아무리 생각해도 잘못된 선택을 한 것 같다. 하지만 돌이키기에는 이미 너무 늦었다. 시작을 했으니 끝을 보는 수밖에 없다. 실수를 깨닫는 순간 사람들은 흔히 속도를 줄이거나 브레이크를 밟거나 아예 유턴을 하는 선택을 한다. 그것이 악수(惡手)인지도 모르는 채 말이다. 실수를 저질렀을 때는 끝까지 가봐야 그것이 진짜 실수였음을 통렬히 깨달을 수 있다.

26

실수를 고집하는 기술

〈실수하는 것은 인간적이지만 실수를 고집하는 것은 악마적이다Errare humanum est, perseverare autem diabolicum〉라는 라틴어 격언이 있다. 그런데 악의에 찬 잘못을 저지르고 나서도 끝까지 이를 고집하는 데 있어 장 당리를 따라올 사람이 없어 보인다.

장 당리는 1725년, 프랑스 남동부에서 하녀의 아들로 태어났다. 청년이 된 그는 힘들게 일하지 않고도 부자가 되고 유명해지겠다고 마음먹었다. 스물네 살의 장 당리는 자신의 목표를 위해 구체적인 계획 하나를 세웠다. 루이 15세의 정부였던 마담 퐁파두르를 상대로 가짜 음모를 꾸민 것이다. 그는 실제 폭탄 대신 연극 무대에서 쓰는 폭죽을 넣어 소포를 만든다. 그리고 베르사유로 가서 경찰에게 튀일리 공원에서 수상한 사람들이 하는 얘기를 우연히 엿듣게 됐는데, 이들이 퐁파두르 후작 부인에게 보낼 폭발물이 든 소포를 준비 중이더라고 말했다. 그는 이것이 후작 부인을 향한 테러일지도 모른다고 경찰에 경고했다. 후작 부인이 자신을 생명의 은인으로 여겨 사례할 것으로 기대하고 한 행동이었다.

그런데 그의 예상과 달리 경찰이 이 사건을 진지하게 살펴보기 시작했다. 1749년, 마담 퐁파두르가 해군 대신이던 모르파 백작의 파면을 주도한 후, 그가 후작 부인에게 위협적인 말을 남기고 왕궁을 떠난 뒤였기 때문이다. 수사가 시작되고 경찰은 당리를 신문했다. 그는 자신의 존재를 부각하기 위해 일부러 음모의 심각성을 부풀려 말했다. 경찰은 장 당리에게서 받은 진술서의 필체가 소포에 적힌 필체와 동일한 것을 발견하고 그를 추궁하기 시작했다. 결국 그는 자신이 후작 부인의 총애를 받고 싶어 꾸민 일이라고 자백했다. 루이 15세에게 이 내용이 전달되자 왕은 당리가 보기보다 위험한 인물이라고 판단해 바스티유 감옥에 감금할 것을 명령한다.

감옥에서도 장 당리는 매일 퐁파두르 부인에게 감옥의 부실한 식사와 불결한 위생 상태, 〈나쁜 분위기〉를 불평하는 내용의 편지를 보낸다. 결국 퐁파두르 부인은 그를 뱅센 감옥으로 이송하라고 지시한다. 이감 후에도 그의 불평은 그치지 않는다. 그는 결국 불만을 품고 탈옥을 감행한다. 그는 속옷 가게 점원인 애인의 집에 은신한 후 급히 퐁파두르 부인에게 서신을 보내 자신이 겪는 부당함을 해결해 달라고 요청한다. 하지만 편지에서 주소를 언급하는 바람에 경찰에 체포되고 만다.

장 당리는 다시 바스티유 감옥에 수감된다. 하지만 포기하지 않고 계속 퐁파두르 부인에게 편지를 써 억울함을 호소하면서 즉시 개입해 문제를 처리해 달라고 요청한다. 종이와 잉크를 압수당한 뒤에는 셔츠에다 자신의 피를 찍어 편지를 쓴다.

후작 부인에게서 응답도 사과도 오지 않는 것을 괘씸하게 여긴 그는 다시 탈옥을 시도한다. 그는 암스테르담으로 도망쳐 퐁파두르 부인에게 욕설로 가득한 편지를 보내는데, 역시 자신의 새로운 주소를 알려 주는 바람에 네덜란드 경찰에 체포되었다가 결국 프랑스로 송환된다.

이번에 그는 사슬에 묶인 채 끔찍한 바스티유 감옥 지하 독방에 수감된다. 그는 쥐를 한 마리 길들여 다른 쥐들의 접근을 막으면서, 힘든 수감 생활을 하는 중에도 빵의 속살을 뜯어 종이처럼 납작하게 만든 다음 생선 가시를 자신의 피에 찍어 글을 쓰기 시작한다. 그는 감옥 개혁의 필요성을 주장하는 논문을 집필한다. 그의 집요함에 감탄한 사제가 종이와 펜과 잉크를 가져다주자 장 달리는 세제 개혁을 다룬 또 다른 논문을 완성한다.

1759년, 그는 10년간의 지하 독방 생활을 마치고 일반 수감실로 복귀한다. 그는 퐁파두르 부인의 새장에 넣을 멧비둘기 한 쌍을 길들이기 시작한다. 하지만 그녀가 이미 사망했음을 알게 되자 즉각적인 석방은 물론이고, 인생의 가장 찬란한 시기를 빼앗겼으니 자신에게 10만 파운드의 배상금을 지급해야 한다고 요구한다. 아무도 자신의 요청을 진지하게 받아 주지 않자 또다시 안개를 틈타 감옥을 탈출한 뒤 애인의 집에 몸을 숨긴다.

장 당리는 손해 배상을 요구하는 서신을 내무 대신에게 보낸다. 내무 대신이 직접 경찰에 출두해 입장을 밝히라고 하자, 곧이곧대로 받아들여 경찰서에 갔다가 당연히 체포되고 만다.

그는 이전에 복역한 적이 있는 뱅센 감옥으로 보내져 지하 독방에서 사슬로 몸이 묶인 채 수감 생활을 시작한다. 루이 16세의 국무 대신 말셰르브가 그의 끈기에 감탄해 석방시켜 주자 장 당리는 귀족들 앞에서 부당함을 호소하기 위해 즉시 베르사유를 찾아간다. 하지만 또다시 체포돼 수감된다.

그는 이번에는 왕비 마리 앙투아네트에게 서신을 보

낸다. 그의 딱한 사정을 접한 왕비는 석방을 명령한다. 루이 16세는 부당한 투옥을 배상하는 차원에서 연금을 지급한다.

1789년, 프랑스 혁명이 발발하자 장 당리는 자신이 군주제 하에서 저질러진 만행의 최대 피해자라고 주장하며 의회에 연금 지급을 요구했고, 결국 받아 낸다. 그러고 나서 퐁파두르 후작 부인의 상속자들을 상대로 소송을 벌인 끝에 승소해 막대한 돈을 손에 쥐게 된다. 그는 〈라 튀드〉라는 필명으로 자신의 경험담을 기록한 『전제 군주제의 민낯』이라는 책을 출간한다. 이 책은 프랑스 혁명의 분위기 속에서 베스트셀러가 된다. 그는 자신의 바람대로 부와 명성을 거머쥐고 살다가 세상을 떠났다.

『상대적이며 절대적인 지식의 백과사전』 제14권

27

미션 임파서블

우리는 비를 뚫고 암흑 속을 날고 있다.

나는 네잎클로버 모양 드론 위에 납작 엎드려 있다. 이파리마다 하나씩 붙은 프로펠러 네 개가 바람을 일으키며 돌아간다.

내 드론과 가느다란 쇠줄로 연결된 드론에는 에스메랄다가 타고 따라온다. 에스메랄다 뒤에 역시 쇠줄로 연결된 드론에는 부코스키가 타고 있다.

저 둘을 좋아하지는 않지만 작전 성공 가능성은 분명히 혼자보다 셋이 높을 거야. 단, 응급 상황이 발생하면 즉시 저 둘을 방패로 삼거나 추격을 따돌리기 위한 미끼로 활용해야겠어.

엄마가 했던 말을 떠올리는 순간 나도 모르게 피식 웃음이 나온다. 〈누군가에게 쫓길 때 중요한 건 추격자보다

빨리 뛰는 게 아니야. 추격자가 너 대신 집중할 수 있는 다른 도망자보다 빨리 뛰는 게 중요한 거지.〉

지금 내 모습을 보면 엄마는 뭐라고 할까.

당연히 자랑스러워할 것이다. 나는 자부심을 느끼며 상체를 일으켜 앞으로 길게 뻗는다. 축축한 밤공기를 한 모금 빨아들인다.

난 할 수 있어.

이 일을 성사시키면 적의 위협이 제거되는 것은 물론 103번째 부족 대표 자격을 놓고 인간들이 더 이상 왈가왈부하는 일이 없어질 거야.

권력을 향한 비상이 시작되는 거지. 나는 총회 의장이 되고, 여왕이 될 거야.

그다음은 황제.

그다음은 예언가.

그리고 마침내 여신.

반대 세력 없이 장기간 통치한 뒤에는 집사 나탈리와 함께 포근하고 따뜻한 깃털 이불에 누워 비 내리는 창밖을 바라보거나 TV로 축구 경기를 보면서 편안한 여생을 보낼 거야.

밖에 비가 올 때 너흰 집에서 뭘 해? 난 라디에이터 옆 따뜻한 곳을 찾아 적당하게 데워진 우유를 마시면서 창밖에서 우는 천둥소리를 들어.

대멸망 전에는 집사 옆에서 TV를 자주 봤어. 축구를 하거나 전쟁을 하는 스크린 속 인간들을 구경했지.

공의 크기만 다를 뿐 축구와 전쟁은 똑같은 거야.[10]

드론이 빗속을 날아 리버티섬으로 향한다.

갑자기 따뜻한 깃털 이불 속이 그립다. 집사한테서는 내가 좋아하는 냄새가 났었다. 라벤더향 향수와 살냄새가 뒤섞여 마음의 긴장을 풀어 줬다. 사실 인간의 강한 체취는 견디기가 쉽지 않다. 하지만 오래 같이 살다 보니 집사의 체취가 은은한 향기처럼 느껴지고, 하나의 후각적 지표가 되었다.

비 오는 날 밖에서 비를 맞는 동물들을 보면 애처로운 마음이 들었다. 나처럼 집사가 없는 들고양이들, 플라스틱 조각을 삼켜 아둔해진 비둘기들, 떠돌이 개들, 집 없는 인간들.

그랬던 내가 지금 속사포로 쏘아 대는 듯한 물방울을 맞으며 공중에 떠 있다니.

털이 젖는 건 딱 질색인데.

게다가 내가 탄 드론은 위험을 향해 날아가고 있지 않은가. 별안간 비행체가 심하게 요동친다. 나는 빗물을 털

10 프랑스어 〈balle〉은 공을 뜻하기도 하고 총알을 뜻하기도 한다.

어 몸을 최대한 가볍게 만든다.

4.5킬로그램을 넘으면 안 돼.

맨 뒤에서 날아오는 부코스키의 몸이 비에 젖어 무거워졌는지 그의 드론이 앞에서 나는 드론 두 대를 자꾸 아래로 끌어당기는 게 느껴진다. 나는 전기 엔진의 출력을 높인 다음 비행체에 몸을 더 단단히 붙인다.

번쩍하더니 하늘에 긴 줄이 그어진다. 바로 옆에서 벼락이 치자 공기가 뒤흔들리며 진동하는 게 느껴진다.

드디어 빗물의 장벽 너머 자유의 여신상이 보인다. 마치 피뢰침 같은 횃불을 하늘 높이 치켜들고 서 있다. 난생처음으로 나는 여신상에서 공포를 느낀다.

나는 드론의 방향을 튼다.

로망이 신통한 재주를 부려, 내가 두 앞발로 조종간을 잡은 듯 드론을 움직일 수 있게 해줬다.

이륙하기 전에 그는 드론의 시동 장치를 단순하게 만들어 놨다고 말했다. 내가 숫자 코드 〈103 683〉을 머릿속에 떠올리는 순간 엔진이 자동으로 돌아가기 시작할 것이라고. 내가 이 여섯 숫자를 생각하자 정말로 프로펠러가 돌기 시작하더니 드론이 공중으로 날아올랐다. 내 머릿속 생각이 전기 신호로 변환되어 무선 블루투스 장치를 통해 드론의 수신기에 전달됐기 때문이다.

나탈리는 가죽끈 두 개로 단단한 하네스를 만들어 드론에 내 몸을 묶어 주었다. 덕분에 드론에서 몸이 분리되거나 아래로 추락할 걱정 없이 자유자재로 급회전을 시도할 수 있다.

목표만 바라보고 정신을 집중해야 한다.

두 적장을 죽이고 살아서 돌아가야 한다.

우르릉하는 천둥소리에 나는 소스라치게 놀란다.

지난번 같은 실수를 되풀이하지 않으려고 이번에는 미리 로망 웰즈에게 ESRAE 목걸이를 맡기고 왔다.

만에 하나 내가 임무에 실패하더라도 그 귀중한 지식의 보고가 나쁜 놈들의 발에 들어가서는 안 되니까.

드디어 리버티섬 상공. 아몬드처럼 생긴 섬이 내려다보인다.

천둥 번개가 치고 날씨가 매서워 결기 높은 보초병들마저 의욕이 꺾였는지 아무도 보이지 않는다.

우리는 나무가 울창한 곳에 드론을 착륙시킨다.

몸에 묶인 가죽 하네스를 풀고 드론에서 내려 여신상의 받침대 역할을 하는 별 모양의 거대한 벽을 향해 숨을 죽이고 다가간다.

이제부터는 타고 온 드론에 장착된 카메라를 통해 우리의 움직임이 타워에 전송될 수도 없으니 앞으로 펼쳐질 모험은 오직 우리만의 것이다.

우리는 여신상의 받침대 앞에 이른다.

커다란 갈색 돌을 쌓아 만든 단 아래쪽에 출입문이 나 있다.

안으로 들어가니 쥐들이 여기저기 흩어져 깊은 잠에 빠져 있다. 다행히 천둥소리와 거센 빗소리가 우리 발소리를, 몸에 남아 있는 물기가 우리 체취를 덮어 준다.

널찍한 방이 눈앞에 나타난다. 방 한가운데 놓인 횃불 모형 주위에 쥐들이 모여 자고 있다.

우리는 발소리를 죽이고 내부를 둘러본다. 밀폐된 공간에서 비에 젖은 쥐들의 체취가 역하게 느껴진다. 우리는 재빨리 한 층 위로 올라간다. 이 방에는 횃불이 아니라 자유의 여신상을 축소해 만든 복제 조각이 서 있다.

휙 둘러보니 아래층과 눈에 띄게 다른 점이 하나 있다. 쥐들이 근육질에 체격이 우람하고 다부져 보인다.

신하인 제후들의 그룹이겠지?

우람한 쥐들 속에 잿빛 털이 드문드문 섞여 있는 걸 보니 미국 제후 쥐들이 프랑스 제후 쥐들을 받아 준 모양이다.

한 층을 더 올라가자 작은 방이 나온다. 안에서 암내가 진동한다.

쥐들의 하렘이구나…….

수백 마리가 득실거리는 가운데 역시나 잿빛 쥐들이 끼어 있다.

한층 더 위로 올라가자 조금 더 작은 방이 하나 더 나온다. 젊은 암쥐들이 모여 있어서인지 후추만큼 매운 암내 때문에 눈도 뜨지 못할 지경이다.

아까 것은 제후 쥐들의 하렘이고 이번 것은 왕의 하렘인 모양이야.

숫자도 아까보다 적어 스무 마리 남짓밖에 되지 않는다. 여기도 갈색 쥐와 회색 쥐가 섞여 있다.

두 왕이 동맹을 맺으면서 자신들이 소유한 암컷들을 교환한 게 분명하다.

구석에 조그만 방이 하나 더 있다. 그쪽에서 나한테 익숙한 냄새가 희미하게 풍겨 나온다.

티무르.

문 앞으로 다가가 보니 적장 둘이 비단 쿠션 위에서 잠들어 있다.

알 카포네는 내가 화면으로 짐작한 것보다 몸집이 훨씬 비대해 마멋 정도 크기는 되어 보인다.

그에 비하면 나란히 잠들어 있는 티무르는 새끼 같아 보인다. 새하얀 털 때문인지 뭔가 이국적인 느낌을 준다.

나는 귀를 옴찔거려 에스메랄다와 부코스키에게 지시를 내린다.

내가 에스메랄다를 데리고 왕들의 처소로 들어가 작전을 수행할 동안 부코스키는 출입문 조금 아래쪽에서 망을 보게 시킨다.

알 카포네와 티무르는 우리가 다가오는 것도 모른 채 곤히 자고 있다.

나는 오른쪽 귀를 세워 에스메랄다에게 공격 준비가 끝났다는 신호를 보낸다.

우리는 동시에 길고 날카로운 발톱을 꺼낸다. 이제 칼 같은 발톱을 휘두르기만 하면 된다.

그런데 에스메랄다가 몸이 굳기라도 한 듯 나를 빤히 쳐다보고 서 있다. 내가 먼저 나서길 기다리는 눈치다.

왜 저러는 거야?

순간 하늘에서 번갯불이 번쩍하며 쿠르릉쿠르릉 요란한 소리를 낸다.

알 카포네가 눈을 번쩍 뜨더니 칼날 같은 발톱을 꺼내들고 에스메랄다를 향해 달려든다. 집채만 한 몸으로 에스메랄다를 찍어 누르며 목덜미를 콱 문다. 놈이 이대로 피부 깊숙이 이빨을 박아 넣으면 에스메랄다가 먼저 죽을지도 모른다.

티무르는 여전히 세상모르고 자고 있다.

갈등이 시작된다. 티무르의 숨통부터 끊을 것인가, (눈엣가시 같은) 에스메랄다를 구해 줄 것인가.

나는 머릿속으로 치밀한 계산을 돌린다.

그동안 티무르가 저지른 무수한 악행이 떠오른다. 놈은 내 공동체였던 시테섬의 동료들을 잔인하게 죽였고 우리를 지켜 주던 사자 한니발을 십자가형에 처했다. 루앙시(市)를 흐르는 센강 쪽배 위에서 그와 벌였던 결투가 어제 일처럼 생생하다. 놈의 뛰어난 머리와 섬뜩한 집념, 그리고 극단화된 그의 군단을 떠올리자 몸서리가 쳐진다.

에스메랄다는 어떤가. 이 암고양이는 내가 배 아파 낳은 아들한테 어미 행세를 하고, 내 수컷인 피타고라스를 유혹하고, 수시로 나를 조롱하고, 심지어는 자기가 쥐 떼로부터 내 목숨을 구해 줬다는 얼토당토않은 주장까지 한다.

다시 요란한 뇌성과 함께 번개가 번쩍한다. 하늘을 불태워 버릴 기세다.

티무르가 눈을 뜬다.

나와 시선이 마주친다.

티무르가 날 알아봤어.

뜻밖에도 그는 내게 달려들지 않는다.

이때부터 방 안 풍경에 (내가 백과사전을 통해서 알게 된) 〈스트로보스코프〉 효과가 나타난다. 어둠 속에서 하얀 빛들이 반짝반짝하며 사물의 움직임을 단속적으로 보이게 만든다. 같은 장면인데도 빛이 한 번 반짝할 때마다 조금 전과 달라진 것 같은 착각을 불러일으킨다.

우르릉우르릉하는 천둥소리가 배경음으로 깔린다.

나의 지구가 분노에 차 포효하는 소리야.

에스메랄다가 몸을 빼려고 발버둥을 치지만 소용이 없다. 그녀에게 올라탄 육중한 갈색 쥐가 그녀의 목에 발톱을 더 깊숙이 박아 넣는다. 에스메랄다의 입에서 고통스러운 울음소리가 터져 나온다.

내가 당장 손을 쓰지 않으면 에스메랄다는 죽은 목숨이다.

나는 티무르 대신 알 카포네를 택한다. 벼락같이 공중으로 치솟았다 내려오면서 놈의 두 눈을 공격한다. 내 뾰족한 발톱이 가서 박히자 그의 오른쪽 눈알이 익은 포도알처럼 터지며 투명한 즙을 분출한다.

기습 공격을 당한 알 카포네가 고통스러워하며 입을 벌리는 순간 에스메랄다가 재빨리 몸을 빼낸다.

티무르는 구경꾼처럼 지켜보기만 한다. 묵시록적인

분위기에서 펼쳐지는 소동을 흥미로운 듯이 감상하다 나를 빤히 쳐다본다.

야옹. 내가 에스메랄다에게 신호를 보낸다.

「도망치자!」

에스메랄다와 내가 뛰어 달아나자 상황을 눈치챈 부코스키도 뒤따라 뛰기 시작한다.

한쪽 눈을 잃은 비만한 몸으로 알 카포네가 우리를 바짝 뒤쫓아 온다. 분노의 덩어리가 바로 등 뒤에서 씩씩거린다.

그가 휘파람같이 높고 앙칼진 울음소리를 낸다.

우리는 왕의 하렘을 지나고 제후의 하렘을 지나 아직 비몽사몽간인 제후 쥐들의 방을 쏜살같이 지나간다. 맨바닥에 곯아떨어져 있는 병사 쥐들의 방 역시 가로질러 달린다. 놈들이 잠에서 깬 상황을 파악하기 전에 이곳을 빠져나가지 않으면 안 된다.

1분 1초가 급하다. 뒤를 힐끗 보니 하나의 거대한 유기체처럼 잠들어 있던 쥐들이 일제히 일어나 몸을 털고 비상 태세에 돌입한다.

밀폐 공간에서 적대적인 존재들에게 에워싸여 있다는 사실을 너무 의식하면 안 돼.

지금은 생각할 때가 아니야.

우리는 겅중겅중 앞만 보고 달린다.

내 척추가 굼실굼실한다. 꼬리는 등뼈와 적당한 각도를 이루면서 비스듬히 하늘로 솟아 있다. 비에 젖은 털은 내가 속력을 낼수록 뒤로 더 납작하게 눕는다.

내 몸이 스스로 공기 저항을 극소화하는 방법을 찾아낸다. 혹시 내 유전자 속에 치타가 숨어 있었던 건 아닐까.

가속이 붙자 문득문득 내 몸이 공중 부양을 하고 있다는 느낌마저 든다.

내 모든 에너지가 달리는 데 쓰여서 뇌의 작동은 느려지는 반면 심장은 터질 듯이 쿵쾅거린다.

또다시 천둥이 우르릉 포효한다.

나는 등 뒤에서 들리는 헐떡거리는 숨소리로만 동료들의 존재를 확인한다.

번갯불이 번쩍하자 주변이 대낮처럼 환해진다.

드디어 여신상의 받침대 출입구가 보인다. 나는 부스스한 얼굴로 길을 막아서는 쥐들을 밀치고 내달린다.

일단 밖으로 나가야 해.

휴, 빗줄기가 이렇게 반가울 수가. 시원한 바깥 공기가 폐부로 들어오는 게 느껴진다.

몸의 근육이 팽팽하다 못해 끊어질 듯이 화끈거린다.

나는 개처럼 혀를 빼물고 헉헉거린다.

동료들의 안위를 확인할 새도 없이 나는 일단 드론을 향해 달려간다. 세 번의 민첩한 발놀림으로 하네스를 몸에 끼운 뒤 머릿속에서 메시지를 보낸다.

코드 103 683. 시동. 즉시 이륙.

이상하다, 뭔가 잘못됐나.

젠장, 멀쩡히 작동하던 기계가 갑자기 말을 듣지 않으면 정말 환장할 노릇이지.

뒤를 돌아보니 에스메랄다는 벌써 드론에 올라타 있는데, 체구가 커서 동작이 둔한 부코스키는 뒤처져 쥐 떼의 추격을 받고 있다.

103 683. 시동!

드론은 여전히 무반응인데 추격자들은 점점 거리를 좁혀 온다.

날카로워진 정신이 방법을 찾기 시작한다.

설마 드론에도 마음이 있어 〈드론의 심리학〉 같은 게 있으려고.

나는 혹시나 하는 마음에 차분한 상태에서 눈을 감고 생각을 내보낸다.

부탁해요, 드론 씨, 어서 엔진을 돌려요.

나는 숨을 크게 들이마시고 나서 정신을 모아 명확한

메시지를 보낸다.

103 683. 시동.

하늘에 맡기고 기다리는 수밖에.

부르르 진동하는 소리가 들린다. 네잎클로버를 닮은 드론 프로펠러 네 개가 빗물을 털어 내며 돌기 시작한다.

천천히 눈을 떠 뒤를 돌아보니 에스메랄다가 드론에 몸을 고정하고 이륙 대기 중이다. 프로펠러들이 바람을 일으키며 회전하는 게 보인다.

맨 뒤에 있는 부코스키의 드론은 탑승자 없이 프로펠러들만 돌고 있다. 아메리칸쇼트헤어는 자신이 탑승할 비행체를 바로 눈앞에 두고 쥐들과 사투를 벌이는 중이다. 쥐 열댓 마리가 한꺼번에 달려들어 그의 몸을 물어뜯더니 우리를 향해 돌진해 온다.

나는 드론의 인공 지능에게 암시를 건다.

즉시 이륙할까?

드론의 동체가 공중으로 떠오르기 시작한다.

막 생지옥에서 벗어나려는 순간, 덩치에 비해 날렵한 제후 쥐 한 마리가 뒷다리로 땅을 박차 공중으로 몸을 띄운다. 이미 지면에서 제법 떨어져 날아오르고 있는 내 드론에 앞발이 닿지 않자 쥐가 이빨로 내 꼬리를 꽉 물더니 놓지 않는다. 그가 괴력을 발휘하며 내 꼬리에 매달린 채

땅 위를 날기 시작한다.

젠장, 꼬리에 쥐를 매달고 비행하게 생겼네.

다른 쥐들이 그에게 매달리려고 줄줄이 몸을 위로 솟구친다. 드론이 하중을 견디지 못하게 해 이륙을 막으려는 작전인 것이다.

비에 젖은 털이 묵직한 데다 내 몸무게 3.8킬로그램에 더해 5백 그램을 더 꼬리 끝에 달고 있는데도 드론은 그럭저럭 공중에 뜬 상태를 유지한다. 다만 고도를 높이지 못할 뿐이다.

한데 두 번째에 이어 세 번째 쥐가 뒤에 매달리자 무게를 견디지 못한 프로펠러 엔진이 신음하기 시작한다.

나는 정신을 집중해 드론에게 엔진 출력을 높여 고도를 올리라고 암시한다.

비행체가 말을 듣지 않는다.

벌써 적의 응원군이 몰려오고 있다.

동체 앞쪽으로 몸을 움직이려고 해보지만 이조차도 쉽지 않다.

순식간에 쥐 여섯 마리가 내 꼬리에 매달려 있다. 드론은 고도를 높이지 못한 채 제자리에서 프로펠러만 돌린다.

이렇게 당할 순 없어!

에스메랄다가 발버둥 치다시피 몸을 길게 늘이더니 오른쪽 앞발의 뾰족한 발톱으로 첫 번째 쥐의 꼬리를 단번에 잘라 버린다. 밑에 매달려 있던 다섯 마리가 동시에 아래로 떨어진다.

그러나 내 꼬리를 물고 있는 놈은 자기 꼬리가 잘려도 아랑곳하지 않고 죽기 살기로 입을 앙다문다.

쥐들이 벌써 코앞까지 다가와 있다. 이제 더 이상 나한테 매달린 성가신 놈을 처리하는 데 쓸 시간이 없다고 판단한 나는 위험을 무릅쓰고 고도 상승을 시도한다. 다행히 엔진이 하중을 견뎌 준다. 드론이 서서히 고도를 높이기 시작한다.

하늘에서는 천둥 번개가 치고 장대비가 쏟아진다. 땅에서는 우리를 눈앞에서 놓친 쥐들이 머리 위를 올려다보며 소리를 지른다. 벼락 치는 소리도 쥐들의 성난 울음소리를 덮지는 못한다.

사슬로 연결된 에스메랄다의 드론이 내 뒤에 바짝 붙어 날아오고 있다. 그 뒤에는 주인 잃은 텅 빈 드론 한 대가 따라온다.

「회전을 시도해 놈을 떨어트려 봐!」 검은 암고양이가 등 뒤에서 소리친다.

나도 다 아는 소리를 조언이랍시고 하네. 어쨌든 몇 차례 급회전을 시도해 보지만 놈은 떨어져 나가지 않는다. 마치 누가 집게로 내 꼬리와 놈의 몸을 집어 놓은 듯이.

너희들 혹시 드론 타본 적 있어? 그것도 꼬리에 쥐를 매달고? 그 불편한 느낌은 말로 표현할 수가 없어. 내 몸이 내 몸이 아닌 것 같아. 더군다나 작전에 실패한 뒤 암흑 속에서 장대비를 맞으면서 털이 흠뻑 젖어 귀환했잖아. 내 기분이 어땠을 것 같아? 한마디로 죽을 맛이었어.

성가신 놈을 어떻게든 떼어 내려고 꼬리를 세게 흔들어 보지만 소용이 없다. 벌써 꼬리뼈 끄트머리 감각이 마비되기 시작한다.

여전히 천둥 번개가 내리친다.

바다로 나가자.

나는 놈이 파도에 휩쓸려 떨어져 나가게 하려고 일부러 초저공 비행을 시도한다.

하지만 쥐는 앙다문 입을 벌리기는커녕 도리어 더 꽉 다문다.

나는 하는 수 없이 프리덤 타워로 기수를 돌린다.

빠른 속도로 고도가 올라간다.

「이렇게 된 이상 하는 수 없어. 널 데리고 복귀하는 수밖에.」

나는 꼬리의 통증도 잊을 겸 쥐 때문에 뒤로 기울어지

는 동체의 불균형도 바로잡을 겸 몸을 최대한 앞으로 숙인다. 그러고 나서 엔진 출력을 최고로 높인다.

갑자기 티무르의 얼굴이 눈앞에서 아른거린다.

아까 망설이지만 않았어도 놈의 목에 발톱을 찔러 넣어 벌써 저세상으로 보내 버렸을 텐데.

대체 뭘 망설였던 걸까?

〈쥐는 일단 죽이고 보렴, 생각은 나중에 해도 늦지 않아〉라던 엄마의 말을 왜 따르지 않았을까?

살이 뜯겨 나가는 것 같고 꼬리 끝이 불붙은 듯 화끈거린다. 털이 덮여 있지 않았으면 상처가 지금보다 더 깊었을 거야.

결국 나는 제후 쥐 한 마리를 꼬리에 달고 로망과 실뱅이 기다리고 있는 타워의 2층 창문 앞에 도착한다. 그들이 창밖으로 몸을 빼 공중에 떠 있는 우리를 잡아 안으로 들인 다음 재빨리 창문을 닫는다.

휴, 이제 살았어.

쥐는 여전히 내 꼬리를 물고 놓시 않는다.

「〈이거〉 좀 나한테서 떼어 줘요! 죽이진 말고!」

나탈리가 반갑게 나를 안아 올리자 로망이 쥐 뒷다리를 잡고 끌어당긴다. 소용이 없다. 그러자 실용주의자답게 집사가 주머니에서 라이터를 꺼내 불을 붙인다. 그녀가 잘리고 남은 쥐 꼬리를 태워 버리려고 다가간다.

그제야 쥐가 찢어질 듯한 울음소리를 내면서 물고 있던 꼬리를 놓는다.

마침내 이 악마 같은 놈한테서 해방된다.

나는 거듭 소리를 지른다.

「놈을 죽이진 말아요!」

실뱅이 재빨리 놈을 붙잡아 재킷으로 덮어 감싼다. 누가 빈 어항을 하나 들고 오자 실뱅이 쥐를 그 안에 넣고 밖으로 나오지 못하게 나무판자를 덮는다.

이제야 끝났어.

난 살았어.

나는 에스메랄다 쪽을 보며 묻는다.

「아까 티무르를 죽일 기회를 나한테 먼저 주려고 했던 이유가 뭐야?」

「선물을 하고 싶었어. 〈네〉 작전이니까 네가 주도하고 싶은 게 너무나 당연하잖아. 어쨌든 난 감사 인사에는 인색하지 않아. 내 목숨을 구해 줘서 고마워.」

젠장. 고상하게 구니까 더 짜증이 나네. 도덕과 품위까지 나한테 가르쳐 주니 할 말이 없잖아.

순간 심사가 뒤틀리자 괜한 생각까지 든다.

차라리 에스메랄다는 죽게 놔두고 티무르를 없앨 걸

그랬나.

나는 불퉁한 목소리로 선언하듯 말한다.

「인정해, 내가 배에서 떨어졌을 때 네가 구해 준 거 맞아. 그럼 이제 우리 서로 빚진 거 없는 거야.」

참 이상하지. 그렇게 싫더니 목숨을 구해 주고 나니까 슬슬 좋아지네.

우리가 살려 준 사람들을 우리를 살려 준 사람들보다 더 좋아하게 되는 게 마음의 이치인가.

아무튼 갈수록 마음이 약해져서 큰일이야.

아무래도 내가 좀…… 뭐랄까……? 센티멘털해지는 것 같아.

이게 다 인간들의 나쁜 영향 때문이야.

이러다 대체 어디까지 가게 될까? 어떤 감정까지 느끼게 될까?

공감?

연민?

동정?

그러다 이런 특공 작전에 나설 용기도 못 내는…… 그저 그런 고양이로, 모순투성이 고양이로 늙어 가면 어쩌지.

「포로를 어떻게 할 거예요? 내가 죽여도 돼요? 제발,

엄마, 나한테 놈을 죽일 기회를 줘요!」

주제넘게 끼어드는 안젤로 녀석에게 나는 대꾸도 하지 않는다.

「불쌍한 부코스키.」에스메랄다가 북받치는 감정을 가까스로 누르는 눈치다. 「우리한테 도망칠 시간을 벌어 주려고 자기 목숨을 희생했어.」

나도 녀석 생각이 조금, 아주 조금은 나지만 표현하지는 않는다.

샹폴리옹을 잡아먹은 놈인데 잘됐지 뭐.

힐러리 클린턴이 들어와 털 군데군데 피가 묻어 있는 나를 흘깃 내려다보더니 심문조로 묻기 시작한다. 그녀의 질문이 내 수신기에 통역되어 들린다.

「그래서, 적장들은 처치했나요?」

그녀는 〈수고했어요〉나 〈돌아와서 다행이에요〉 같은 서두 없이 본론으로 들어간다.

나는 고개를 가로젓는다.

「실패했다는 거네요.」그녀의 어조에 실망한 기색이 역력하다.

앞발로 한 대 쥐어박고 싶지만 참는다.

나는 나탈리에게 신호를 보내 그녀의 이어폰을 의장에게 건네주게 한다.

나는 주눅 들지 않고 당당하게 대답한다.

「포로를 한 마리 잡아 오는 데 성공했어요.」

「그건 뭐…….」

「당신이 우리의 무사 귀환을 기뻐하는 걸 보니 좋네요. 사실은 작전 수행 중 동료 하나를 잃었거든요. 우리 셋을 한꺼번에 잃을까 봐 당신이 얼마나 노심초사했을지 알아요.」

「실패한 원인이 뭐죠?」

나는 난감한 상황에 대처하는 방법을 가르쳐 주던 엄마를 떠올린다. 〈상황이 너한테 유리하게 돌아가지 않으면 일부러 그렇게 만든 것처럼, 그것이 너의 어떤 비밀스러운 계획의 일환인 것처럼 상대가 믿게 만들어야 해.〉

엄마의 조언을 따라 맞받아치고 싶은데 말이 떠오르지 않는다.

「드론 카메라들이 보내오는 영상으로 작전을 쭉 지켜보면서 우린 네가 성공할 줄 알았어.」 로망 웰즈가 아쉬움을 드러낸다.

「성공 직전까지 갔어요. 돌발 상황이 생겨 작전을 매듭짓지 못했을 뿐이에요.」

「그게 실패했다는 뜻이죠!」 의장이 같은 말을 되풀이한다.

입 다물고 조용히 있는 게 자신한테 득이 된다는 걸 모르는 사람들이 있지.

그렇게 자신 있으면 당신이 가지 그랬어.

나탈리가 나를 품에 꼭 안아 줘서 그나마 조금 위로가 된다. 나는 가만히 안겨 집사에게 애정을 표현할 시간을 준다. 나를 잃을까 봐 심장이 벌렁벌렁했을 테니까.

나는 이만하면 됐다 싶을 때 몸을 빼 포로가 갇혀 있는 어항으로 다가간다. 분을 이기지 못해 씩씩거리던 녀석이 내가 다가오는 걸 보더니 갑자기 나를 향해 몸을 날린다. 어항을 부술 기세로 앞니를 유리 벽에 쿵쿵 박는다.

「엄마, 제발요.」 안젤로 녀석이 다시 졸라 댄다. 「소원이에요. 저 뚱보 쥐를 내가 죽일 수 있게 해줘요.」

한숨만 나온다. 갑자기 피로가 몰려오고 만사가 귀찮아진다.

이럴 땐 한 가지 생각뿐이다. 몸을 한 번 세게 털고 나서 뒷다리를 치켜들고 몸을 구석구석 핥아 쌓인 스트레스를 털어 내는 것.

그동안 우주는 나 없이 혼자 알아서 돌아가라고 해. 감정의 부침이 심한 하루를 보냈더니 잠시 혼자 있고 싶어.

28

도축장을 탈출한 소

1995년 11월, 미국 매사추세츠주 홉킨턴에서 벌어진
일이다. 햄버거 고기가 될 운명에 놓인 다섯 살짜리 암소
한 마리가 도축장 문을 향해 걸어가고 있었다. 눈앞의 장
소에서 불현듯 공포감을 느낀 소는 아무것도 모르거나
체념한 상태로 줄을 서 있던 무리에서 이탈해 도망치기
시작한다. 암소는 전속력으로 내달리다 1미터 50센티미
터 높이의 울타리가 나타나자 7백 킬로그램의 거구를 공
중으로 솟구쳐 필사의 도약을 시도한다. 결국 장애물을
넘어 쫓아오는 사람들을 피해 숲으로 날아난다.

이때부터 에밀리라는 이름이 붙은 암소는 40일 동안
숲에서 숨어 지낸다. 에밀리의 사연에 감동한 마을 사람
들은 일부러 추격자들이 길을 잃게 만들기도 했다. 〈피스
애비〉라는 동물 보호소를 설립해 운영 중이던 루이스 랜

다와 메건 랜다는 이 사건을 접하고 에밀리를 사겠다고
제안했다. 주인은 결국 그들에게 1달러를 받고 소를 팔
았다.

에밀리의 이야기가 지역 언론에서 화제가 되자 프로
듀서 엘런 리틀은 저작권을 사서 영화화하기로 결정한
다. 그녀는 피스 애비에 1만 달러를 기부했고, 이 돈은 에
밀리가 지낼 특별한 축사를 짓는 데 쓰였다. 에밀리는 자
신의 축사에서 열 살까지 편안히 살다 암에 걸려 세상을
떠났다.

『상대적이며 절대적인 지식의 백과사전』제14권

29

신경질적인 포로

아니, 뭐라고? 나한테 103번째 부족의 대표 자격을 못
주겠다고?

혹시 내가 잘못 들었나. 온갖 위험을 무릅쓰고 목숨을
건 작전을 수행하고 온 나한테······ **나한테 이럴 수 있나!**

나도 모르게 발톱을 꺼냈다 넣었다 한다.

냉정을 잃지 않으려고 안간힘을 쓴다. 나는 지금 나탈
리와 함께 의장이 사무실로 쓰는 방에 와 있다. 힐러리
클린턴이 〈적장 제거 작전〉의 경위에 대해 보다 상세히
듣고 싶어 우리를 부른 것이다.

나는 방 안을 쓱 둘러본다.

힐러리 클린턴이 버락 오바마와 경쟁했던 대통령 후
보 경선과, 도널드 트럼프와 맞붙었던 대선 당시에 찍은
사진들이 여기저기 놓여 있다.

문득 그녀의 나이가 궁금해진다.

최소한 여든은 넘지 않았을까.

나는 그녀가 앉아 있는 책상 위로 뛰어올라 눈높이를 엇비슷하게 맞춘다. 내 말이 통역을 거쳐 나탈리의 스마트폰 스피커에서 흘러나온다.

「적진의 심장부에 도달해 놈과 불과 몇 센티미터를 사이에 두고 있었는데 악재가 겹치는 바람에 임무 완수에는 실패했어요. 그때 상황은 뭐랄까, 한마디로 〈예측 불허〉였죠.」

상대를 제압하기 위해선 어려운 단어를 최대한 많이 사용해 교양을 과시하는 게 좋지.

「당신 입으로 그 작전의 목적은 지하에 다시 화재가 발생할 위험을 차단하는 것이라고 했어요. 그런데 그 위험은 여전히 상존하는군요.」 힐러리 클린턴이 나를 뚫어지게 바라본다.

「비가 오는 한 크게 걱정할 일은 없어요.」

「우리 운명이 날씨에 달렸다는 얘기군요. 당신은 실패했어요. 그게 우리에겐 유일한 해법이었는데 당신이 보여 준 모습은…….」

그녀가 어려운 단어를 고르는 듯하더니 결국 평이한 단어를 내뱉는 데 그친다.

「……실망스러웠어요, 바스테트.」

실망스럽다고?

언젠가 당신이 이 말에 대한 대가를 치르게 해주겠어.

자기는 인간들의 대통령이자 의장이고 나는 그저 평범한 고양이라고 내 공로를 과소평가해선 곤란하지. 공동체의 이익을 위해 내가 목숨을 걸었다는 사실을 망각한 모양이야.

「그럼 당신이 직접 작전에 나서지 그랬어요!」

「적장을 제거하는 야간 특공 작전을 펼치자고 제안한 건 내가 아니에요.」

「맞는 말이네요. 당신은 아무것도 제안하지 않으니까 당연히 실수할 일도 없죠. 당신은 늘 대표단이 의견을 내길 기다렸다 소위 민주적인 절차라며 표결에 부칠 줄이나 알죠. 당신이 언제 공동체에 도움이 되는, 당신만의 의견을 제시하는 적이 있나요?」

「당신은 실패했어, 실패했다고.」 앞뒤가 꽉 막힌 힐러리가 같은 말만 되풀이한다. 「우리한텐 현재 다른 대안이 없는 상황이에요.」

「나한테 복안이 있어요.」

그녀가 나를 보는 눈길이 달라진다.

미래는 권력을 쥔 자들의 것이 아니라 창의적인 아이

디어를 가진 자들의 것이다.

「그래, 당신이 가진 그 복안이 뭐죠?」

「당신은 이미 한 번 나를 기만했어요. 그러니 내가 어떻게 당신을 신뢰할 수 있겠어요? 난 당신 방식을 이제 완전히 파악했어요. 상대에게서 아이디어를 훔치고는 입을 싹 닦죠. 아주…… 〈저질〉이에요.」

최선의 방어는 공격이라고 했다. 힐러리가 내 두 번째 계획을 궁금해하는 동안은 내가 그녀를 좌지우지할 수 있다. 그녀의 호기심을 이용해 모욕을 줄 수도 있다.

「거짓말하지 말아요, 바스테트.」

이젠 날 거짓말쟁이 취급을 해?

「당신한텐 플랜 B가 없어요.」

오호라, 내 자존심을 건드려 입을 열게 할 작정이군.

미안하지만 당신 뜻대로는 안 될 거예요, 마담.

「이봐요, 힐러리, 당신은 의장이니까 사태의 해결책을 찾고도 남을 만큼 머리가 좋은 사람이겠죠. 그렇지 않다면 그 자리에 선출됐을 리가 없겠지. 반면에 난 일개 고양이인 데다가 부족의 대표도 못 되니 이러쿵저러쿵 의견을 개진할 자격이 없어요. 더군다나 나한테 득 될 게 아무것도 없는 걸 뻔히 아는데 뭐 하러 당신한테 내 계획을 공개하겠어요?」

일단 장단을 맞춰 주면서 상대가 기세등등하게 만드는 거야. 그래서 나한테 반감을 품을 필요조차 못 느끼게 만드는 거지. 그런 상태에서 상대가 스스로 무기력함을 깨달아 무너지는 꼴을 지켜보기만 하면 돼.

「이제 난 조용히 사라질게요. 다른 고양이들처럼 구석에 가서 먹다 졸다 하다가 가끔 한 번씩 갸르릉거리기나 할게요. 그게 우리 고양이들 특기니까. 설마 그것까지 거슬린다고 하진 않겠죠?」

「한심하군요.」

상황이 불리해지면 이렇게 상대방에 대한 가치 판단을 내려 자신이 우위에 있다는 인상을 주려 하지.

「그러게 말이에요. 난 한심한 고양이예요. 결국 당신한테 헛된 기대만 품게 한 꼴이 됐군요. 미안해요. 다시는 그런 일 없을 거예요.」

나는 책상에서 뛰어내려 보란 듯이 거만하게 엉덩이를 드러내고 걸어가면서 방귀를 한 방 뀐다. 이건 인간들이 세 번째 손가락을 치켜세우는 것과 똑같은 의미다.

내가 문을 향해 걸어가자 나탈리도 일어나 뒤따라온다.

당신이 대통령에다 의장일지는 몰라도 난 여왕이야. 아마도 눈치채지 못했겠지만. 난 고양이 폐하고, 당신은 자신의 종을 지킬 방법조차 모르는 한심한 인간에 불과해.

「돌아와요, 바스테트.」

나는 걸음을 딱 멈추고 귀를 바짝 세운다.

「당신 아이디어가 뭔지 얘기해 주지 않았잖아요.」

「고양이 아이디어가 뭐 대단할 게 있겠어요. 지난번 아이디어도 대단히 실망스러워했으면서.」

「이번엔 경청해 보려고 해요, 바스테트. 당신이 가진 그 또 하나의 복안이 뭐죠?」

「아무리 생각해도 당신이 좋아할 것 같지 않아요.」

나는 천천히 계속 걸음을 놓는다. 문 앞에 서서 집사가 손잡이를 움직이길 기다린다.

「좋아요! 당신이 이겼어요. 두 번째 작전이 효과적임이 입증되면 당신을 우리 부족 총회의 일원으로 받아들이겠어요.」

「103번째 부족 대표로?」

「그래요, 일이 잘 풀리면.」

「당신들의 그 〈민주적〉 표결 절차는 어떡하려고……?」

「내가 알아서 할게요…….」

「당신한테 그런 권력이 있어요?」

「일부 대표단만 빼면 내 입김이 먹혀요. 충분히 지지

를 끌어낼 수 있어요.」

「그 말 보증할 수 있어요?」

「약속하죠.」

인간 정치인의 말이 나한테 무슨 대단한 의미가 있을까 싶다.

「당신은 이미 나와의 약속을 한 번 깼어요, 힐러리.」

「적장 둘을 제거하는 조건으로 한 약속이었는데 당신이 그 조건을 충족시키지 못했어요, 바스테트.」

아, 짜증 나. 어쩜 이렇게 상대방 속을 긁는 소리만 골라 할까?

그래도 냉정을 잃어선 안 돼. 나한테는 달성해야 하는 목표가 있고, 명확한 의도가 있으니까.

상대는 권력에 눈이 어두워 나에게 복종을 요구하고 있어. 힐러리한테는 장기적인 비전이 없어. 그녀는 현실만 볼 뿐 미래를 내다보지 못하는 사람이야. 당연히 그녀에게는 내가 필요하겠지만, 나한테는 그녀가 필요 없어.

나는 나탈리의 어깨로 뛰어올라 협상을 계속하겠다는 의사를 표시한다. 그러자 집사가 걸음을 돌려 힐러리 앞에 다시 가서 앉는다. 나는 이제 상대를 내려다보며 협상을 재개한다.

「한 가지 분명히 해두죠. 나는 내 부족, 그러니까

103번째 〈고양이 부족〉에게 인간 부족과 똑같은 권리가 부여되기를 바라요.」

「얼마든지 가능해요.」

상대는 모든 걸 전략적으로 협상하려 하고 있어. 정신 바짝 차려야 해.

「나는 인간들과 동등한 투표권을 갖고 싶어요. 그리고 내가 특별한 자격을 가진 중요한 고양이로 대접받길 원해요. 당신들은 그런 사람을 〈VIP〉라고 부르더군요. 나는 다른 부족 대표들처럼 특권을 누리고, 내가 죽으면 아들 안젤로가 내 자리를 승계하기를 바라요.」

「다 가능해요. 단, 당신 작전이 성공해야 해요.」

「이번에는 우리 합의를 명문화해 보관하기로 하죠. 인간인 당신이 하는 말을 나는 더 이상 못 믿겠어요.」

힐러리가 즉시 컴퓨터를 켜고 합의문을 작성하기 시작한다. 그녀가 프린터로 세 부를 출력해 각각에 서명을 하고 나서 나탈리에게 내민다.

나탈리가 합의문을 읽어 보더니 고개를 끄덕인다. 내 요구 사항이 전부 반영돼 있다는 뜻이다.

나는 힐러리의 책상에서 도장을 찍을 때 쓰는 잉크 판을 발견하고 그 위에 오른쪽 앞발을 살짝 댔다 뗀다. 그런 다음 발을 종이에 얹은 상태에서 발바닥 젤리에 힘을 주어 날인을 마친다. 아래쪽이 오목 들어간 삼각형 위에 작은 달걀 네 개가 놓인 문양이 종이에 찍힌다.

누가 봐도 절로 감탄이 나올 미학적 문양. 앞으로 이걸 우리 고양이 부족의 상징으로, 나아가 깃발로 만들면 좋겠어.

인간들도 자신들만의 독특한 세계관을 드러내기 위한 특별한 문양을 하나씩 가지고 있지. 유대인들은 육각형 별, 기독교인들은 십자가, 무슬림들은 초승달. 왕정주의자들은 백합으로, 공산주의자들은 낫과 망치로, 나치들은 갈고리 십자가로, 무정부주의자들은 대문자 A 위에 동그라미를 둘러 자신들의 존재를 드러내지.

깃발은 정해졌으니 이젠 구호를 정할 차례야. 〈야옹.〉

그래. 바로 이 소리야. 우리의 모든 것을 의미하는

소리.

나는 합의문 세 장에 차례로 똑같은 서명을 한다. 엄숙한 절차가 마무리되자 힐러리가 자신이 한 부를 갖고 나머지 두 부(내 것 하나, 집사 것 하나)는 나탈리에게 준다.

「자, 이제 나한테 말해 봐요. 당신이 가진 복안의 내용이 뭐죠, 바스테트?」

이제야 말투에서 나를 존중하는 마음이 느껴지는군.

「나중에 알려 줄게요. 당신은 오로지 결과가 중요하다고 했으니 결과를 보고 판단해요.」

나는 집사의 어깨에 올라앉은 채로 의장의 방을 나와 로망과 실뱅을 찾아간다.

컴퓨터가 빼곡한 방에 쥐를 가둔 어항이 놓여 있다. 제후 쥐는 여전히 게거품을 뿜어내며 어항 유리 벽에 앞니를 찧고 있다.

「오래 가둬 놓을 수는 없을 것 같아. 저러다 조만간 미쳐 버릴 거야! 어떻게 처리할 생각이야?」 로망이 걱정스러운 얼굴로 묻는다.

「놈은 보통 쥐가 아니라 제후 쥐예요. 알 카포네의 측근이었을 거예요. 일단 저놈을 이용해 적에 대한 정보를 최대한 입수해야죠.」

나와 시선이 마주치는 순간 놈이 펄쩍 뛰어오르더니

유리 벽을 향해 또 돌진한다.

눈에서 번쩍 불꽃이 인다.

놈이 나라는 걸 아는구나.

「우리한테 협조할 의사가 없어 보여. 아니, 협조는 둘째 치고 애초에 소통은 어떻게 할 생각이야? 통역을 해줄 샹폴리옹도 없는데.」로망이 말을 받는다.

저놈은 내게 특별히 적개심을 품고 있어.

「고문을 하면 되잖아요.」늘 그렇듯 아들이 폭력적인 방법을 제안한다. 「놈의 이빨을 몽땅 뽑아 버리면 협조적으로 변할 거예요.」

눈치 빠른 나탈리가 묻는다.

「저놈이야? 널 부족 대표단의 일원으로 만들어 줄 두 번째 계획의 주인공이?」

나는 인간들이 하는 방식으로 고개를 끄덕인다.

「맞아요. 놈을 우리한테 유리하게 활용해 볼 생각이에요.」

혼자 소외됐다고 느끼는 로망이 작은 한숨을 내쉬며 말한다.

「네가 가진 계획을 우리한테 설명해 봐.」

「당신이 날 도와줘야 해요, 로망. 아니, 여기 있는 모두가 날 도와줘야 가능한 일이에요. 내 아이디어는, 저놈에게 고통을 주는 게 아니라…… 기쁨을 줘서 내가 원하는 바를 얻는 거예요.」

다들 어안이 벙벙해 나를 쳐다본다.

「놈에게 이 세계를 이해할 기회를 주는 거예요. 그래서 스스로 우리를 돕고 싶은 마음이 들게 만드는 거예요.」

「엄마! 그건 꿈도 꾸지 말아요. 우리가 가진 소중한 걸 저렇게 발광하는 쥐에게 내줄 순 없어요!」

어쩜 이렇게 편협할까. 안 되긴 왜 안 돼, 당연히 줄 수 있지.

나는 예전에 트랜스 상태에 빠지게 하는 약초로 포로한테 자백을 받아 냈던 경험을 떠올리며 이번에는 그때보다 한층 과감한 시도를 해보기로 마음먹는다. 그의 〈전향〉을 유도할 작정이다.

「안 돼요, 엄마. 그건 정말 안 돼요.」

나는 어리석은 아들에게 내 계획을 차근차근 설명한다.

「나는 기본적으로 쥐에게 특별한 악감정이 없어. 그들도 다른 동물과 똑같아. 세상에 좋은 동물과 나쁜 동물이 따로 있는 게 아니야. 내가 쥐들을 불편하게 느끼는 건 단 한 가지 이유 때문이란다. 그들이 우리 고양이들에게 굴종을 강요하거나 죽이려 하기 때문이지.」

「그것만으로도 놈들을 죽여 없앨 충분한 이유가 되지 않아요?」

「그렇지 않아. 개체 하나하나를 따로 떼어 놓고 보면 쥐도 우리 고양이나 인간, 돼지, 개와 하나도 다를 바 없어. 특별히 더 좋지도 나쁘지도 않아. 부모가 주입한 가치들로 형성된 정신세계가 우리와 많이 다를 뿐이야. 그들이 믿는 가치들이 얼마나 잘못된 것인지 우리가 깨닫게 해줘야 해. 대결이 아니라 협력이 우리 모두에게 장기적으로 이익이 된다는 걸 받아들이게 해서 생각을 고쳐 먹게 만드는 거지.」

소수의 청중이 하나같이 회의적인 반응을 보인다.

「이 포로한테 나처럼 제3의 눈을 만들어 주면 좋겠어요.」

「안 돼요, 엄마. 놈은 우리의 적이란 말이에요!」

「바로 그거야. 적을 활용하는 것이 최고의 전략이 될 수도 있어.」

나탈리와 로망이 가장 먼저 내 제안을 이해하고 수용하는 눈치다.

「그를 설득하는 데 성공하면 우리한테는 단순한 정보원 이상의 스파이가 생기는 셈이에요.」나는 좌중을 설득하려고 애를 쓴다.

결국 실뱅과 이디스, 제시카까지도 내 의견에 동조한다.

로망이 필요한 외과 수술 장비를 요청해 수술 준비에 들어간다. 동물 병원이 있던 자리여서 다행히 웬만한 장비는 다 구비되어 있다.

이디스가 수술 보조를 자처하고 나선다.

나는 내 정수리에 USB 단자를 만들던 때를 떠올리며 수술 과정을 흥미진진하게 지켜본다.

로망이 수감실로 변한 어항의 뚜껑을 들어 올리더니 재빨리 최면 가스를 안쪽으로 분사한다. 발악하던 제후 쥐가 순식간에 쓰러져 잠이 든다.

이디스가 조심스럽게 쥐를 잡아 코르크판 수술대 위에 올리더니 혹시 마취제 효과가 떨어져도 쥐가 몸을 일으키지 못하게 다리에 고리를 채워 놓는다.

로망이 드릴을 들고 양 눈 사이 위쪽에 구멍을 뚫기 시작한다. 끔찍한 소리와 함께 뼈가 타는 역한 냄새가 퍼진다.

그가 엑스선 장치로 뇌 안쪽을 들여다본다. 집게로 전극 열댓 개를 뇌 속에 정확히 놓고 나서 가느다란 전선들을 USB에 연결한다.

쥐의 생체 조직이 뇌에 삽입된 장치에 거부 반응을 일으키지 않게 이디스가 연고를 발라 놓는다.

아직 마취에서 깨어나지 않은 쥐를 내려다보며 로망이 내게 묻는다.

「이놈을 전향한 스파이로 만들려는 게 너의 계획인 거야? 그런 거야?」

「놈을 마타 하리[11]라고 부르면 어떨까.」 옆에서 나탈리가 제안한다.

「아니, 나한테 더 좋은 아이디어가 있어요.」 두꺼운 안경을 쓴 젊은 과학자가 눈을 반짝이며 말한다. 「폴이라고 부르는 게 좋겠어요.」

「폴? 그게 누군데요? 또 다른 유명 스파이인가 보죠?」

「훗날 성 바울로가 되신 분이야. 지금으로부터 2천 년 전에 살았던 분이지. 처음에는 예수의 반대편에 섰다가 다마스쿠스로 가는 도중에 계시를 받고 진영을 바꿨어.」

---

11 제1차 세계 대전 전후에 독일 편에서 활동했던 스파이.

30

성 바울로가 된 사울

훗날 성 바울로가 된 타르수스 사람 사울은 예수 그리스도의 제자들을 핍박하고 특히 성 스데파노의 체포와 투석 형벌에 앞장섰던 사람이다. 그런 그가 (예수 사망 후 3년이 지난) 36년, 다마스쿠스로 가던 도중 예수의 음성을 듣고 회심한다. 그는 예수의 제자들을 찾아가 자신이 지도자가 되어 새로운 종교를 이끌겠다고 제안한다.

그동안 자신들을 박해했던 사람이 급작스럽게 태도를 바꾸자 예수의 제자들은 조심스러운 반응을 보인다. 바울로가 자신들의 정신적 스승을 실제로 한 번도 만난 적이 없다는 사실도 그에게 의심을 품게 했다.

하지만 달변가인 바울로는 곧 독보적인 지도자가 되어 예수의 제자들을 이끌게 되었다. 그는 다음과 같은 목표를 세웠다. 첫째, 최대한 많은 유대인을 기독교로 개종

시킨다. 둘째, (할례를 행하지 않은) 비유대인들 또한 개종시킨다. 셋째, 기독교식 예배를 드릴 수 있는 교회를 세운다. 바울로는 성 바르나바와 함께 복음을 전파하고 기독교 공동체를 만들기 위해 45년부터 58년까지 지중해 연안 순회에 나서서 키프로스, 안티오케이아, 밀레투스, 테살로니키, 코린토스, 아테네 등을 방문한다.

당시는 (정복자 로마인을 향한 유대인의 반란이 수시로 일어나는 등) 유대인과 로마인의 관계가 극도로 긴장돼 있었다. 그렇다 보니 바울로의 이런 광폭 행보에 권력자들이 불안감을 느끼기 시작했다. 결국 바울로는 예루살렘에서 체포되어 유대 지역 행정 장관인 안토니우스 펠릭스 앞에 출두하게 된다. 로마 시민권을 가지고 있던 바울로는 로마에 가서 재판을 받게 해줄 것을 요청한다. 이 요청이 받아들여져 그는 60년, 로마에 도착해 나라에서 제공해 주는 집에서 지내게 된다.

64년 7월 18일 로마에 대화재가 발생하자 황제 네로는 민중의 분노가 자신에게 향할 것을 염려해 유대인들, 특히 기독교도들을 주범으로 지목한다.

재판을 마친 바울로는 로마 시민권자였기 때문에 십자가형이 아닌 참수형에 처해졌다. 그는 사형 집행 전 기도를 올리고 나서 도끼날이 내려올 방향으로 목을 내밀

었다. 후대인들에게 그는 성 바울로라는 이름으로 기억
되고 있다.

『상대적이며 절대적인 지식의 백과사전』 제14권

31

적의 머릿속

〈네가 가진 걸 남에게 줄 수 있어야 그게 진짜 네 것이야.〉 알쏭달쏭하게만 들렸던 엄마의 말을 이제 이해하겠다. 인간들 표현에 청출어람이란 말이 있지. 난 엄마보다 한발 더 나아가 이렇게 말하고 싶다. 네가 가진 걸 철천지원수에게 줄 수 있어야 그게 진짜 네 것이야.

수술 다음 날부터 장맛비 같은 비가 내리는 바람에 우리에겐 귀중한 시간적 여유가 생겼다. 나는 24층에 위치한 조용한 방으로 포로를 데려간다.

환자가 미처 수술 후 쇼크에서 벗어나기도 전에 과거의 적을 현재의 동지로 변모시키기 위한 교육에 들어간다.

어차피 쥐니까 살살 다룰 필요는 없어.

나는 아직 상처가 아물지 않은 그의 제3의 눈을 컴퓨

터에 연결해, 1972년에 아폴로 17호 우주 비행사들이 찍은 그 유명한 지구 사진인 〈푸른 구슬〉을 보여 준다.

사진이 그의 머릿속에 펼쳐지는 동안 (내가 가장 좋아하는 곡 중 하나인) 바흐의 「하프시코드 협주곡 제1번 D단조」1악장 알레그로를 들려준다.

제아무리 폭력적이고 악독한 존재라도 이런 순수한 아름다움의 시각적, 청각적 결정체 앞에서는 무너질 수밖에 없지 않을까.

정신의 성숙과 고양을 불러오는 것이 바로 예술, 그중에서도 특히 바흐의 음악이 지닌 마법 같은 힘이다.

나중에 꼭 안젤로한테도 수술을 시켜 줘야겠어. 그러면 폭력이 결코 장기적인 해결책이 될 수 없음을 녀석 스스로 깨닫게 될 거야.

쥐가 놀라서 어쩔 줄을 모르는 눈치더니 거부 반응에 이어 적대감을 표출하기까지 한다.

놈이 격분한 나머지 이빨을 드러낸다.

꿈을 꾼다고 생각할지도 몰라. 자신의 사고 체계를 아직 포기하고 싶지 않은 거야.

하지만 누군들 지구에 저항할 수 있겠나.

이 사진은 우리가 지구의 일부임을 직관적으로 깨닫게 해준다.

나는 ESRAE에서 동물 종의 다양성을 보여 주는 영화 한 편을 골라 튼다. 시각 효과를 극대화하기 위해 비발디의 「사계」 중 〈봄〉 2악장을 함께 들려준다.

쥐의 머릿속에 황금빛 밀밭과, 고라니 떼가 이동하는 스칸디나비아의 검은 숲들과, 아프리카에서 강을 건너가는 누 무리와, 멕시코의 제왕나비들과, 아마존 새들의 구애 춤이 펼쳐진다.

나는 그가 알지조차 못하는 이국적인 나라들에 사는 코끼리와 기린, 거북이의 이미지를 연달아 머릿속에 풀어 놓는다. 돌고래, 고래, 해파리, 문어, 마멋, 늑대, 개, 고양이가 그의 눈앞을 뛰어다니고 신기한 꽃들이 화려함으로 그의 시선을 붙잡게 만든다.

쥐로 태어나 난생처음 접해 보는 생경한 이미지들이 그의 정신세계에 혼란을 불러일으키고 있을 것이다.

이번에는 스탠리 큐브릭 감독의 영화 「시계태엽 오렌지」에서 아이디어를 얻어 쥐들끼리 물어뜯고 싸우는 장면을 슬로 모션으로 보여 주면서 하드 록 그룹 AC/DC의 「선더스트럭」을 같이 들려준다.

영상과 음악의 절묘한 조합은 때때로 감정의 폭발을 유도하기도 한다.

냉탕과 온탕을 오가다 보면 어느 순간 쥐의 마음속에

의심이 자랄 것이다. 의심은 차차 질문으로 바뀌겠지. 혹시 내가 틀린 건 아닐까 하는. 내가 틀렸을지도 모른다는 가능성이 제기되는 순간 확신은 단박에 무너지고 만다. 그러면 지금까지 부당하게 적대시했던 대상을 다른 시각으로 바라볼 수 있게 될 것이다.

예상대로 그의 정신은 격렬한 저항을 보인다. 하지만 생명의 경이가 지닌 힘은 분노와 권력욕을 가뿐히 압도한다. 무지가 호기심에 자리를 내주기 시작한다.

폴이 교육을 통해 그동안 형성된 종에 대한 편견에서 자유로워졌다는 판단이 드는 순간 나는 접속을 시도한다.

「안녕하세요, 쥐 씨.」

대답이 오지 않아 나는 큰 소리로 한 번 더 말한다.

「안녕하세요, 쥐 씨.」

침묵.

「……안녕하세요, 고양이 씨.」

성공했어!

「이 세계가 어떤 곳인지, 지금 우리가 어떤 문제에 직면해 있는지 깨달을 수 있게 내가 당신에게 제3의 눈을 만들어 줬어요. 생명을 지키려는 우리의 노력에 동참할 의사가 있나요?」

그는 대답 대신 내게 되묻는다.

「당신은 누구인가요?」

「내 이름은 바스테트, 당신에게 지식을 선물한 고양이예요.」

그가 내 존재를 감지하기 위해 코끝을 파르르 떤다.

「나한테 뭘 기대하는 거죠?」

「두 가지예요. 첫째, 쥐들의 세계에서 벌어지는 일을 우리한테 상세히 알려 주는 거예요. 둘째, 당신 진영으로 돌아가 우리를 위해 스파이 노릇을 하는 거예요.」

이제 그의 정신에서 더 이상의 저항은 느껴지지 않는다.

「당신은 일종의 계시를 받고 악한 자들의 무리에서 선한 자들의 무리로 진영을 옮겼어요. 당신과 똑같은 경험을 했던 인간이 한 명 있어요. 바울로라고. 그의 이름을 따서 당신을 폴이라고 불러도 될까요?」

「그는 어떤 사람이었나요?」

「처음엔 예수 그리스도를 따르는 자들에게 잔인한 박해를 가한 사람이었어요. 그런데 문득 자신이 잘못된 편에 서서 싸우고 있다는 사실을 깨닫고는 반대 진영으로 가서 유용한 존재가 되었죠.」

이것이 내가 ESRAE에서 읽은 신약 성경의 간단한 요약이다.

내 말을 듣더니 폴이 자세를 고쳐 잡는다. 이빨을 드러내고 있던 그가 입을 다물고 편안한 표정으로 다리를 벌려 앉는다. 드디어 그가 자신의 정신을 열어 내게 보여준다. 나는 그의 기억에 접속한다.

그의 과거가 펼쳐진다.

폴은 뉴욕 하수구에 사는 평범한 쥐였다. 인간들의 오물이 떠내려가는 어둡고 축축한 하수도관 속이 그의 집이었다. 그는 악취 나는 하수 속을 첨벙거리며 어린 시절을 보냈다. 아버지는 그에게 한 존재의 가치를 결정하는 것은 물리적 힘이라는 점을 늘 강조했다. 강자에게는 복종하고 약자는 굴종시키거나 죽여 없애야 한다는 생존 철학과 함께 공격의 기술을 가르쳐 주었다. 〈우리와 다른 것은 무조건 죽여야 한다〉라고 그의 아버지는 입버릇처럼 말했다. 폴의 어린 시절은 이렇듯 약육강식의 법칙을 몸으로 배우는 시간이었다.

그러던 어느 날, 하수도관으로 오물이 떠내려오지 않았다. 폴의 가족은 음식을 찾아 지하철 터널로 이동했다. 하지만 음식은커녕 인기척조차 느껴지지 않았다. 그들은 다른 쥐 가족을 통해 인간들이 지상에서 서로 죽고 죽이며 싸웠다는 사실을 알게 된다.

어린 폴은 아버지에게 이끌려 난생처음 지하 세계를 벗어나 지상으로 나온다. 텅 빈 대로에 올라선 그는 햇빛에 눈이 부셔 눈을 뜨지 못했다. 한참이 지나서야 밝은 빛에 조금씩 적응하기 시작했다.

그가 처음으로 마주한 인간은 보도에 쓰러져 있는 시체들이었다. 허기를 견디지 못해 달려들어 맛을 보니 밍밍했다. 첫맛은 싱거웠는데 텁텁한 느낌이 입 안에 오래 남았다.

이 경험으로 그는 인간들에 대한 첫 판단을 내렸다. 인간들은 별로야, 마음에 안 들어.

지하 세계만 알았던 그가 텅 빈 인간들의 도시를 탐험하기 시작했다.

쥐들이 속속 하수구와 지하철 터널을 나와 지상으로 올라왔다. 이들은 동족의 존재를 확인하고 자신들이 거대한 집단에 속해 있다는 사실에 놀라움을 감추지 못했다.

이따금 길에서 마주치는 인간과 동물은 그들 앞에서 줄행랑을 놓곤 했다.

폴은 때가 왔다고 판단했다. 앞으로 나아가려면 그가 반드시 넘어야 할 벽이 있었다. 그는 아버지에게 선언했다. 〈아버지는 나와는 다른 유약한 존재예요.〉 그는 말끝에 아버지의 숨통을 끊었다. 그런 다음 아버지의 지능을 자신의 것으로 만들기 위해 뇌를 꺼내 먹었다.

그는 가족 위에 군림하기 시작했다. 스물세 마리의 형제자매 중에서 수컷들은 제거하거나 굴복시키고 암컷들은 자기 것으로 취했다. 그는 이런 식으로 점차 자신의 존재를 주변에 각인시키면서 결속력 있고 복종적인 하나의 집단을 만들었다. 그런 다음 다른 집단을 차례로 공격해 수컷들은 죽이고 암컷들과 새끼들은 생포해 대규모 군단을 만들었다. 그리고 전쟁을 벌여 경쟁 군단들을 복속시켰다.

폴의 무리는 종류에 상관없이 모든 생명체를 공격했다. 쥐, 비둘기, 바퀴벌레는 물론 덩치가 큰 고양이와 개도 그들의 눈에 띄는 순간 먹잇감이 되었다.

폴은 소통에는 관심이 없었다. 오직 상대를 절멸시키는 것이 그의 목표였다.

잔혹함으로 이름을 떨친 그는 다른 쥐들에게 공포의 대상이었다. 마침내 그는 제후의 자리에 오르게 되었다.

그는 자신의 무리가 영토 전쟁에 나서면 늘 최전선에서 싸우곤 했다. 그의 군대는 공포를 무기로 세력을 넓혀 갔다.

폴은 흉포한 지휘관이었지만 전략이 뛰어난 지략가이

기도 했다. 특히 강한 적을 상대할 때 그의 전략과 전술이 빛을 발했다. 한번은 텅 빈 슈퍼마켓에서 병력 5천으로 적의 8천 대군과 맞선 적이 있었는데, 그는 기습과 유격전을 통해 전투를 승리로 이끌었다.

승승장구를 거듭한 폴은 대멸망 이후 자신의 무리를 뉴욕시 주요 거대 군단의 반열에 올려놓았다. 당시 1만 마리 이상의 병력을 보유한 거대 군단 13개가 맨해튼섬을 나누어 통치하고 있었다. 그런데 어느 날부턴가 쥐들이 이유 없이 죽어 나가기 시작했다. 보이지 않는 독약 앞에서 쥐들은 속수무책이었다.

한 번도 경험하지 못한 수수께끼 같은 일이 벌어지자 쥐들은 당혹스러워했다. 적의 정체를 알 수 없었기 때문에 열뜬 상태로 안절부절못했다. 정체불명의 위협으로 인한 스트레스를 견디다 못해 동족들끼리 치고받는 사태가 벌어지기도 했다. 폴은 이 시기를 무척 힘들었던 기억으로 간직하고 있다.

그는 자신보다 강한 어떤 적과 대결하고 있다고 느꼈다.

13개 군단은 결국 도망치는 것밖에 방법이 없다는 결론을 내렸다. 이유도 모르는 채 동족들을 잃기보다는 차라리 맨해튼을 떠나는 쪽을 택했다.

폴은 자신의 무리를 이끌고 뉴욕 서쪽 교외로 향했다. 다행히 이곳은 보이지 않는 쥐약의 효력이 미치지 못하는 것 같았는데, 문제는 식량이었다. 소나 돼지, 양 떼와 간혹 마주치면 미처 달려들어 뜯어 먹기도 전에 달아나 사라졌다. 거처도 문제였다. 무너진 단독 주택들의 폐허 속에서는 비바람을 피할 곳을 찾기가 쉽지 않았다. 까마귀 떼와 독수리 떼의 공격을 피해 달아나다 보면 안전한 대도시의 지하가 그리웠다.

그때만 해도 다시는 맨해튼으로 돌아오지 못할 줄 알았다. 하지만 개체가 많아지다 보면 천재적 영웅이 등장할 가능성도 함께 높아지는 법. 뛰어난 우두머리 하나가 그들 앞에 나타났다.

그는 난국을 타개할 방안을 몇 가지 제시했다.

1. 맨해튼에서 보이지 않는 독약에 사망한 쥐들의 내장을 분석한 다음 이것을 극소량씩 다른 쥐들에게 먹여 내성이 생기게 만든다. 이를 통해 독약에 면역력을 갖춘 새로운 세대의 쥐들을 탄생시킨다.

2. 수정 센터와 번식 센터를 곳곳에 세워 면역력을 갖춘 돌연변이 쥐의 대량 생식이 가능하게 해 맨해튼 재진입을 시도할 군대를 만든다.

3. 우량 쥐를 선별한다. 쉬지 않고 강제 교배를 시켜 우

수한 형질의 새끼를 낳게 한다. 더 크고 더 근육질에 더 날카로운 이빨을 가진 슈퍼 쥐들로 새로운 세대를 만든다. 이 엘리트 쥐의 숫자를 늘리기 위해 우수 형질을 가진 수컷과 암컷의 교배와 번식을 독려하는 한편, 열등 형질을 가지고 태어난 새끼 쥐는 가차 없이 제거한다. 수정 센터와 번식 센터는 인간 세상의 축산 공장과 비슷한 것으로, 어미 쥐는 전사가 될 새끼들을 낳고 또 낳다가 죽었다. 수컷은 긴 이빨과 공격성을 갖추어야만 교배의 기회가 주어졌다. 짧은 이빨을 가진 허약하고 순한 수컷은 자동 거세당했다.

천재 우두머리 쥐는 이렇게 독약에 면역력을 갖춘 돌연변이 쥐 중에서도 특히 호전적인 놈들을 선별해 군대를 꾸렸다. 이 부대가 맨해튼을 재탈환하기 위한 선봉에 섰다.

정예 부대가 도시를 다시 장악한 뒤에야 면역력 없는 쥐들이 도심으로 돌아올 수 있었다. 폴도 2차로 귀환한 무리 속에 끼어 있었다. 천재 쥐는 자연스럽게 왕으로 추대되었고, 13개 군단을 이끌던 맨해튼의 쥐 우두머리들은 그의 신하가 되었다.

새 왕은 즉시 종족 개량을 위한 계획을 수립하고 실행에 옮겼다. 그는 개체 수를 빠른 속도로 늘리기 위해 교배를 장려하고 번식 센터의 기능을 강화했다. 맨해튼으로 들어와 지상에서 포식자 없이 살게 된 쥐들은 인간들이 저장해 놓은 식량 덕분에 배고플 걱정 없이 살았다. 갈수록 크고 튼튼한 새끼들이 태어나는 것은 당연한 일이었다. 생존이 해결되자 왕은 자유의 여신상 받침대를 왕궁으로 선포했다. 그러고 나서는 휘하의 제후 쥐들을 중심으로 정교한 권력 질서를 만들었다. 왕은 아주 간결하게 왕국의 새로운 모토를 만들었다. 〈복종하거나 목숨을 내놓거나.〉

왕은 보상과 처벌을 교묘히 결합해 집단의 결속력을 높였다. 그는 철의 규율로 무리를 다스렸다. 조그만 실수 하나, 희미한 반역의 기미만 보여도 즉각적인 제재가 가해졌다. 모두가 모두를 감시하는 가운데 조금이라도 왕권에 도전하는 행위는 밀고의 대상이 되었다.

〈잘못을 고발하지 않는 것이 더 큰 잘못이다〉가 쥐 군단이 지닌 엄격한 규율의 핵심이었다.

잘못이 발각되면 즉시 끔찍한 형벌에 처해졌다. 왕은 상상력을 발휘해 기상천외한 잔인한 형벌을 만들어 냈다. 그는 자신에게 불복종하거나 감히 권위에 도전하려는 자들에게 고통을 가하는 것을 즐겼다. 〈잘못이 일어나기 전에 고발해야 한다〉는 것도 그의 신조 중 하나였다.

폴은 이 권력 장치의 열성적인 부속품이 되기를 자처했다. 엠파이어 스테이트 빌딩 붕괴 작전을 주도한 것이 바로 그였다. 폴은 날카로운 이빨을 가진 엘리트 쥐들만으로 정예 부대를 꾸린 다음, 앞니 전면(全面)을 사용해 벽을 갉으라고 명령했다. 교대 체계를 작전에 활용한 것도 그였다. 그는 공격에 투입된 쥐들이 체력이 떨어지거나 이빨이 무뎌지면 금방 새로운 쥐들을 교체 투입했다. 폴은 타워 공격에 필요한 병력 조직과 병참을 모두 도맡아 했다.

당연히 왕의 최측근이 된 그는 왕의 거처 가까이에 잠자리가 마련될 정도로 신임을 얻었다. 그렇다 보니 암살 시도 당시 누구보다 재빨리 거처로 달려올 수 있었고, 달아나는 범인들을 뒤쫓으면서 발에 잡히는 대로 아무거나 잡았던 것이다.

내 꼬리를 말이지.

나는 그와 제3의 눈을 연결하고 나서 다시 대화를 이어 간다. 내 입에서 나오는 야옹 소리가 실시간으로 통역돼 그에게 전달되고, 그의 찍찍 소리도 내가 알아들을 수 있게 고양이어로 통역된다.

「회색 쥐들을 이끌고 온 프랑스 왕과 당신 왕이 협정을 맺었죠, 그렇죠?」

「처음에는 우리 왕께서 이방 쥐들을 못마땅하게 여겨 제거하려 했어요. 덩치도 작고 무장도 안 돼 있어 쓸모가 없다고 생각했죠. 그런데 프랑스 왕이 불의 비밀을 알고 있다고 하니까 마음을 바꿨어요. 우리한테 없는 지식이 탐났던 거예요.」

「당신들이 프랑스 왕한테 배워서 우리 타워에 불을 지른 거군요.」

「맞아요. 하지만 그게 끝이 아니에요. 우린 이미 새로운 작전 준비에 돌입했어요. 이번에는 당신들 눈에 띄지 않게 멀리 있는 하수구들을 통해 건물 지하로 잠입할 거예요. 그리고 지난번처럼 종이와 나무가 아니라 휘발유를 사용해 방화 작전을 펼칠 거예요. 그래야 비가 와도 꺼지지 않는다고 프랑스 왕이 알려 주더군요. 우리 군대는 당신네 탱크들이 남긴 무한궤도 자국을 따라가 정유소가 있는 곳을 찾아냈어요. 지금 우리 병사들이 쉬지 않고 교대를 해가며 이곳으로 휘발유를 나르고 있어요.」

나는 잠시 대화를 중단한다.

적들이 또다시 프리덤 타워 방화 공격을 준비 중이구나. 이번에는 휘발유를 사용해서!

내가 부리나케 달려가 집사에게 정보를 알리자 그녀가 다시 힐러리 클린턴에게 전한다.

즉시 비상사태가 선포된다. 실뱅이 적외선 카메라가 장착된 드론 한 대를 밖으로 날리자 벌써 한쪽 벽에 구멍이 뚫려 있는 주차장 모습이 전송돼 들어온다. 휘발유 통 수백 개가 쌓여 있다. 쥐들이 쉴 새 없이 교대하며 주차장을 들락거린다.

그랜트 장군은 주차장에 대한 즉각적인 공격을 결정한다. 화기를 사용할 경우 휘발유 통이 폭발할 위험이 있다고 판단해 병사들에게 활과 창, 쇠뇌를 활용할 것을 지시한다. 다행히도 북아메리카 원주민들이 대규모 공격을 펼칠 만큼 충분한 전력을 갖추고 있다. 이 무기들을 누구보다 능수능란하게 다루는 원주민들이 총 대신 활로 무장한 군인들과 함께 최전선에 투입된다. 아군 병력이 계단을 따라 1층으로 이동하기 시작한다.

가야 하나 말아야 하나?

문득 마지막 희망호 선상에서 벌어졌던 쥐들과의 접전이 머릿속에 떠오른다. 그때 참전하지 않으려고 돛대 꼭대기로 몸을 피했다가 결국 바다에 펼쳐진 쥐들의 카펫으로 떨어졌었지.

생각만 해도 다시 몸에 소름이 돋는다.

군인들을 뒤따라 내려가는 안젤로와 에스메랄다의 모습이 보인다.

일단 내려가 보자.

한 층 한 층 내려갈 때마다 적과 더 가까워진다는 게 실감 난다. 드디어 1층에 도착하니 계단으로 올라오는 입구가 두꺼운 철판으로 막혀 있다.

군인들이 철판을 옆으로 밀어 치우자 휘발유와 쥐들의 체취가 뒤섞인 고약한 냄새가 코를 찌른다.

우리가 주차장으로 내려서는 순간 놈들이 불을 지르면 안 되는데.

성질 급한 말과 그의 지휘를 받는 정예 궁수들이 대열의 선두에 서고 우리는 그들 뒤에 바짝 붙어 주차장으로 들어선다.

그랜트 장군이 스위치를 켜는 순간 나는 혹시라도 불꽃이 일까 봐 가슴이 철렁 내려앉는다. 주차장이 대낮처럼 밝아지자 일렬종대를 지어 휘발유 통을 나르는 쥐들이 눈에 들어온다. 네 마리가 한 조를 이뤄 통을 어깨에 멨다.

눈이 부셔 눈을 감았다 떴다 하면서도 쥐들은 방어 태세를 갖춘다.

나는 목이 터져라 외친다. 야아옹!

「쥐들이 더 이상 들어오지 못하게 주차장에 생긴 구멍부터 찾아서 막아야 해요.」

나탈리가 즉시 내 말을 통역해 군인들에게 전한다.

인간들은 당황한 나머지 이것까지는 생각을 못 한 눈치다. 마지막 희망호에서 닻을 올릴 생각을 못 했듯이.

내가 없었으면 어쩔 뻔했어.

그랜트 장군이 신호를 보내자 군인들이 주차된 자동차들을 들어 올리고 벽에 난 구멍을 메우기 시작한다. 응원군의 진입을 차단한 상태에서 북아메리카 원주민들과 군인들은 안에 있던 쥐들을 순식간에 해치운다.

격렬한 교전도 없이 상황이 종결된다.

그랜트 장군이 군인들에게 휘발유 통을 모두 수거한 후 타워 꼭대기로 운반해 쌓아 놓으라고 지시한다.

궁금한 마음에 내가 나탈리에게 묻는다.

「군인들이 휘발유 통을 모아 어디에 쓰려는 거죠?」

「그랜트 장군이 만일의 사태에 대비하려는 거야. 적의 접근을 차단하기 위해 불의 장벽을 세울 때 필요하겠지.」

「집사, 내가 힐러리 클린턴한테 할 말이 있는데 그녀의 사무실에 같이 가주지 않을래요? 둘이 대화를 나눌 수 있게 집사의 이어폰을 의장한테 좀 빌려줘요.」

까마귀 날자 배 떨어진다더니, 클린턴이 지하 주차장으로 걸어 내려오고 있다.

「의장님, 제가 잡아 전향시킨 포로 폴 덕분에 우리가

최악의 사태를 피할 수 있었다는 걸 아셨으면 해요. 위급한 상황이 생기기 전에 지금처럼 핵심적인 정보를 손에 넣을 수만 있다면 이 싸움은 단연코 우리한테 유리할 수밖에 없어요. 적장들을 제거하기 위한 특공 작전을 펼칠 시점을 정하는 데도 이런 정보는 무척 유용하겠죠. 작전 성공 가능성은 당연히 지난번보다 높아질 거예요.」

나는 지난번에 에스메랄다와 나 사이의 〈심리적〉 문제 때문에 성공 직전까지 갔다가 결국 실패하고 철수했다는 사실은 굳이 말하지 않는다.

「스파이 쥐는 어떤 방식으로 작동하는 거죠?」

「쥐한테 저처럼 제3의 눈을 만들어 준 다음 실시간 통역 기능을 갖춘 블루투스 송수신기를 꽂아 주었어요. 지금 제 이마에 붙어 있는 검은색 동글 말이에요.」

「그에게 우리를 위한 스파이 노릇을 시킨다고요?」

「이미 그 역할을 톡톡히 하고 있어요. 그가 휘발유 공격에 대한 정보를 알려 줘서 우리가 지금 이렇게 무사히 살아 있는 거예요.」

힐러리 클린턴이 잠시 고민하다 용단을 내린다.

「좋아요, 스파이 작전을 승인하죠. 내가 작전 성공을 위해 뭘 도울 수 있는지 말해 봐요.」

「우리가 그에게 장착해 놓은 무선 송수신기의 유효 거

리는 1백 미터밖에 안 돼요. 드론을 활용한 중계 장치가 있어야 더 멀리서도 통신이 가능해요. 실뱅한테 개발을 지시해 주세요.」

「그러죠.」

아니, 벌써 얘기를 끝내려고 하네.

「저와의 〈서면〉 계약을 잊으신 건 아니죠?」

「말을 꺼냈으니 말인데, 그 계약의 내용을 잊진 않았 겠죠? 쥐들의 공격을 한 번 중단시키는 게 아니라 쥐들의 위협을 원천 제거하겠다는 게 당신이 나한테 한 약속이 었어요. 일단 폴을 이용한 이번 계획이 흥미롭게 들리긴 하는군요. 하지만 성공하느냐가 중요하죠. 보상은 결과 에 뒤따라오는 거예요, 그렇지 않나요?」

말끝에 클린턴이 귀에서 이어폰을 빼 집사에게 건넨 다. 대화를 끝내겠다는 의사 표시다.

절대 먼저 흥분하면 안 돼.

힐러리 클린턴은 나의 도약을 가로막는 보잘것없는 장애물에 불과해.

그녀와 싸우느라 시간을 허비할 필요는 없어.

그녀라는 장애물을 우회하고 방해를 적게 받을 방법 을 찾는 수밖에 없어.

나는 폴에게 작전 임무를 전달하기 위해 24층으로 뛰

어 올라간다.

그런데 두고 온 자리에 스파이 쥐가 보이지 않는다.

나는 즉시 발로 컴퓨터를 켜서 GPS 프로그램을 돌려 그의 위치를 확인한다. 폴은 이미 1백 미터 수신 거리를 벗어나 있는 게 분명하다.

이제 더 이상 그와 통신할 방법도, 그의 위치를 파악할 방법도 사라졌다.

에스메랄다와 함께 뒤따라 올라온 안젤로가 상황을 파악하고 길길이 날뛴다.

「쥐를 믿으면 안 된다고 그렇게 말해도 듣지를 않더니 결국 사달이 났네요.」

「지금쯤이면 벌써 동족들과 합류하지 않았을까.」 검은 암고양이가 건조한 톤으로 덧붙인다.

나는 몸을 푸들거린다.

내가 가장 걱정하는 건 놈이 제3의 눈으로 인터넷에 접속할 수 있게 됐다는 사실이다. 이제 적들은 지식을 가진 쥐를 두 마리 보유하게 된 셈이다.

「그가 우릴 떠났다고 해서 우릴 버렸다고 속단할 필요는 없어. 혼자 작전 수행에 들어갔을지도 모르니까.」 에스메랄다가 샛노란 눈동자를 반짝이며 말끝을 단다.

말은 고맙지만 솔직히 그럴 가능성이 희박하다는 걸

나도 인정해.

인간들이 컴퓨터가 모여 있는 24층으로 뛰어 올라온다.

실뱅이 자유의 여신상 인근에 드론을 띄워 신호를 잡는 데 성공한다.

폴이 왕의 곁에 가 있구나.

로망이 나름대로 결론을 내린다.

「쥐들이 그를 죽이거나 이용하거나 둘 중 하나야.」

「엄마, 결국 실패로 끝났어요. 왜 내 말을 귀담아듣지 않았어요?」 안젤로가 원망 가득한 목소리로 말한다.

왜 이 녀석까지 덩달아 난리야!

아무 시도도 하지 않는 자들은 실수할 일도 없다고 내뱉으려는 순간 엄마의 음성이 귀에 들려 나는 입을 다문다. 〈멍청이들과는 말을 섞을 필요가 없단다. 경청할 의지도 배울 자세도 없는 경우가 대부분이니까.〉

나는 주변에 있는 인간들과 동물들을 안심시키고 나 스스로에게도 용기를 불어넣기 위해 힘주어 말한다.

「이 세계에 대한 지식을 가진 이상 폴은 이제 평범한 쥐가 아니에요. 방대한 지식을 접하는 순간 그의 눈빛이 경이로 가득 차는 걸 내가 옆에서 봤어요. 그 경험이 폴을 변화시켰을 거라고 나는 확신해요. 이미 그는 쥐 군단의 2차 방화 작전에 대한 정보를 우리에게 줬어요. 앞으로도 계속 우리 편에 설 테니 염려들 마세요.」

말은 이렇게 하면서도 솔직히 내 생각은 반대로 흘러간다. 생각을 바꾸는 게 어디 쉬운 일인가. 안젤로 말이 백번 맞아. 아무리 지식을 흡수했어도 놈은 쥐일 뿐이야. 쥐의 두뇌를 가지고 쥐들의 대의에 복무하는 지극히 전형적인 쥐. 자신에게 생긴 지식을 우리를 해치는 데 사용할 게 분명해.

그는 다를 수 있다고 믿은 내가 얼마나 순진했던가?

얼마든지 근본이 선한 쥐도 있을 수 있다고 믿은 내가 바보였지. 놈들은 하나같이 악하다는 걸 왜 인정하지 않았을까.

나탈리 혼자만 낙관론을 펼친다.

「누구에게나 다 선한 면이 있어. 그도 마찬가지일 거야. 이번에 네가 그의 선한 면을 일깨워 줬을지도 몰라. 최소한 그의 내면에 존재하던 빛이 반짝거릴 가능성은 네가 제공해 줬을 거야. 이제부터 선택은 그의 몫이야.」

폴한테서 들은 쥐 세계의 모습과 신임 왕이 확립한 권력 질서를 머리에 떠올리자 고개를 갸웃거리게 된다. 쥐들의 세계는 폭력과 배제를 기반으로 작동하는 냉혹한 사회다. 과연 폴이 이런 시스템을 전복할 수 있을까?

32
작은보호탑해파리

작은보호탑해파리(학명 *Turritopsis nutricula*)는 카리브해에 서식하는 해파리다. 길이가 5밀리미터가량인 이 작은 해파리는 현재까지 세포 변화를 일으켜 회춘할 수 있는 유일한 생물로 알려져 있다.

이 해파리는 〈전환 분화〉라는 현상 덕분에 성적인 완숙기에 다다른 후 번식을 끝내면 노화 과정을 거슬러 다시 미성숙 상태인 폴립으로 돌아갈 수 있다.

이러한 현상은 먹이 부족이나 지나치게 많은 포식자의 존재로 해파리가 스트레스를 받을 때 촉발된다고 하는데, 회춘을 하고 난 해파리는 다시 성장과 노화 과정을 밟게 된다.

일본 과학자 구보타 신은 2011년 일부 해파리 표본이 최대 열 번까지 회춘과 노화를 반복하는 모습을 관찰

했다.

　이론적으로 말하면 작은보호탑해파리는 불사의 존재다. 그럼에도 불구하고 이 해파리는 여전히 질병에 걸리고 여러 포식자의 공격을 받는다.

　지구 온난화와 어류 남획으로 포식자들이 사라져 생태계의 균형이 심각하게 깨지다 보니 작은보호탑해파리의 개체 수는 오히려 빠르게 증가하고 있다.

　　『상대적이며 절대적인 지식의 백과사전』 제14권

33

폴

결론적으로 난 위험한 도박을 했다 실패한 거야.

나도 나 자신에 대해 가끔 의심이 들 때가 있어. 너흰 어떠니? 이런 기분이 뭔지 알아?

웬만해선 그런 일이 없는 내가 지금 몹시 흔들리고 있다.

「쥐를 믿다니. 엄마가 어쩌다 그렇게 어리석은 판단을 내렸어요?」 아들이 힐난을 그치지 않는다.

다행히 안젤로의 목소리에 점점 힘이 빠진다. 못 들은 척하면 그만이다.

나는 안젤로를 뒤로하고 창가로 걸어간다. 유리창에 내 그림자가 비친다.

더 이상 젊어 보이지 않는 고양이 한 마리. 흰 털과 검은 털이 섞인 몸에 유난히 큰 초록색 눈. 오늘따라 피곤

하고 초췌해 보인다. 자신이 저지른 실수를 알고도 스스로 인정하지 않으려는 고양이.

안젤로의 지적이 맞는 게 아닐까?

나 스스로는 기발하다고 확신하지만 현실과 동떨어진 생각을 하면서 사는지도 몰라······.

나 스스로 중요한 존재라고 확신하지만 사실은 그저 그런 평범한 존재에 불과할지도 몰라.

아니, 평범 이하일지도 몰라. 정말 그러면 어떡하지?

너희들한테 솔직히 고백할게. 그동안 잘못된 선택을 한 적도 있었고, 그걸 알면서 남들에게 거짓말을 한 적도 있었고, 심지어 〈나 자신〉에게 거짓말을 한 적도 있었어. 내가 가진 잘못된 믿음을 남들에게 주입하려고까지 했어.

그럴 리 없다고? 아니야, 정말이야.

지금 내가 느끼는 감정을 어떻게 설명하면 좋을까?

〈가면 증후군〉이라고 하면 될까?

나는 스스로 여왕이라 믿고 남들이 날 〈폐하〉라고 불러 주기를 바라지. 하지만 아들 말처럼 난 평범하고 어리석은 존재에 불과할지도 몰라. 여왕의 자리는 뛰어난 전략가와 관리자로서의 자질은 물론이고 심리적 안정감도 요구하지. 어디 이뿐인가. 미래에 대한 비전도 갖춰야 하고 남보다 늘 한발 앞서 나가야 해. 한데 나라는 고양이는 어떤가. 앞서가지는 못할망정 뒤처져 있지 않은가. 하지만 권위를 앞세워 큰소리를 치거나 허세를 부리면서 엉뚱한 착각을 할 때는 있어도 나는 나 자신에 대해서는 절대 착각하지 않아……. 나는 누구보다 내가 잘 알지.

아들의 실망 가득한 눈빛이 자꾸 떠오른다.

나라는 존재의 본질을 아들이 간파한 걸까?

이제 곧 네 살인데, 이쯤이면 은퇴를 생각해야 하는 나이 아닌가?

살짝 뇌리를 스친 생각이 나를 통째로 뒤흔들어 놓고 있다. 나는 멀리 있는 안젤로에게 시선을 던진다.

객관적으로 녀석은 나만큼 똑똑하지 못해.

이번에는 에스메랄다 쪽으로 시선을 돌린다.

저 고양이는 나를 뒤따르기만 하지 일을 주도하거나 결정적인 제안을 하진 않아.

갑자기 몸이 조금 떨리는가 싶더니 이 기운이 온몸으로 퍼지며 털이 곤두선다.

비록 내가 완벽하진 못하지만 저들은 나만도 못해. 한참 못해.

음, 기분이 조금 나아지네. 내가 어리석더라도 저들은 나보다 더 어리석다는 확신이 생겼어.

의심이 사라지자 나는 내가 어떤 존재인지 다시 떠올린다.

나는 〈바스테트 폐하〉야. 동물 종들의 동맹을 결성하고 화합의 공동체를 만들고 우리보다 병력이 백배 많은 쥐 군단을 세 번이나 무찔렀어.

나는 다른 종들과 직관적인 소통이 가능한 정신의 힘을 가졌어.

우리 타워가 불타고 있을 때 정신의 힘으로 우주에 접속해 비를 내리게 했어.

지금의 자리는 훔쳐서 얻은 게 아니라 정당하게 능력을 입증해서 오른 자리야.

그래, 이번에도 내가 옳고 반대자들이 틀렸어.

이제 기분이 훨씬 나아졌다. 하지만 폴의 문제는 여전히 남아 있다. 비장의 카드일 줄 알았는데 오히려 위협이 되고 있으니.

이제 적에게는 제3의 눈을 가진 쥐가 둘이나 되고, 우리에게는 피타고라스가 죽고 나서 나 하나뿐이다. 이 불균형을 어쩐다.

나탈리가 다가오며 부드러운 음성으로 말을 건다.

「넌 좀 긴장을 풀 필요가 있어. 우리를 구하기 위해 이미 많은 노력을 했잖아. 매번 성공해야 한다는 강박을 벗어던져.」

그녀를 빤히 쳐다보다 내가 묻는다.

「폴의 과거를 자세히 알고 나니 정작 집사인 당신에 대해서는 잘 모른다는 생각이 들어요. 나탈리, 당신 이야기가 궁금해졌어요. 나한테 들려줄 수 있어요?」

그녀가 무척 놀라는 눈치다.

「그게 왜 궁금해?」

「당신은 내가 새끼였을 때부터 같이 사는 〈내 인간 암컷〉인데 누군지 잘 모르는 것 같아 그래요.」

「나는 인간이고 넌 고양이니까 어쩔 수 없지.」

「지금 집사 배 속에는 인간 아기가 있어요. 중대한 선택을 앞두고 있는데 아기 아빠와는 사이가 틀어졌죠. 당신 사정을 더 잘 이해하고 내가 어떻게든 돕고 싶어요.」

집사가 오래간만에 활짝 웃는다.

「내 상담사를 자처하는 거야?」

나는 폴 때문에 벌어진 골치 아픈 일에서 잠시 정신을 딴 데로 돌리고 싶다는 말은 하지 않고 그녀의 눈을 똑바로 보면서 말한다.

「당신 커플의 속 이야기가 궁금해요.」

나탈리가 양손으로 머리를 쓸어 올려 귀 뒤로 넘긴다.

「인간 커플 중에는 같이 살면서 아이를 키워도 서로에

대해 모르는 경우가 흔해. 6년째 같은 남자와 사는 친구에게 한번은 내가 남편 눈 색깔이 뭐냐고 물어본 적이 있어. 그런데 금방 대답을 못 하더라. 남편의 눈을 쳐다본 지가 너무 오래돼 잊어버린 거야! 커플들이 서로를 부를 때 이름 대신 〈여보〉, 〈당신〉, 〈내 사랑〉 하는 건 가끔 상대의 이름이 생각나지 않아서라는 우스갯소리도 있어.」

과장도 심하네. 몇몇 특수한 경우를 가지고 일반화하기는.

어떻게 상대방의 눈을 쳐다보지 않고 관심도 없으면서 사랑한다고 말할 수 있다는 거야?

「인간들한테 커플은 특별히 대단한 의미가 있는 게 아니야. 인간 커플이 서로 열정적으로 사랑하는 기간은 3년에 불과하다는 설이 있어. 이 3년이 끝나면 소위 정착의 시기가 와. 다시 3년 동안 함께 일상을 운용하다 보면 아이가 생기지. 이 상태에서는 한집에 사는 친구 정도 사이가 최선의 결과야. 최악의 경우에는 남보다 못한 원수 사이가 되기도 하니까. 대부분의 커플이 함께 양육을 책임지고, 장을 보고, 쓰레기를 분리수거하면서 룸메이트로 살아.」

「성관계는요?」

「열정적이었던 처음 3년이 지나면 대부분 관계의 횟수

가 줄어들어. 반복성이 행위에 대한 흥미와 열정을 떨어뜨리거든.」

그래, 이건 맞는 말이야. 항해하는 35일 동안 피타고라스와 매일 사랑을 나누다 보니 (우리는 정신의 결합을 이룬 커플인데도) 서서히 싫증이 났어.

「이제 본격적으로 당신 삶의 이야기를 들려줘요, 나탈리.」

집사가 가방을 뒤져 담배와 라이터를 꺼낸다. 그녀가 담배에 불을 붙여 입에 문다. 고약한 냄새가 털에 배면 쉽게 빠지지 않아 집사의 흡연은 딱 질색이지만, 그녀가 생각을 정리하기 위해 필요한 행동이라는 건 직감적으로 안다.

「나는 건축가 집안에서 태어났어. 부모님 두 분은 물론 할아버지도 건축가셨지. 어릴 때부터 집짓기 장난감을 가지고 놀았고, 멋지게 조립하면 어른들한테 칭찬을 들었지. 커서는 자매들끼리 놀 오두막을 내 손으로 직접 만들었어. 건축에 흥미를 느꼈던 나와 달리 언니는 의학에, 여동생은 문학에 더 흥미를 느꼈어. 평범한 가정에서 그야말로 평범하게 살았지. 뜻밖의 일이 벌어지기 전까진 말이야. 명절날 가족이 한자리에 모였는데, 술이 거나하게 취한 지슬랭 삼촌이 이런 말을 했어. 〈너희 말이야,

아빠가 금요일 저녁마다 건축 현장에서 일하다 늦는다고 하면 진짜 그런 줄 알지? 그거 거짓말이야! 너희 아빠는 르 트루 덕[12]에 가는 거야. 근데 거기가 좀 특별한 데야.〉 말끝에 삼촌이 질끈 윙크를 날렸어. 그때 내 나이 열여섯이었고, 우리 아빤 내게 세계 최고의 건축가였지. 견고하면서도 아름다운 교량을 짓고, 학교와 경기장과 정원을 설계하고, 조개껍질에서 아이디어를 얻어 건물을 디자인하는 분이셨으니까. 그런데 삼촌의 말을 듣는 순간 내가 아빠에 대해 뭔가 모르는 게 있다는 직감이 왔지. 그래서 어느 금요일 저녁에 르 트루 덕을 찾아갔어. 가게 이름대로 간판에는 구덩이 앞에 서 있는 오리 한 마리가 그려져 있었어. 출입구에서 오래 아빠를 기다렸어. 아빠는 금요일 밤에는 보통 새벽 1시가 넘어 귀가했거든. 그런데 내 눈앞에 믿을 수 없는 광경이 펼쳐졌어. 아빠가, 우리 아빠가 번쩍거리는 사슬 장식이 달린 검은색 가죽 재킷을 입고 검은색 가죽 모자를 쓴 낯선 모습으로 문을 열고 나왔어. 게다가 혼자가 아니었어. 콧수염을 기른 젊은 남자와 손을 잡고 있었지. 두 사람은 진한 키스로 작별 인사

---

12 〈덕duck〉은 영어로 오리를 뜻한다. 〈트루trou〉는 프랑스어로는 구덩이라는 뜻이지만 진짜를 뜻하는 영어 〈트루true〉와 발음이 같다 — 원주.

를 하고 헤어졌어.」

나탈리가 이마를 찡그리더니 담배를 깊이 빨아들여 연기를 한참 입 안에 머금고 있다.

「난 엄청난 충격을 받았어. 자매들한테 말도 못 하고 혼자서 끙끙 앓았지. 아빠 눈을 똑바로 쳐다볼 수가 없었어. 대체 언제부터 거길 드나든 걸까? 이 질문이 머리를 떠나지 않았어. 내가 말수가 줄어들자 다들 사춘기라서 그러려니 했어. 그러던 어느 날, 드디어 올 것이 왔지. 아빠가 병명은 밝히지 않고 병에 걸렸다고 가족들에게 알렸어. 며칠 후, 아빠와 의사의 통화를 우연히 엿듣게 되었는데 내 귀에 카포시 육종이라는 단어가 들어왔어. 아빠는 에이즈에 걸렸던 거야.」

집사가 다시 연기를 깊이 빨아들였다 천천히 내뱉는다.

「체액을 통해 감염되는 병이었는데, 당시에는 치료 방법도 없었어. 아빠는 살이 급속히 빠지더니 피부에 검은 반점이 생기기 시작했어. 몇 달간의 투병 끝에 아빠는 세상을 떠났어. 가족에게 자신의 참모습을 숨긴 아빠를 나는 무척 원망했지. 아빠의 죽음 이후 수시로 우울감이 찾아오더니 급기야 우울증에 걸리고 말았어. 어떤 것에도 의욕을 느끼지 못했어. 아침이 되면 자리에서 일어나기 싫었어. 두 번의 자살을 시도하자 보다 못한 엄마가 나를 강제로 정신과에 데려가 상담을 받게 했어. 두꺼운 안경을 쓴 의사가 단춧구멍 같은 눈을 굴리며 이렇게 첫 질문을 던졌어. 〈당신 아버지는 좋은 아버지였나요?〉 나는 그게 문제가 아니라고, 문제는 아버지가 동성애자라는 사실을 가족한테 숨긴 것이라고 대답했어. 아버지가 우리한테 거짓말을 했고, 병에 걸려 돌아가실 때까지 진실을 숨겼다는 게 나한테는 너무도 충격이라고. 의사가 다시 물었지. 〈어릴 때 아버지가 당신한테 사랑을 많이 줬나요?〉 나는 그렇다고 대답하고 나서 〈그게 진짜 문제가 아니라고〉 하면서 또다시 언성을 높였어. 하지만 의사는 비슷한 질문을 계속했어. 〈어릴 때 아버지가 자기 전에 동화책을 자주 읽어 줬나요? 당신을 다정하게 안아 줬나요? 당신이 걸음마를 배우고 말을 배우고 글을 뗄 때 곁에서 가르쳐 주고 칭찬해 줬나요?〉 난 똑같은 방식으로 대답했어. 〈네, 하지만 문제는 그게 아니라니까요. 제가 괴로운 이유는 아버지가 거짓된 삶을 사셨기 때문이에요!〉 의사는 들은 체 만 체 질문을 이어 갔어. 〈아버지가 크리스마스 선물은 잊지 않고 줬나요? 휴가 때 함께 여행은 갔나요? 숙제를 할 때 가끔 도와주기도 했나요? 자식으로서 자랑스럽게 여길 만한 분이었나요?〉 그러더니 마지막 질문을 이렇게 던졌어. 〈그분이 아버지 역할을 다

했나요? 그래요, 안 그래요?〉 내가 그렇다고 대답하고 나서 말끝에 〈하지만〉을 붙이기도 전에 의사가 말했지. 〈그런 아버지에 대해 당신이 판단할 권리가 있다고 생각해요? 아버지라고 해서 쾌락을 누리면 안 되는 이유가 뭐예요? 아버지가 당신의 행복을 위해 해줬던 노력만 기억하고 이제 그만 아버지에 대한 판단을 멈춰요.〉 더 이상 할 말이 없었어. 그 한 번의 상담으로 내가 이 세상 최고의 아버지를 가졌었다는 걸 깨달았지. 그런 아버지를 비난하고 원망했던 내가 얼마나 어리석었는지도.

그 순간 거대한 사랑의 감정이 밀려오는 것을 느꼈어. 그때부터 오직 아버지처럼 멋진 건축가가 되겠다는 일념으로 살았어. 결국 건축 현장에서 일하게 됐지.」

나탈리가 담배를 한 모금 길게 빨아들인다.

「한때 나는 비밀스러운 클럽에서 여자 친구들을 사귀었어. 그 클럽에 언니와 동생이 우연히 놀러 왔다가 날 보게 됐어. 깜짝 놀라더라. 하지만 그들에게 설명할 필요는 느끼지 못했어. 비로소 뭔가 매듭이 지어졌다는 생각이 들었지. 그 후로는 건축 일에 더 몰두하게 됐어. 시간이 지나면서 남자에게로 조금씩 관심이 옮겨 갔어. 뭔가 서로 〈상호 보완적〉이라는 느낌이 들었거든. 네가 아는 토마는 내가 이성 커플로 만난 세 번째 남자였어.」

「지금은 로망이고.」

「로망〈이었지〉.」

「대체 그가 뭘 잘못했어요?」

그녀가 보조개가 생길 정도로 입을 오므려 연기를 빨아들인다.

「지난번에 말했잖아. 조만간 그가 날 떠나 다른 여자한테 가고 나는 혼자가 될 걸 직감한다고. 만약 그렇게 된다면, 물론 난 그러리라 확신해, 그의 아이를 배 속에 가지고 있을 이유가 없어.」

맞아, 그렇게 말했었지, 내가 깜빡 잊고 있었네.

「우리한테는 육감(六感)이라는 게 있어. 로망이 아직 행동에 옮기지 않았어도 그의 주변을 맴도는 여자들을 보면 알 수 있어. 조만간 유혹에 넘어갈 거야. 그런데 난 그의 아이를 가졌으니 어쩌면 좋니?」

「〈그의〉 아이가 아니라 〈당신의〉 아이잖아요. 당신 스스로 결정해요. 누구에게도 어떤 상황적 요인에도 휘둘리지 말고 당신 혼자 선택하고 그 선택을 책임지라고요.」

그녀가 당혹한 표정으로 나를 쳐다본다.

「넌 내가 어떻게 했으면 좋겠니, 바스테트?」

지금부터는 단어 하나하나의 무게를 생각하며 신중히 골라야 한다. 난 집사를 위해 그렇게 해야 할 책임이 있다.

「우린 조만간 죽게 될지도 몰라요. 삶에는 두 가지 선택밖에 없어요. 〈사랑〉 아니면 〈두려움〉. 첫 번째를 선택해요. 질투심을 버리고 로망과 재결합해요. 아이를 포기하지 말아요. 부디 둘이 서로 사랑해요.」

「쉽지 않을 거야. 우린 이미 대화가 불가능해.」

「그렇군요. 그럼, 당신이 허락해 준다면 내가 그와 얘기해 볼게요.」

집사가 나를 뚫어지게 쳐다본다. 나를 이렇게 낯설어하는 눈빛은 생전 처음이다. 이제야 내가 누군지 깨달은 걸까. 어떤 면에서는 우리도 하나의 커플인 셈인데 그동안 서로에게 충분히 관심을 기울이지 못했던 게 사실이다. 집사는 내가 자신에게 좋은 조언자가 될 수 있다는 사실이 믿기지 않는 눈치다.

「날 위해 그렇게 해주겠다고?」

나는 얼른 대답한다.

「내 스케줄에 지금 좀 여유가 있어요. 내가 그렇게 해주길 원해요?」

그녀의 눈빛이 흔들리는 게 보인다. 일단 그녀의 마음속에 의심을 심어 놓는 데는 성공했어. 이제 그것이 버섯처럼 자라길 기다리면 돼.

가만히 있으면 정치에 대한 환멸과 함께 〈폴 작전〉의 실패만 떠오르는 데다 아들이 던진 뼈아픈 말만 곱씹게 돼 나 자신에 대한 확신이 흔들릴 것 같다. 나는 머리도 비울 겸 로망을 찾아 나선다.

컴퓨터 전문가들이 있는 5층에서 실뱅과 비디오 게임을 하며 긴장과 스트레스를 풀고 있는 그를 발견한다.

나는 이어폰을 집어 그에게 건네며 대화를 하고 싶다는 의사를 표시한다.

그가 귀찮아하는 걸 알면서도 나는 말을 건다.

「우리 얘기 좀 할 수 있어요, 로망?」

「폴 얘기야?」

「나탈리 얘기예요.」

「그녀가 나한테 화가 나 있는 이유를 도무지 모르겠어. 어쨌든 우리 관계는 끝났어.」

「난 그 이유를 알아요. 하지만 당신한테 그걸 가르쳐 주기 전에 먼저 당신에 대해 좀 알고 싶어요. 당신이 어떤 사람인지 궁금해요. 지금까지 어떤 삶을 살아왔는지.」

대화 상대에게 먼저 그의 신화를 들려 달라고 하라던 피타고라스의 조언은 참 좋은 조언이다.

로망이 뜻밖이라는 표정을 짓는다.

「인간 이야기의 어떤 점이 고양이의 흥미를 끌 수

있지?」

「난 다른 고양이들과 다르잖아요, 바스테트니까. 그리고 당신도 다른 인간들과 달라요, 당신은 로망 웰즈니까.」

그제야 그의 얼굴에 옅은 미소가 번진다.

「난 웰즈 가문에서 태어나, 평범한 인생을 살아왔어. 어릴 때 부모님이 늘 에드몽 웰즈 얘기를 해주셨지. 그분에 대해, 개미 관찰을 통해 세상만사의 이치를 깨달은 현자인 것처럼 말씀하셨어. 우리 집 곳곳에 그분 초상화가 걸려 있었어. 카프카처럼 아래턱이 뾰족한 역삼각형 얼굴이 인상적이었는데, 마치 우리를 내려다보며 비웃는 것 같았지. 그런 집안 분위기 속에서 당연히 그분의 〈작품〉인 백과사전을 읽었지. 그때가 열세 살쯤이었나, 아예 화장실에 책을 갖다 놓고 읽기 시작했어. 누구의 방해도 받지 않는 곳에 앉아 아무 페이지나 펼쳐 읽는 게 좋았어. 변기 뚜껑을 덮어 놓고 그 위에 몇 시간이고 앉아 있었지. 삽화 하나하나가 의미하는 세계를 이해하려고 애썼어. 그때부터 나는 일종의 지식에 대한 갈증을 갖게 됐어. 책을 읽고, 여행을 하고, 새로운 경험을 하면서 지식을 쌓아 갔지. 사실 내가 지식 축적에 몰두한 건 어머니와도 무관하지 않아. 기억력이 감퇴하던 어머니가 결국 알츠

하이머 진단을 받으셨거든. 알로이스 알츠하이머가 고약한 사람이었듯이 그의 이름을 딴 병 또한 고약한 병이야. 어머니의 기억력이 나빠질수록 나는 나만의 『상대적이며 절대적인 지식의 백과사전』을 만들기 위해 애썼어. 나는 자연스럽게 과학을 전공으로 택했지. 물리학과 생물학, 화학을 동시에 공부하면서 사회학과 역사에까지 흥미를 느꼈어. 공부와 달리 연애에는 소질이 없었어. 클럽에도 파티에도 가지 않고 〈범생이〉로 따분하게 살면서 비디오 게임으로 스트레스를 풀었지. 그런 내게 지식은 마약이나 다름없었어. 오르세 대학교에 입학하고 난생처음 연애라는 걸 해봤는데 결말이 좋지 않았어. 두 번째 연애도 실패로 끝났지. 내가 발명한 백과사전학이라는 분야의 교수가 된 후로는 지식을 향한 열정만을 불태우며 살았어. 죽는 날까지 내 사전에 연애란 없을 줄 알았는데…….」

「그런데 나탈리가 나타났군요.」

로망이 물을 한 잔 따라 천천히 목으로 넘긴다.

「처음엔 다른 줄 알았는데 결국 그녀도 다른 여자들과 똑같아. 이유 없이 토라지고 멀리서 흘끔흘끔 비난의 눈길로 쳐다보기나 하고. 도대체 그 속을 모르겠어.」

내가 로망의 궁금증을 단박에 풀어 준다.

「임신을 해서 그래요.」

로망이 사레가 들려 캑캑거린다.

「뭐라고?」

「그녀가 아기를 가졌는데 아기 아빠가 당신이라고요.」

「그러면서…… 그러면서…… 그러면서…… 왜 날 피하는 거지?」

「당신이 자길 버리고 다른 여자한테 갈 거라고 생각해요.」

「말도 안 되는 소리!」

「그녀를 안심시켜 줄 수 있는 사람은 당신뿐이에요.」

「안심시켜 주라고? 자기 멋대로 생각하는 사람을 어떻게!」

「누군가는 먼저 손을 내밀어야 하잖아요.」

그가 골똘한 생각에 잠긴다. 여러 가지 생각이 충돌을 일으키는 모양이다.

「싫어. 난 아무것도 잘못한 게 없어. 그녀가 먼저 다가와야 해.」

이런 바보.

「지금은 자존심을 앞세울 때가 아니에요.」

「그녀한테 이쪽으로 와서 얘기하자고 전해 줘.」

나는 냉큼 나탈리가 있는 층으로 올라가 로망과의 대

화 내용을 전한다.

「뭐라고? 여기 오지도 못하겠다고? 그럴 줄 알았어. 날 정말로 사랑하지 않으니까 그런 거야. 그런 노력도 안 하는 사람과 재결합할 이유가 없어.」

이런 바보.

이 커플의 자존심 싸움에 넌덜머리가 나기 시작한다.

난 인간 커플이 사랑하는 방식보다 고양이 커플의 분방함이 훨씬 좋아.

나는 더 이상 할 말이 없어 뒷발을 치켜들고 몸을 핥는다.

이제 인간이라는 종이 피곤하게 느껴진다.

그들 중 똑똑한 축에 속하는 나탈리와 로망이 이럴진대 진화가 덜 된 다른 인간들은 오죽할까.

102개 부족의 총회가 의견의 일치를 보지 못하는 이유를 알겠어. 그들은 오로지 자존심 때문에 상대를 반박하는 거야. 남과 다른 점으로 자신을 정의하려고만 하지 공통점에는 관심조차 없어. 결국 인간 둘이서 논쟁을 벌이면…… 의견만 하나 더 늘어날 뿐이야.

나는 유리창에 비친 내 모습을 바라본다.

그래, 내가 과대망상인지는 몰라도 최소한 이렇게 〈앞뒤가 막힌〉 인간들과는 근본적으로 달라.

나는 자기중심주의에서 벗어나 얼마든지 시각을 확장
할 마음의 준비가 돼 있으니까.

34
무아

불교의 무아(無我), 즉 〈아나트만anatman〉은 에고에 해당하는 〈아트만atman〉과 대비되는 개념이다.

부처는 이를 통해 개인의 자아라는 것은 하나의 합의에 불과하며, 이것은 일시적 우연들의 결합일 뿐 확실한 것도 통일된 것도 아님을 말하고자 했다. 그러나 우리는 아트만-에고를 자신과 동일시한 나머지 유일한 자아라고 믿는다.

그렇다 보니 자아를 의심하고 질문을 던지기보다 그것을 숭배하고 만족시키기 위해 노력하다가 결국에는 만족을 모르는 주인의 노예가 되고 만다. 에고 혹은 아트만이 소유욕과 질투와 폭력의 원천이 되는 이유다.

반면에 아나트만 개념에는 개인의 완성된 자아라는 것은 존재하지 않는다는 함의가 담겨 있다. 따라서 우리가 섬겨야 할 대상도 구원해야 할 대상도 두려워해야 할 대상도 없는 것이다. 다만 시작도 끝도 없는 우리의 정신이 무한히 확장할 가능성만이 존재할 뿐이다.

『상대적이며 절대적인 지식의 백과사전』제14권

제2권에 계속

옮긴이 **전미연** 서울대학교 불어불문학과와 한국외국어대학교 통번역대학원 한불과를 졸업했다. 파리 제3대학 통번역대학원(ESIT) 번역 과정과 오타와 통번역대학원(STI) 번역학 박사 과정을 마쳤다. 한국외국어대학교 통번역대학원 겸임 교수를 지냈으며 현재 전문 번역가로 활동 중이다. 옮긴 책으로는 베르나르 베르베르의 『상대적이며 절대적인 지식의 백과사전』(공역), 『문명』, 『심판』, 『기억』, 『죽음』, 『고양이』, 『잠』, 『제3인류』(공역), 『파피용』, 『만화 타나토노트』, 에마뉘엘 카레르의 『리모노프』, 『나 아닌 다른 삶』, 『콧수염』, 『겨울 아이』, 카롤 마르티네즈의 『페맨 심장』, 아멜리 노통브의 『두려움과 떨림』, 『배고픔의 자서전』, 『이토록 아름다운 세 살』, 기욤 뮈소의 『당신, 거기 있어 줄래요?』, 『사랑하기 때문에』, 『그 후에』, 『천사의 부름』, 『종이 여자』, 발렌탕 뮈소의 『완벽한 계획』, 다비드 카라의 『새벽의 흔적』, 로맹 사르두의 『최후의 알리바이』, 『크리스마스 1초 전』, 『크리스마스를 구해 줘』, 알렉시 제니 외의 『22세기 세계』(공역) 등이 있다. 〈작은 철학자 시리즈〉를 비롯한 어린이책도 여러 권 번역했다.

행성 1

| 발행일 | 2022년 5월 30일 초판 1쇄 |
| | 2022년 6월 9일 초판 9쇄 |

지은이	베르나르 베르베르
옮긴이	전미연
발행인	홍예빈·홍유진
발행처	주식회사 열린책들

경기도 파주시 문발로 253 파주출판도시
전화 031-955-4000 팩스 031-955-4004
www.openbooks.co.kr

Copyright (C) 주식회사 열린책들, 2022, *Printed in Korea.*
ISBN 978-89-329-2236-2 04860
ISBN 978-89-329-2235-5 (세트)